KB182262

입학은
학생으로!
졸업은
장교로!

미래를 향한 젊은 도전

입학은 학생으로! 졸업은 장교로!

이용호 지음

이담
Books

≡ 추천사 ≡

-육군학생군사학교장 소장 정재학

많은 사람들이 세상의 이치를 이르기를 '자세히 보면 보인다' 라고 합니다. '자세히 보아야 예쁘다. 너 또한 그렇다.'라는 싯구가 많은 이들의 공감을 받고 있는 이유도 이러한 보편적 가치를 함축하고 있기 때문일 것입니다. '자세히 살피는 마음'은 제가 늘 강조하는 '끝장정신'과 어느 부분에서는 일맥상통하는 것 같기도 합니다.

하지만 불행하게도 군복을 입은 사람들 특히, 장교들은 매년 혹은 한해 걸러 새로운 곳에서 임무를 수행하기에 자세히 보고 세밀히 돌아볼 수 있는 여유가 늘 부족합니다. 맡은 소임을 제대로 배워서 업무 전반을 통찰하게 되는 날이 사실상 그 직책에서 떠나야 하는 순간이기 때문입니다. 실제로 제가 학군단에 입단할 때만 해도 학군단에는 학군단장 이하 많게는 10명의 장교와 용사들이 각자 임무를 분담해 일했는데 이제는 불과 2~3명의 현역들이 학군사관 후보생들을 모집 홍보하는 일에서부터 정예 장교로 육성하고 임관시키는 일련의 과정을 전담하고 있습니다. 게다가 학군단뿐만 아니라 학군단이 소속된 대학과의 복잡 다양한 업무 협조도 결코 적은 부담이 아닐 것입니다. 개인적으로 더 마음이 쓰이는 것은 학교장으로 부임한 이래 이 중령을 비롯한 많은 학군단장들에게 학군사관후보생들의 미래를 지금부터 함께 준비하자고 여러 차례 독려와 격려를 오가며 임무를 재촉했던 까닭도 있습니다.

2020년 12월, 이제 막 동계훈련을 시작한 어느 날 이용호 중령으로부터 자신이 집필한 책의 초고를 받았습니다. 나는 원고를 읽으며 이용호 중령이 학군사관후보생을 더 자세히 보고 소통하기 위해 일주일에 한 통씩 53통의 편지를 보냈다는 사실에 놀라움과 감사함을 느꼈습니다. 꾸준히 그만의 방식으로 뚝심있게 지속해 온 기록에서 누구보다 ROTC 후보생들을 애정어린 시선으로 돌보고 있었다는 사실을 확인할 수 있었습니다. 또한 더 좋은 내일을 위한 진정한 동지를 얻은 것 같아 가슴 벅찬 감동을 받기도 했습니다.

제가 본 '입학은 학생으로 졸업은 장교로'라는 이 책은 단순한 교양도서가 아닙니다. 이 중령이 공명을 바라고 써 내려간 글은 더더욱 아닙니다. 이 글들은 학군사관 후보생들에게 애정을 담은 '러브레터'이자 그의 신념 어린 훈육과 소통의 결과물이었습니다. 제가 이 책을 기꺼이 추천하는 이유는 아직 우리 군에는 이 중령과 같은 열정, 애정을 가진 사람들이 아직 많이 남아 있음을 알리고 싶었기 때문입니다. 진솔한 마음을 지닌 한 군인이 남긴 마음의 기록은 독자들에게 묵직하고 분명한 울림을 선사할 것이라 확신합니다.

2021년은 ROTC 창설 60주년이 되는 해입니다. 이용호 중령과 같이 ROTC 발전을 위해 애써왔고 애쓰고 있는 이들과 사랑하는 22만여 ROTC장교 선후배들, 그리고 학교를 위해 애정어린 시선을 보내주시는 모든 분들의 무궁한 발전을 기원하며, 진심이 담긴 이용호 중령의 러브레터를 다 함께 읽기를 희망합니다.

－ASK국제연맹 총재 노병천 박사

이용호 중령의 글을 읽으면 참 마음이 따뜻해집니다. 글은 그 사람을 보여줍니다. 제가 아는 이용호 중령은 참 따뜻한 사람입니다. 이중령이 펴낸 책에는 곳곳에 그의 마음이 묻어납니다. 저도 한 때 학군단의 교관으로 근무한 적이 있었습니다. 당시에 저는 이용호 중령과 같은 생각을 하지 못했습니다. 장차 우리 군대를 책임져야 하는 장교로서 어떤 마음으로 후보생 생활을 해야 할지, 그리고 어떤 각오로 미래를 준비해야 할지를 이렇게 자세하게 편지로 전달한다는 것이 그저 놀라울 따름입니다. 내용 하나하나가 마음에 와닿습니다. 비단 군인뿐만아니라 폭넓게 민간의 많은 사람들에게도 영향을 줄 수 있는 주옥같은 내용이라 생각됩니다. 모쪼록 이 책을 통해서 보다 많은 사람이 따뜻한 마음을 일깨워 이 세상이 조금이라도 더 좋아지기를 바랍니다.

－무학그룹 회장 최재호(학군사관 20기)

ROTC의 핵심가치 '3무(無), 1존(存), 3예(禮)', 1982년 ROTC 20기로 임관해서 약 40년 지난 지금까지 그 의미를 정확하게 알고 있습니다. 저는 13공수여단에서 근무하고 전역 후에는 대한민국의 리더로서 국가사회의 기간이라는 명예와 자긍심 아래 무학그룹 회장이자 ROTC경남지구 회장으로 국가와 사회에 이바지하고자 합니다. ROTC 선배로서 VUCA시대 장교를 꿈꾸는 학군사관 후보생들에게 이 책을 적극 추천합니다. 저자인 이용호 중령이 후보생들에게 전하는 53통의 편지로 구성된 이 책은 30년 군생활 연륜과 인간중심 리더십의 결정체로 미래 리더를 꿈꾸는 학생들에게 더없이 좋은 바이블이 될 것입니다. 군 장교로서 또는 미래 사회의 리더가 되고자 하는 이들에게 선물과 같은 책이라고 확신합니다.

-부산외국어대학교 총장 김홍구

그야말로 변동적이고(volatility), 복잡하며(complexity), 불확실하고(uncertainty), 모호한(ambuiguity) 오늘의 환경입니다. VUCA시대 우리에게 필요한 것은 흘러가는 시간을 그대로 놓고 타인의 것 마냥 바라보기만 하는 것이 아니라 그 시간을 오로지 내 것으로 만들기 위해 스스로 경작하는 자세일 것입니다. 우리는 일상적 순간, 집중하지 않고 그냥 보내는 시간을 크로노스라고 합니다. 하지만 몰입하고 집중하는 시간, 그래서 내가 쾌감을 느끼는 바로 그 시간을 카이로스라고 합니다. 이용호 학군단장님께서 독자들에게 '여러분들만의 카이로스'를 어떻게 만들어 갈 것인지를 일러줍니다. 우리 모두 다시 나만의 목표를 세우고, 그 목표로 인해 희열을 느끼는 그 순간을 이 따뜻한 도서와 함께 만들어 갑시다.

-삼진제약 상무 박수남(학군사관 21기)

먼저 미래의 리더인 학군사관 후보생들에게 1년 동안 1주씩 53통의 편지와 실례(實例)를 들어 소개하면서 인생의 길잡이가 되도록 해주신 이용호 학군단장에게 감사드립니다. 제가 책을 읽으면서 느낀 점은 단장과 같은 길을 걸어온 것은 아니지만 꿈과 비전에 대한 도전의식의 성향이 매우 비슷하다는 것입니다.

강산(江山)은 10년에 한번 변한다는 말이 있으나 자신의 목표를 향해 30년 계획을 역설계기법(逆說契機法)을 이용하여 답을 얻고 실천하면서 미래를 준비하는 자세는 꼭 필요합니다. 제목처럼 모든 학생들이 이런 기회를 가지지 못하지만, 이런 과정을 거쳐야만 멋진 리더가 될 수 있기 때문입니다. 학교생활과 사회생활은 분명히 다르며 수학문제 답안처럼 정답이 없기에 저자는 많은 시련을 겪을 후보생들이 이를 극복할 수 있는 여러 사례로 방향성을 제시해주고 있어 다른 책들과는 분명 차별화되는 가치가 있다고 생각합니다.

우선 저자는 '나'라는 존재의 소중함과 능력을 믿는 게 중요하다는 점과 1년간 모두에게 공평하게 주어지는 시간 관리를 통한 장기전략으로 미래의 꿈과 희망의 행로(行路)효과를 강조하였습니다. 그리고 익숙함으로부터 벗어나 군(軍)과 사회가 필요로 하는 담대한목표를 세워 후보생들이 π형 인재가 되기를 바라면서, 미래의 시장변화에 대해 끊임없이 분석하여 대처해 나가는 Pivot으로 '기회'를 만날 수 있음을 이야기하고 있습니다.

또한 인간으로서 갖추어야 할 기본 인성을 강조함으로써 늘 감사하고 긍정적이며, 겸손한 자세가 필요하며, 때로는 시련을 겪더라도 초심(初心)을 잃지 않고 꾸준함과 끈기를 갖도록 자신감을 일깨워 주고 있습니다. 아울러 위기관리 능력과 소통(疏通)의 중요성, 새로운 시각으로 바라보는 아이디어에 대한 글들을 통해 미래 리더로서 필요한 덕목들도 잘 제시해주고 있습니다.

그리고 장차 군인의 길을 걸어가야 할 후보생들이 실천해야 할 요소들에 대해서도 방향성을 알려 줍니다. 문화로 정착시켜야 할 육군의 핵심가치를 바탕으로 "육군 비전 2050"과 같은 큰 그림 속에서 육군이 요구하는 리더십을 ESG(성실, 희생과 봉사, 진솔함)로 재해석하는 등 초급간부들에게 꼭 필요한 약재들만을 골라 잘 달인 한약 한재를 지어 준 것처럼 귀한 의미를 담고 있습니다.

끝으로 후보생들에게, 그리고 군인의 길을 걸어가고자 하는 후배들에게 다시금 당부하고 싶은 말은 인생은 인내심을 가지고 끊임없이 창조하고 도전하면서 해결해야 한다는 것입니다. 개인적으로 좋아하는 격언(格言)은 진인사대천명(盡人事待天命), 자강불식(自强不息)입니다. 지혜로운 여러분들은 선배들보다 훨씬 더 나은 미래의 멋진 리더가 되리라 믿어 의심치 않습니다. 여러분 모두 파이팅! 하시기를 기원하면서 일독을 권하겠습니다. 감사합니다.

멋모르고 제복이 좋아 시작했던 군 생활이 어느덧 30년이 되었다. 육군 소위 계급장을 달고 임관하여 처음으로 부임한 곳은 53사단으로 부산과 울산을 담당하는 곳이었다. 우연이지만 군 복무를 마무리해야 하는 시기에 부산으로 자리를 옮기면서 학군사관후보생들을 교육하게 된 것은 나에게 주어진 또 하나의 소중한 임무라는 생각이 들었다. 처음으로 군 복무를 시작했던 곳에서 초심을 잃지 말고 마무리를 잘하라는 따끔한 충고로 받아들이게 된 것이다.

30년 전 사관학교의 생도과정을 나름 성실하게 수료하고 소위로 임관하였지만 야전에서 요구하는 능력은 이론과는 사뭇 달랐다. 다만 부족함 속에서도 가슴속에서 항상 놓치지 않으려고 노력했던 부분은 인간에 대한 이해였다. 다양한 제대에서 지휘관으로, 참모를 거치면서 많은 시행착오를 겪었지만 인간 중심의 리더십을 발휘하고자 노력했던 모습에는 변함이 없었다고 자부할 수 있다.

학군단장 직책을 수행하면서 학군단에 대해 전혀 사전 지식 없이 생소한 업무를 하려다 보니 어려움이 많이 있었다. 그러나 업무적으로는 단점이었지만 오히려 완전히 백지였던 것이 새로운 시각으로 바라볼 수 있는 장점이 되기도 하였다. 학군사관후보생들에 대한 이해의 폭을 넓힐 수 있었고, 양성 목표에 맞는 맞춤식 훈육과 교육을 할 수 있는 기회가 되었다. 편지는 그 방법 중 하나였다.

　편지는 1주일에 한 통씩 59, 60기 후보생인 3, 4학년과 졸업한 58기 소위, 그리고 사전 선발된 예비 합격생인 61기, 그리고 부산외대에서 위탁교육을 받고 있는 위탁장교, 학군단 간부들과 공유하였다. 사실 처음 편지를 후보생들에게 보내고 나서 피드백을 받지 못했다. 아니 어쩌면 처음부터 기대하지 않았다는 것이 더 정확한 표현일 것이다. 왜냐하면 나도 그랬듯이 학군단장이라는 직책을 떠나 군 선배의 편지 한 장으로 후보생들에게 감동을 주거나 행동의 변화가 생기지는 않을 것이라는 것을 잘 알고 있기 때문이다. 가끔씩 후보생들에게 물어보면 보내 주는 것은 알고 있지만 내용까지 읽지는 않거나 한 페이지 또는 그림만 본다는 후보생들도 있었다. 그럼에도 불구하고 꾸준하게 보낼 수 있었던 것은 혹시 모를 어느 한 주의 편지 한 통, 아니 편지 한 장의 어느 한 문장, 한 단어가 단 한 명에게라도 자극을 주고 울림을 줄 수 있다면, 그래서 건전한 긴장감으로 그들에게 피드백이 된다면 그것으로 만족한다는 생각이 있었기 때문이다.

　이 책은 1년간 1주에 한 통씩 보낸 53통의 편지로 구성되어 있다. 이 시대를 살아가는 젊은이로서 가져야 할 꿈과 비전에 대한 생각,

같은 인간으로서 갖추어야 할 인성, 미래 젊은 리더로서의 덕목, 군인으로서의 준비라는 네 가지 분야에 대해 단장으로서 사관후보생들에게 해 주고 싶은 이야기를 담았다. 아직 군사용어가 생소한 군린이(군대+어린이)인 사관후보생들과 후보생이 되고자 하는 학생들의 시선에 맞추어 쓰려고 노력하였다. 그럼에도 불구하고 많은 부분에서 라떼와 꼰대스러운 시선을 벗어나지는 못한 것 같다.

다만 후보생들을 포함하여 장교가 되기를 희망하는 수많은 미래 대한민국의 젊은 리더들에게, VUCA 시대에 미래에 대한 고민이 있는 학생들에게, 그리고 부모님들에게 전하고 싶은 메시지는 분명하다. 장교를 한 번이라도 고민해 본 사람이라면 바로 그 고민을 실천에 옮기라는 것이다. 내가 사관후보생이라는 생각을 가지고 감정을 이입하여 읽다 보면 정확하지는 않더라도 자기 인생의 방향성을 설정하는 작은 동기부여가 되고, 미래 리더가 되어야 하는 이유와 가치를 스스로 찾을 수 있을 것이라고 생각한다.

VUCA 시대 고민이 많은 젊은 학생들에게, 그리고 장교가 되겠다는 결심을 하고 사관후보생의 길을 걷고 있는 이들과 장교가 되고자 하는 이들, 그리고 부모님들에게 감히 전합니다. 저마다의 이유는 다르더라도 장교가 되려고 생각하는 사람이 있는 한, 그리고 행동으로 실천하는 이들이 있는 한 우리 대한민국의 미래는 밝다는 것을. 그리고 이러한 건전한 가치관과 인성을 갖춘 젊은이들을 우리 대한민국이 필요로 하며, 그들이 우리 대한민국을 지탱한다는 것을.

후배들을 양성하는 일은 고귀한 일이다. 내가 백지상태(타불라 라사, Tabula Rasa)에서 군인의 길을 걸어왔고, 지금 학군단의 모습을 그려 가고 있듯이, 우리 사관후보생들도 백지상태에서 우리 군의 모습과 우리 사회의 미래 리더의 모습을 그려 나가고 있다. 후배들에게 더 좋고, 더 행복한 군 문화를 만들어 주지 못한 아쉬움은 있지만 나의 역할은 여기까지라고 생각한다. 더 좋은 내일의 몫은 이제 잘 성장하고 있는 사관후보생들에게 그리고 장교를 희망하는 젊은 학생들에게 양보하고자 한다.

도서가 나오기까지 많은 분들의 도움이 있었다. 지면을 빌려 마음을 다해 주고 있는 부산외대 학군단 정종화 대위, 최보람 주무관, 김찬미 획득관과 박규원 소위를 비롯한 18명의 58기, 영예로운 장교로 임관되어 있을 김상혁 후보생을 비롯한 19명의 59기, 정재훈 대대장 후보생을 비롯한 54명의 60, 61기 학군사관후보생, 62기가 될 사전 합격한 18명의 예비 후보생들에게도 고마운 마음을 전한다.

또한 학군단에 대한 아낌없는 지원과 애정을 보내 주고 계시는 김홍구 부산외대 총장님과 한기용 예비군 연대장님, 이광호·김영수 안보학 교수님, 류영태 회장님을 비롯한 대학교 테니스회 교수님들, 부산·경남 권역 학군단장님들, 그리고 8사단 초급장교 시절부터 함께하며 늘 마음으로 응원해 주고 있는 동기들과 그 가족들에게도 감사의 말씀을 드린다. 아울러 졸고임에도 후배들을 위해 흔쾌히 추천사를 써 주신 육군학생군사학교장 정재학 장군님과 꿈알을 전도하고 계신 ASK 국제연맹 총재 노병천 박사님, 경남지역 ROTC 회장이신 최재호 무학그룹 회장님, 부산지역 ROTC 전임 회장이신 박수남 삼진제약 상무님과 시 인용을 허락해주신 유태승 휘일 회장님(학군사관 14기), 이재무 교수님께도 특별한 감사의 말씀을 드린다. 끝으로 떨어져 지내면서도 늘 함께 있는 것처럼 사소한 것 하나까지 챙겨 주고 있는 사랑하는 아내 종민과 이제는 어엿한 성인이 된 지은, 든든한 경수에게도 고맙고 미안한 마음을 전한다.

금정산 자락에서
2020년을 마무리하며…

≡ 차 례 ≡

Chapter 1

꿈과 비전에 대한 생각과 사유, 그리고 행동

Chapter 2

같은 인격체로서 갖추어야 할 인성

Chapter 4

군인으로서의 준비

"지금 여러분들의 모습은
과거에 여러분들이 했던 생각과 사유,
그리고 행동의 결과입니다."

꿈과 비전에 대한 생각과 사유,
그리고 행동

1

꿈과 비전에 대한
끊임없는 생각과 사유

♣ 불과 1주일 만의 변화

가장 힘들었을 지난 1주간의 기초군사훈련[1]을 무사히 마치고 2주차 훈련을 묵묵히 준비하는 여러분들에게 우선 고마운 마음을 전합니다. 단장의 과거를 되짚어 봐도 비슷했던 것으로 기억되는데 갑작스레 뒤바뀐 환경으로 인해 정신적으로, 육체적으로 가장 힘든 시기를 보내고 있다는 것을 알고 있습니다. 그럼에도 불구하고 불과 2주 전 예비 후보생 신분으로 집체교육을 하던 부산외대에서의 모습과 지금 학군교에서의 모습은 너무도 달라졌다는 것을 여러분 스스로가 느끼고 있으리라 생각합니다. 당당히 학군사관 시험에 응시하여 합격하고, 영예로운 장교의 길을 걷기 위해 학군사관후보생이 된 여러분들의 도전정신에 찬사를 보냅니다.

---

1) 학군사관후보생이 되려면 4주간의 동계 기초군사훈련을 수료해야 한다. 수료한 인원들은 3학년이 되기 전에 대학교별로 입단식을 통해 정식 학군사관후보생의 자격을 갖추게 된다.

♣ '나'라는 존재의 소중함과 내 능력의 무한함

여러분 한 명 한 명은 누구와도 바꿀 수 없는 전 세계에서 유일하고 소중한 존재입니다. 여러분 스스로를 사랑하고 아끼는 마음이 우선되어야 다른 사람을 인정하고 아낄 수 있습니다. 이는 이기적이 되라는 의미가 결코 아니며, 여러분 개인이 자존감을 가지고 하나의 인격체로서 존재한다는 것을 인식하라는 의미입니다.

또한 여러분들의 능력을 믿고 스스로 한계를 정하지 말아야 합니다. 벼룩은 자신의 몸보다 수십 배 이상을 뛸 수 있지만, 작은 유리 컵에 담아 뚜껑을 덮어 두면 뚜껑을 치우더라도 컵 높이 이상으로 뛰어오르지 못합니다. 코이라는 물고기도 어항 속에 가두어 두면 크기가 수 센티미터에 불과하지만 강물에 풀어 두면 대어로 자라게 됩니다. 주변 환경을 탓하고, 내 능력이 부족하다고 포기할 것이 아니라 과감하게 도전하고 부족한 나의 능력을 향상시킬 수 있도록 노력하는 자세가 무엇보다 중요한 이유입니다.[2]

♣ 꿈과 비전 그리고 방향성

단장이 여러분들과 처음 대화를 할 때 꿈과 비전이라는 주제로 이야기를 나누었습니다. 단장도 여러분 나이대에 명확하게 인생의 목표를 정하지 못했습니다. 막연한 기대감과 때로는 안일함으로 정말로 소중한 젊은 시절을 무의미하게 보냈던 기억을 반성하게 됩니다. 그러나 단장이 이야기했던 대로 여러분들이 하고 싶은 꿈과 비전에

---

2) 패일 패스트(Fail Fast)는 '빨리 실패하라'는 뜻으로 초기 단계에 실패를 발견해야 나중에 더 큰 실패를 막을 수 있다는 의미가 있지만, 필자는 실패를 두려워하여 시도하지 않는 것보다는 실패를 하더라도 과감하게 도전을 하는 것이 더 중요하다는 의미로 해석하고 있다.

대한 고민을 지금부터 좀 더 진지하게 해야 할 시기입니다. 이러한 고민을 통해 보다 빠른 시간 내에 방향성을 잡는다면 불필요한 노력의 낭비를 줄일 수 있습니다. 그리고 그 방향성대로 지금처럼 노력해 간다면 조금의 시행착오는 있을지라도 여러분들의 꿈은 반드시 현실이 될 것입니다.

　지금 여러분들의 모습은 과거 여러분들이 했던 생각과 사유, 그리고 행동의 결과입니다. 따라서 지금 어떤 생각을 하고 어떤 그림을 그리느냐에 따라 여러분들의 미래 모습은 분명 달라질 것입니다. 하루하루 주어진 일과만 목적의식 없이 받아들이고 그냥 그렇게 흘려보낸다면 물을 쥐었다가 편 것처럼 여러분들 손에는 아무것도 남아 있지 않게 될 것입니다. 보다 크고 넓게 세상을 바라보고 의미를 부여할 가치들을 찾아서 고민해 보기 바랍니다. 행복의 기준은 사람마다 모두 다르지만 내가 '하고 싶은 일'과 '해야 할 일'과 그리고 '하고 있는 일'이 모두 일치한다면 그 사람은 분명 행복한 사람일 것입니다. 단장은 여러분들 모두 행복한 사람이 되기를 기원합니다.

☆ 목표 설정과 방향성의 중요성

줄탁동시(啐啄同時)라는 말이 있듯이 병아리가 알을 깨고 나오기 위해서는 껍질 안에서 열심히 쪼고, 어미 닭도 밖에서 열심히 쪼아주어야 합니다. 단장도 미력하나마 여러분들에게 도움을 줄 수 있도록 노력하겠습니다. 여러분들도 보다 진중하게 훈련에 임해 주기를 당부하고, 비록 훈련이 힘들더라도 여러분들의 인생 설계를 위한 소중한 시간임을 잊지 맙시다. 이제는 몸도 마음도 준비가 되었으리라 생각합니다. 주변에 있는 동기들의 전우애를 느끼고, 상대방을 배려하는 보다 발전하는 우리 후보생들이 될 것이라 믿습니다.

2

주도적인
삶

♣ 58기의 영예로운 임관 축하

어려운 여건 속에서 우리 58기 장교들의 임관식을 실시하였습니다. 제한적이나마 인터넷 화상회의를 이용한 행사를 할 수 있어 기쁘게 생각합니다. 학군단 최초로 시행한 화상 임관식이라는 아이디어와 지혜를 모아 준 우리 학군단 간부들에게도 고마운 마음을 전합니다. 영예로운 임관식을 이렇게밖에 하지 못함에서 오는 서운함은 말로 표현할 수 없겠지만 우리만의 문제가 아니었기에 부득이 화상으로 진행했음을 이해해 주리라 믿습니다. 영상으로 축하 말씀을 해주신 한기용 예비군 연대장님과 김영수 교수님께 감사의 말씀을 드립니다. 오늘 참석을 못 하셨지만 이재철 전임 학군단장님과 입원으로 오늘 함께하지 못하신 임기영 목사님께서도 여러분들의 임관을 축하한다는 말씀을 전해 주셨습니다. 행사의 크고 작음을 떠나서 여러분들의 후보생 생활에 대한 노고 치하와 임관을 축하하는 마음은 똑같음을 인식해 주기 바랍니다. 이제는 정말 저 넓은 바다를 향한

출항 준비를 모두 마쳤습니다. 뱃고동 소리를 힘차게 울리며, 자신감 있게 앞으로 나아갑시다. 졸업과 임관은 끝이 아닌 또 다른 시작입니다. 여러분 모두 지금 여기가 맨 앞입니다.

♣ 주도적인 삶이란…

일본에서는 한때 캥거루족이 사회문제가 되었습니다. 자립할 나이가 되었음에도 불구하고 부모에게 경제적으로 종속되어 기대어 사는 젊은이들이 많아서 문제가 된 것입니다. 이들은 중년이 되어도 중년 캥거루족으로 남아 있는 것으로 나타나고 있는데 이를 두고 '기생 독신'이라고 하기도 합니다. 우리나라에서도 일하지 않고 일할 의지조차 없는 소위 '니트족(Not in Education, Employment or Training, NEET)'이 많아지고 있어 청년 실업 문제와 더불어 사회문제화 되고 있습니다. 이러한 캥거루족과 니트족은 자신의 삶을 주도적으로 산다고 말할 수 없을 것입니다. 이와 비교한다면 오늘 임관한 58기를 비롯한 우리 후보생들 모두는 자신의 진로에 대한 진지한 고민을 통해 방향성을 설정했고, 이미 주도적인 삶을 준비하고 있어 칭찬받아 마땅하다고 생각합니다. 여러분 모두를 진심으로 칭찬합니다.

대부분 해외여행을 한 번씩은 경험해 보았을 텐데 우리는 흔히 아는 만큼 보인다는 이야기를 합니다. 같은 지역을 방문하더라도 그 역사적·문화적인 배경을 알고 보게 되면 색다른 의미를 갖게 되고 감동을 받게 되기도 합니다. 또한 어떤 운동경기에서 우승한 팀은 그 우승 전통을 유지하려고 노력합니다. 해외여행을 통해서 그 나라

역사와 문화에 대한 이해의 수준을 높이고, 운동경기의 목표를 우승으로 정하는 것은 우리의 수준과 시선을 그 높이에 맞춘다는 의미입니다. 이는 '시선의 높이가 생각의 높이이고, 생각의 높이가 삶의 높이이며, 삶의 높이가 사회나 국가의 높이가 된다'는 건명원 초대 원장을 지낸 서강대 최진석 교수의 말을 되뇌어 보게 합니다.

손자병법에 '선전자(善戰者)는 치인이불치어인(致人而不致於人) 한다'라는 말이 있습니다. 이는 '용병을 잘하는 자는 적을 내 마음대로 조종하지 적에게 조종당하지 않는다'라는 뜻입니다. 전투에서의 주도성을 강조한 말인데 하물며 우리의 인생은 논할 대상이 아니라고 생각합니다. 여러분들 가운데 자신의 인생을 주도적으로 살고 싶지 않은 사람은 단 한 명도 없을 것입니다. 그렇다면 어떻게 하는 것이 자신의 삶을 주도적으로 사는 것일까요?

흔히 인생을 객관식으로 살지 말고 주관식으로 살라는 말을 하곤 합니다. 객관식의 객(客)은 손님입니다. 당연히 손님으로 살아서는 인생의 주인이 될 수 없습니다. 주관식으로 산다는 것은 내 멋대로 산다는 의미가 아니라 내 스스로 답을 찾아야 하고 답을 쓸 수 있어야 한다는 의미입니다. 그래서 단장이 계속해서 여러분들에게 생각의 중요성을 강조하고 있는 것입니다. 한 번 더 최진석 교수의 말을 빌리면 그는 외부로부터 들여온 철학과 사상에 '수입'이라는 표현을 썼는데, "철학의 수입은 곧 생각의 수입을 의미한다. 유명한 철학자의 말이나 그 의미는 공부하면서 정작 내 자신의 생각과 사유의 깊이는 껍데기에 불과하다면 주도적인 삶이라 할 수 없다. 책으로 배운 철학자들의 삶에 종속되어 버리는 결과를 가져올 것이다"라고 하였습니다. 즉, 생각의 노예가 되지 말고 생각의 주인이 되도록 노력해야 하는데, 단순하게 따라 하는 것에 만족한다면 결국 객관식의 삶이 되며, 결코 주도적인 삶, 주관식의 삶이라 할 수 없다는 의미입니다.

또한 그는 "이미 있는 논리로 아직 오지 않은 것을 따지거나 분석하면 결과가 정확하게 나올까요? 현재의 틀로 미래를 재단하면 미래가 제대로 열릴까요? 현재의 문법에 갇혀 있으면 꿈은 항상 불가능한 것으로 평가될 수밖에 없습니다. 가능해 보이는 것은 꿈이 아니라 괜찮은 계획입니다. 불가능해 보이는 것이 꿈입니다"라고 강조했습니다. 여기서의 주체는 "나"입니다. 단장을 비롯한 대부분의 사람들은 소위 철학자나 사상가들이 했던 말이나 글귀를 들어 보고 아는 것만으로 마치 내가 그만한 수준에 있는 것으로 착각을 하곤 합니다. 그러면서도 불확실한 미래에 대해 막연한 불안감을 느끼며 주변으로 시선을 돌립니다. 이러한 인식을 가지고 있다면 결코 주도적인 삶이라 할 수 없을 것입니다.

단장도 여러분 시기에 내가 선택한 길이 옳은 길인지, 맞는 방향인지, 다른 길은 없는지에 대한 불안과 고민이 있었습니다. 시간이 한 해 두 해 지나면서 주변의 시선으로 인해 좀 더 힘든 시기도 있었고 '내게 맞지 않는 길이었구나' 하는 부정적인 마음과 자격지심을 갖기도 했습니다. 그럴수록 점점 더 객관식의 삶을 살게 되었습니다. 그러나 그러한 생각을 훌훌 털고 일어설 수 있었던 것은 앞선 부정적인 생각이 나의 나태함과 나약함의 표현이었음을 인식했기 때문입니다. 지나치게 조심스럽고, 실패를 두려워하고, 주변의 시선을 의식해 안정적인 길을 가는 객관식의 문제를 풀고 있는 단장 스스로의 모습을 본 것입니다. 그래서 내 스스로에게 '잘하고 있다, 이 길이 맞다, 또 다른 새로운 길이 보인다'라는 암시를 주고, 보다 자신감을 가지려고 노력하면서 조금씩 극복할 수 있었습니다. 여러분들은 어떻습니까? 자칫 부모님이 원하는 삶, 물질적으로 성공하는 삶, 안정적인 삶으로 이름 지어진 객관식의 답을 찾으려고만 하고 있지 않은지 스스로 반문해 보기 바랍니다. 종속적이고 객관식의 삶이 아닌 주도적인 삶을 살려고 노력하는 것, 이는 우리 사유의 시선을 높이려는 노력입니다. 이러한 노력이 반복될 때 우리의 수준은 한 단계 성장할 것이며, 주관적인 삶을 영위할 수 있습니다. 우리 후보생들 모두 시선을 조금만 위로 향하도록 노력하고, 그래서 각 개인이 답을 찾아가는 주도적인 삶을 살아가기를 바랍니다.

다시 한번 58기 장교들의 소위 임관을 축하하며, 함께 자리를 빛내주고 축하해 준 59, 60기 후보생들에게도 고마운 마음을 전합니다.

☆ 학군단 최초로 시행한 화상 임관식

3

시간, 돈을 주고도
살 수 없는 가치

♣ 홈쇼핑 매진 임박

여러분들은 경험이 별로 없겠지만 단장만 하더라도 TV 홈쇼핑을 보다가 시간이 다 되어 가는 초침 소리가 들리고, 매진이 임박했다는 쇼호스트의 의도적으로 고조된 음성 소리에 가슴이 뛰면서, 나도 모르는 사이에 주문했던 경험이 있습니다. 단장은 최근에도 홈쇼핑으로 노트북을 하나 샀습니다. 아마도 여러분 부모님들 중에서도 인정하시는 분들이 계실 것입니다. 방송되었던 상품이 필요했고 마음에 들기도 했지만, 적어도 쇼호스트의 판매 전략이 단장에게는 제대로 효과를 발휘한 셈입니다.

♣ 인류 최고의 발명품, "시간"

여러분은 인류의 발명품 중에서 최고는 무엇이라고 생각하시나요? 인터넷, 문자, 전기, 기업, 예술, 바퀴, 나침반, 종이, 페니실린, 도르래, 인쇄술, 화폐, 가전제품 등등, 어떤 기준을 적용하느냐에 따라 각자 생각하는 최고의 발명품은 다를 것입니다. 단장은 개인적으로 인류 최고의 발명품은 '시간'이라고 생각합니다. '시간'이 발명품이냐고 반문할 수도 있지만 '시간'은 분명 우리의 삶을 지배하고 있습니다. 시간은 수십억의 돈을 준다고 해도 결코 살 수 없는 상품이면서, 부의 많고 적음, 계급의 높고 낮음, 나이의 많고 적음에 관계없이 똑같이 1주 168시간, 1년 8,760시간이 주어집니다. 어려서는 빨리 갔으면 좋겠다는 생각을 하고, 나이가 들어서는 조금 천천히 갔으면 좋겠다는 생각을 하게 만들기도 하는 '시간'은 분명 우리가 관리해야 할 중요한 가치입니다. 시간을 어떻게 쓰느냐에 따라 누군가에게는 하루가 36시간이 되기도 하고, 누군가에게는 12시간에 지나지 않기도 합니다.

로라 밴더캠은 '시간 전쟁'이라는 책에서 시간 관리의 중요성에 대해 강조하였습니다.[3] 많은 사람들이 한 주간 해야 할 일은 극단적으로 과대평가하는 데 반해 주어진 시간은 과소평가하고 있다는 것입니다. 흔히 우리는 '시간이 없어, 너무 바빠'라고 말을 하지만 그녀는 결코 시간이 부족하지 않다는 말을 하고 있는데, 단장도 전적으로 이에 동의합니다. 그녀는 '시간을 절약하여 원하는 삶을 만들어 가는 것이 아니라 원하는 삶을 사는 것이 시간을 절약하는 것이다'라고 강조합니다. 시간은 탄력적입니다. 우리가 시간을 늘릴 수는 없지만, 쓰려고 하는 곳에 맞추면 시간은 늘어납니다. 결국 로라 밴더캠이 강조하는 시간관리의 핵심은 우선순위를 잘 정하는 것입니

---

3) 유튜브에 TED 영상이 있으므로 책을 읽기에 제한되는 후보생은 10분만 투자해서 영상을 보기 바란다.

다. A, B, C를 하지 않는 것은 시간이 없기 때문이 아니라 A, B, C가 나의 우선순위가 아니기 때문입니다. 여러분은 하루 일과의 우선순위 A, B, C를 고민하면서 시간을 관리하고 있습니까? 금주에 반드시 해야 할 D, E, F를 선정했나요? 그리고 금년도에 해야 할 G, H와 10년 후에 달성해야 할 I, J를 위한 준비를 우선순위에 포함을 시켰나요? 아니면 계획이 아직 없습니까? 우리 후보생들도 한번 진지하게 고민해 보기 바랍니다.

'조삼모사(朝三暮四)'는 흔히 눈앞에 보이는 차이만 알고 결과가 같은 것을 모른다는 어리석음을 뜻하는 한자 성어로 알려져 있습니다. 그러나 '시간'이라는 기준을 가지고 적용한다면 단장은 기꺼이 '조삼모사(朝三暮四)'가 아니라 '조사모삼(朝四暮三)'을 선택할 것입니다. 내가 필요하고 집중할 수 있을 때의 1시간이 집중하지 않아도 될 1시간과 같을 수는 없기 때문입니다. 그런 의미에서 지금 여러분의 '젊은 시간'은 집중이 필요한 시기라고 생각합니다. 여러분이 헛되이 보내는 지금 1시간은 훗날의 1시간과는 분명 다릅니다(결코 나이 드신 어르신들을 폄훼하는 것이 아님을 양지 바랍니다). 지금 여러분은 무엇보다 집중해야 할 시기이며, 시간을 관리해야 할 시기입니다. 여러분들의 개인 능력을 개발하고, 체력과 지력을 단련하고, 역량을 키워야 할 시기를 무의미하게 그냥 흘려보내서는 결코 안 됩니다. 오늘 내가 보내고 있는 헛된 시간은 오늘을 보지 못한 그 누군가에게는 그토록 간절하게 원했던 내일이었음을 잊지 맙시다. 여러분은 경쟁상대를 누구라고 생각하십니까? 같은 과 학생들입니까? 우리 학교 또는 타 학교 학군사관후보생입니까?

육사나 3사 생도들입니까? 아니면 김일성 대학에서 같은 과를 전공

모든이에게 공평하게 주어지는
시간의 주인은 바로 나! 자신

하는 북한 학생입니까? 미국, 중국, 유럽의 젊은이입니까? 그 누구여도 관계없습니다. 여러분들이 무의미한 시간을 보내는 사이에 무수한 경쟁자들은 두 발, 세 발 앞서 나갈 것입니다. 그들과의 경쟁력에서 우위를 유지하기 위해서는, 아니 적어도 뒤처지지 않기 위해서는 우리 모두에게 공평하게 주어진 시간에 유의미한 가치를 부여하고 유의미한 결과가 나오도록 치열하게 노력해야 합니다.

몇 년 전에 가상화폐의 광풍이 불었습니다. '누가 하루에 몇 억을 벌었다더라' 하는 뉴스는 물론 가까운 친구가 눈앞에서 손쉽게 돈을 버는 것을 눈으로 보고 많은 사람들이 흔들렸고, 나만 이 기회를 놓치고 있는 것 같아 두려움과 초조함을 느꼈습니다. 이른바 FOMO(Fear of Missing Out) 신드롬입니다. FOMO 신드롬은 원래 제품 공급량을 줄여 소비자를 조급하게 만드는 마케팅 전략을 말합니다. 앞선 서두에 홈쇼핑의 예를 들었지만 주로 홈쇼핑에서 사용하는 방법으로 몇 개 남지 않고 매진이 임박했음을 강조하면서 소비자들로 하여금 구매하도록 유도하는 전략입니다. 좋은 기회를 놓치고 싶지 않은 인간의 마음을 자극하는 것입니다. 본래 의미와는 조금 다르지만 단장은 이 FOMO 신드롬을 '시간'이라는 측면에서 여러분들이 피부로 느꼈으면 좋겠습니다. 미래에 대한 초조함과 조급함을 갖지는 말되 젊은 시절의 소중한 시간을 헛되이 보내지 않았으면 하는 간절한 마음 때문입니다. 젊음의 시간은 둘도 없는 인생의 유일한 기회입니다. 결코 그 기회를 안일함으로 무의미하게 잃지 않기를 바랍니다.

도산 안창호 선생은 '우리 가운데 인물이 없는 것은 인물이 되려고 마음먹고 힘쓰는 사람이 없기 때문이다. 인물이 없다고 한탄하는 그 사람, 자신이 왜 인물이 될 공부를 아니 하는가?'라고 가슴으로 강조하셨습니다. 젊음의 시간은 결코 돈으로 살 수 없는 가치임을 잊지 말고 여러분이 지금 이 시기에 집중해야 할 우선순위를 잘 선정하여, 시간을 탄력적으로 활용하기 바랍니다. 1년간 모두에게 공평하게 주어지는 8,760

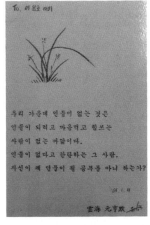

☆ 20년 전 원형묵 선배님으로부터 받은 저 마음을 돌이켜보니 실천하지 못한 아쉬움이 크다.

시간을 내가 8,760원으로 사용할 때, 누군가는 8,760억 원의 가치로 사용합니다. 시간은 절약의 대상이 아니라 내 통제의 대상이라는 것을 잊지 맙시다. 온라인 강의가 길어지면서 생활리듬이 많이 흐트러졌으리라 생각합니다. 변화된 환경을 탓하지 말고 슬기롭고 지혜롭게 적응하는 우리 후보생들이 되기를 기대합니다.

4

자신에 대한
동기부여

♣ Second Quarter가 시작되었으니…

코로나19로 일상이 많이 흐트러져 여러 가지 아쉬운 게 많은데 단장의 개인적인 아쉬움 중 하나는 프리미어리그 축구경기를 보지 못하는 것입니다. 비단 축구뿐만 아니라, 야구, 농구, 배구 등도 취소가 되거나 연기가 되어 선수들은 물론 단장을 포함한 많은 시청자들에게도 아쉬움을 주고 있습니다. 하루빨리 정상화되어 여러분들과도 축구를 하는 날이 오기를 기대합니다.

잘 알고 있겠지만 농구경기 시간을 4등분 할 때 4분의 1의 시간을 쿼터(Quarter)라고 합니다. First Quarter와 Second Quarter 사이에는 1분간의 휴식시간이 주어집니다. 올해를 농구에 비유하자면 이제 Second Quarter가 막 시작되었다고 할 수 있습니다. 다만 우리에게 First Quarter후 1분의 휴식시간이 코로나19로 인해 조금 길게 주어졌을 뿐입니다. 충분한 휴식시간을 가진 만큼 보다 역동적인 Second Quarter가 될 수 있도록 노력합시다.

♣ 내게 동기부여가 되는 일은?

직장인의 약 80%가 현재 자기가 하고 있는 일에 만족하지 못하고 이직을 고민하고 있다는 통계가 있습니다. 많은 사람들이 자신의 일에 만족하지 못하고 있다는 현실이 놀랍기도 하지만 한편으로는 그럼 '과연 그들은 행복할까?'라는 자문을 하게 됩니다. 전에 단장이 한 번 언급했던 것으로 기억되는데 단장이 생각하는 행복한 사람이란 '하고 싶은 일과 해야 할 일과 지금 하고 있는 일이 일치하는 사람'입니다. 적어도 단장의 기준을 적용한다면 직장인 대부분은 행복함을 느끼지 못한다고 볼 수 있습니다.

논어에 '지지자(知之者)는 불여호지자(不如好之者)요, 호지자(好之者)는 불여낙지자(不如樂之者)'라는 말이 있습니다. 이는 '아는 것은 좋아하는 것만 못하고, 좋아하는 것은 즐기는 것만 못하다'라는 뜻입니다. 자기가 좋아하는 일을 하면 밤을 새우더라도 전혀 피곤함을 느끼지 못합니다.

단장은 지금의 아내와 연애결혼을 했습니다. 당시 단장은 울산에서 근무를 하고 있었고, 아내는 서울에 있었습니다. 자주 만날 수 없었던 현실 속에서 주로 전화로 사랑을 키워 갔습니다. 당시는 상대 전화번호가 뜨는 소위 '삐삐'라고 불리는 무선 호출기(Pager, 이건 아마도 부모님들께 여쭈어 봐야 알 듯…)에서 시티폰, 휴대폰으로 넘어가는 과도기였습니다. 그래서 삐삐로 호출이 오면 공중전화기로 달려가서 전화를 하곤 했지요. 그러다가 휴대폰을 구입하면서 통화량도 자연스레 늘어났고, 정말 길게는 13시간을 통화한 경험도 있습니다(물론 말없이 한참을 있거나 졸기도 했지만…). 그래도 다음 날 피곤함을 모를 정도로 전화 통화를 무척 즐겨 했습니다. 맞는 사례인지는 모르겠지만 연애라는 측면에서 전화 통화는 분명 당시 단장에게 충분한 동기부여가 되었다고 생각합니다. 여러분이 즐거워하는 일은 무엇입니까? 지금 여러분들은 무엇에 동기부여가 되고 있습니까?

♣ 동기부여가 필요한 이유

우리가 동기부여를 말할 때 통상 내발적 동기와 외발적 동기로 구분을 합니다. 내발적 동기는 행위 자체가 즐겁고, 행복감을 느끼며, 자연발생적인 만족감을 주는 반면, 외발적 동기는 무엇인가 다른 결과를 가져오기 때문에 그 일을 하게 되는 것으로 그 행위 자체의 즐거움과 행복감보다는 결과를 우선 생각하게 합니다. 내발적 동기가 개인적 성장이나 자아실현, 명예 등 가치 측면에서의 의미가 강한 반면, 외발적 동기는 진급, 칭찬, 징계, 장학금, 상벌점과 같은 보상이나 처벌이라는 물질적이고 가시적인 측면이 강조된다고 할 수 있습니다. 단장은 내발적 동기와 외발적 동기가 적절하게 모두 필요하다고 봅니다. 물론 내발적 동기가 밑바탕이 된 가운데 외발적 동기가 앞에서 끌어 주는 동기부여가 된다면 더욱 오랫동안 지속되고 흔들리지 않을 것이라고는 생각합니다. 다시 한번 물어보겠습니다. 여러분은 지금 무엇에 동기부여가 되고 있습니까? 결론부터 말하면 단장은 당장 눈에 보이는 재산, 이성, 성적, 표창, 졸업, 징계, 음식에 의한 동기부여도 좋지만 미래의 꿈과 가치에 대한 도전과 열정, 희망에 보다 강한 동기부여가 되는 우리 후보생들이 되어 줄 것을 기대합니다.

지금은 은퇴하였지만 중국의 빌 게이츠라 불리던 류촨즈 회장은 엔진 문화를 강조하였습니다. 간부는 큰 엔진이 되어야 하고 직원들도 큰 엔진과 함께 돌아가는 작은 엔진이 되어야 한다는 것이 그의 지론이었습니다. 왜냐하면 직원들도 엔진이 되어야 다른 엔진에 문제가 생기더라도 멈추지 않기 때문입니다. 직원이 기어가 되어 엔진이 멈추면 함께 멈추는 조직이 되어서는 안 된다고 본 것입니다. 단장은 류촨즈 회장의 말에 공감하며, 전적으로 동의합니다. 여러분은 어떻습니까? 여러분 스스로가 엔진이 되고 싶습니까? 아니면 엔진이 시키는 대로 하는 기어가 되고 싶습니까? 당연히 여러분은 장교 후보생으로서 스스로 엔진이 되어야 합니다. 스스로 엔진이 되기 위해서는 내가 좋아하고 열정을 발휘할 수 있는 일을 찾아 끊임없이 동기부여를 해야 합니다. 스스로 동기가 부여된 일을 하면 꿈은 곧 현실이 됩니다. 그러나 의무감이 되어서는 결코 동기부여가 되지 않습니다. 설령 작은 동기부여가 되었다고 해도 결코 지속적으로 유지되지 못합니다. 쉬지 않는 엔진이 될 수 없는 것입니다.

내 스스로가 엔진이 되지 못하는데 장교가 되어 부하들을 지휘하고 그들의 생명을 담보하는 것이 가능하겠습니까? 미래의 젊은 리더로서 다른 사람들에게 좋은 영향력을 줄 수 있겠습니까? 여러분들의 장교가 되고자 하는 목적이 병역의무를 해결하고, 좋은 직장을 얻기 위한 발판으로 한정된다면 결코 성능 좋은 엔진을 갖춘 리더가 될 수 없습니다. 장교의 의미에 대한 보다 높은 내발적 가치를 부여하고, 신념을 키워 나가는 고민을 통해 자신만의 리더십으로 향상시켜 나가야 합니다. 수백 년에 걸쳐 아름다운 성당을 짓기 위해 수많은

Second Quarter
과연 나는 몇 마력일까?

벽돌공이 벽돌 한 장을 차곡차곡 쌓아 가듯 바로 지금부터 작지만 실천이라는 노력을 통해 여러분들의 엔진 성능을 1마력씩 늘린다면 여러분은 일류 엔진을 갖춘 리더로 성장할 수 있습니다. 여러분의 꿈과 비전을 실현할 수 있습니다. 내 성격과 특성, 장점을 살려 즐길 수 있는 나만의 동기부여 방법을 찾고 꿈과 비전을 향해 실천해 나가도록 노력합시다. 막연히 시간이 흐른다고 황금빛 미래가 되지는 않습니다. 알랜 케이의 말처럼 미래를 현실로 만드는 가장 확실한 방법은 미래를 창조하는 것이며, 그 출발은 내 자신에 대한 동기부여로부터라는 것을 잊지 맙시다.

<u>5</u>

지금은 막연해 보이지만…
행로효과

♣ 훈육관 전출과 58기 선배들의 초등군사반(OBC) 수료

지난주에 학군단 발전을 위해 노력하고 여러분들과 함께했던 박상민 훈육관이 17사단에서 해안중대장이라는 새로운 임무수행을 위해 전출을 갔습니다. 함께하지 못하는 아쉬움은 있지만 여러분들이 지금처럼 교육을 잘 받고 장교로서의 역량을 잘 갖추어 나가는 것이 그의 노력에 보답하는 길이라고 생각합니다.

☆ 박상민 훈육관 전출 기념 사진촬영과 고별 축구

또한 이번 주 11일은 지난 3월에 임관했던 58기 선배들이 초등군사반(OBC: Officer's Basic Course)을 수료하는 날입니다. 이제는 학교가 아닌 야전부대에서 부하들과 새롭게 동고동락을 시작하게 됩니다. 지난 임관식도 화상으로 진행하여 너무나 아쉬웠는데 코로나19 사태가 진정되지 않아 홈커밍데이[4]도 실시하지 못하게 되어 안타까움을 더합니다. 58기 선배들의 모습을 보지는 못하지만 단장은 더욱 늠름하고 의젓해졌으리라 믿어 의심치 않습니다. 소대장도 멋지게 잘 해내리라 믿습니다. 마지막까지 마무리 잘하고 건강하게 각자의 임지에서 임무수행을 잘해 주기를 당부합니다. 학군사관 58기 모두 어려운 여건 속에서도 정말 수고 많았고, 후배 후보생들의 마음을 함께 모아 진심으로 격려와 축하의 박수를 보냅니다.

♣ 출발해서 가다 보면 비로소 보이는 목표

59기 후보생들과는 지난 인성교육 시간을 통해서 여러분들의 미래에 대한 인생 목표와 준비에 대한 이야기를 나누었습니다. 다양한 의견을 듣고 토의를 할 수 있는 소중한 시간이었습니다. 단장이 교육을 하면서 느낀 점은 불확실한 미래에 대한 불안감과 두려움이 우리 후보생들을 포함한 대부분의 젊은이들이 갖고 있는 공통점이라는 것입니다. 후보생들 중에는 미래에 대한 그림을 어느 정도 구체화한 인원도 있고, 아직 방향에 대해 고민하고 있는 인원들도 있습니다. 간과하지 말아야 할 것은 지금의 이러한 고민과 생각이 여러분들의 미래를 바꿔 준다는 사실입니다. 행로효과란 처음 출발점에

---

4) 홈커밍데이는 당해 연도 임관한 선배들이 초등군사반 교육을 종료하며 모교를 찾아와 후배들과 대화와 격려의 시간을 갖는 학군사관만의 전통을 말한다.

서는 보이지 않았던 길들이 목표지점에 다가갈수록 보이는 것을 말합니다. 지금 당장 여러분들의 미래가 보이지 않고, 여러분들이 가는 길이 올바른 것인지에 대한 확신이 없기에 목표가 멀게만 느껴지고 때로는 지치기도 할 것입니다. 그러나 그 길은 오롯이 올바른 길이기에 두려움을 가질 필요가 없습니다. 또한 처음부터 모든 것을 다 알고 갈 필요도 없습니다. 막연한 불안감으로 시도조차 하지 않는 것보다 구체화는 되어 있지 않더라고 큰 그림 속에서 일단 출발해야 합니다. 그리고 묵묵하게 여러분들이 그 길을 가게 되면 지금 여기에서는 보이지 않았던 길이 보이고, 새로운 길도 여럿 보이게 됩니다. 그 길은 여러분이 생각하지 못했던 전혀 새로운 길이 될 수도 있고, 여러분이 목표로 했던 길의 지름길이 될 수도 있습니다. 중요한 것은 그 길이 잘 보이지 않는다고 하여, 그 길에 대한 두려움으로 출발을 미루고, 지금의 위치에서 방황해서는 안 된다는 것입니다. 한 번도 실패하지 않았다는 것은 한 번도 시도조차 하지 않았다는 것을 의미합니다.

59기 후보생들은 영상을 보았지만 미국의 동기부여 연설가이면서 저술가인 릭 리스비(Rick Rigsby)가 2017년에 미국의 한 대학교에서 졸업생들에게 한 연설 '초등학교 3학년 중퇴자의 가르침'이라는 영상이 유튜브에서 화제가 된 적이 있습니다. 그는 연설에서 '목표를 크게 잡아 실패하는 게 문제가 아니라 목표를 낮게 잡아 성공하는 것이 큰 문제입니다. 여러분이 성장 못 할 것을 걱정하는 것이 아닙니다. 실패를 해야 할 때 하지 못할까 봐 걱정입니다.' 또한 아리스토텔레스의 말을 인용하여 '지금의 여러분은 여러분이 반복한 행동의

결과입니다. 따라서 탁월함은 습관에 달려 있습니다'라는 말을 하기도 하였습니다. 그리고 '옳은 것을 하기 위한 잘못된 때란 없습니다, 사소한 일을 대하는 태도가 여러분의 모든 것을 말합니다'라는 감동적인 연설을 통해 많은 이들에게 희망과 용기를 주었습니다. 여러분들에게도 다시 한번 영상을 볼 것을 권유합니다. 그가 주는 메시지는 두려워하지 말고 목표를 향해 출발하라는 것이며, 보다 큰 목표를 설정하고 노력하라는 것입니다.

♣ BHAG는 달성할 수 있는 목표

BHAG는 '크고(Big), 대담하며(Hairy), 도전적인(Audacious), 목표(Goal)'의 약자입니다. 이는 우리가 불확실한 미래에 대해 준비하면서 경쟁력을 갖기 위해, 그래서 나의 비전을 실현시키기 위해 가져야 할 자세입니다. 2015-16시즌 영국 프리미어리그 우승팀은 승점 81점의 '레스터시티'였습니다. 레스터시티는 2014-15시즌에 1부 리그로 어렵게 승격하여 강등권을 맴돌다 14위로 시즌을 마감했던 약체로 분류되었던 팀이었으며, 도박사들에 의한 2015-16시즌 우승확률은 단 0.02%였습니다. 우승을 했던 바로 그해 라니에리 감독은 시즌 전 인터뷰에서 자신의 목표는 승점 40점으로 프리미어리그 잔

류라고 말했습니다. 그러나 경기가 진행되면서 라니에리 감독은 선수들에게 '더 많이 더 빨리 뛰라'를 주문하였고, '이번 경기는 무실점 경기다'와 같은 작은 목표들을 제시하며 하나씩 이루어 나갔습니다. 그리고 5~6경기가 남았을 때 '우리의 목표는 우승이다'라며 최종 목표를 제시하였습니다. 아마도 그의 머릿속에는 이미 우승의 목표가 처음부터 있었을 것입니다. 그러나 선수들을 비롯한 언론에는 소박한 목표만을 제시하였고, 그러면서 하나씩 작은 목표를 성취해 가며 선수들 스스로가 '우승'이라는 목표에 다가가도록 만들었습니다.

한 가지 예를 더 들겠습니다. 우리가 개인 자력을 쓸 때 외국어 능력 수준을 적는 경우가 있습니다. 단장이 합참에서 근무할 당시 부장님이셨던 정안호 해군 제독은 초급장교 시절 본인 영어 실력은 다소 미흡했지만 항상 '상'이라고 기록했다고 합니다. 그러면서 자신의 영어 능력을 '상'으로 만들기 위해 부단한 노력을 했고, 실제로 원어민 수준의 '최상'의 수준에 오를 수 있었다고 합니다. 여러분들도 레스터시티의 라니에리 감독처럼, 정안호 예비역 해군 제독처럼 여러분들의 목표를 크고, 대담하며, 도전적으로 만들어야 합니다. 다만 '체력 특급을 달성하겠다, 4.5학점을 받겠다, 영관장교가 되겠다, 대기업의 직원이 되겠다, 작은 가게를 하나 차리겠다' 등과 같은 생각에 '인생 목표'라는 이름을 부여하지 않기를 바랍니다.

위의 예가 작은 목표를 달성하면서 성취감을 느끼고 목표를 더 크게 키우는 근육과 발판으로서는 의미가 있으나 그 자체가 목표는 아닙니다. 여러분들의 목표를 더 크게 넓게 선정해야 합니다. 여러분들이 지금 결심하고 실천하고 있는 작은 발걸음이 작은 성공으로 이끌 것이며, 이러한 작은 성공이 모여 여러분이 원하는 크고, 대담하며, 도전적인 목표를 반드시 이루게 될 것입니다. 단장의 목표는 여러분들 모두가 작전사를 지휘하는 지휘관이 되거나, 10만 명 이상의 직원을 거느리고 연간 10조 원 이상의 순이익을 생산하는 CEO가 될 수 있는 인성과 리더십의 기초를 갖추게 하는 것입니다. 그 목표를 이루기 위해서 여러분들은 작지만 체력단련을 하는 것이고, 일반학과 군사학 수업을 병행하고 있는 것입니다. 단장이 지난주에 미리 보내 주면서 자극을 받으라고 했지만 여러분들과 같은 과정을 밟고 있는 인접 학군단의 후보생들도 개인 발전과 목표 달성을 위해 많은 생각과 고민을 하고 있습니다. 중요한 것은 그 후보생들은 생각으로만 그친 것이 아니라 그것을 시각화하고 행동화하며, 스스로 성과분석을 통해서 발전해 가려고 노력하고 있다는 것입니다. 여러분들에게도 필요한 모습이며, 우리가 배워야 할 자세입니다. 무엇인가 작은 것이라도 이루어 내고 성취했을 때 우리의 신체에서는 테스토스테론이라는 호르몬의 분비가 반복됩니다. 일일 체력단련을 통해서 여러분들의 체력이 조금씩 좋아지는 것을 느꼈을 것입니다. 작은 성취가 큰 성취를 이루어 냄을 인식하여 사소한 것이라도 실천하고 이루어 내는 연습을 반복해야 합니다. 여러분 인생의 큰 그림 속에 '하고 싶은 일, 할 수 있는 일, 해야 하는 일'을 잘 그려 넣고 하나씩 실천해 가면서 오늘도 1cm씩 성장해 나가기를 기대합니다.

<u>6</u>

바로 내가
'π(파이)'형 인재

♣ 하계 입영훈련 시작

드디어 하계 입영훈련이 시작되었습니다. 7월과 8월 각 4주씩 훈련이 실시되는데 우리 학군단에서는 A조 15명이 군인으로서의 담금질을 위해 오늘 괴산행 버스에 몸을 싣고 출발하였습니다. 후보생들 모두 육군 핵심 가치와 학군단 구호에 새겨진 글자처럼 자신감 있게

☆ 부산외대에서는 군번줄이 없는 후보생들의 소속감 고취를 위해 육군 핵심가치와 학군단 구호를 새겨서 입영훈련 시 착용하도록 하고 있다.

훈련에 임하고, 4주 후에는 한 단계 더 성장한 모습으로 볼 수 있기를 기대합니다. 또한 금년도에는 학군사관후보생으로서는 최초로 공수훈련 위탁교육도 병행해서 실시가 되는데 우리 학군단에서도 정한별 후보생이 대표로 참가하여 훈련을 받게 됩니다. 하계 입영훈련,

공수훈련 모두 건강하게 잘 마치기를 기원합니다. 입영훈련에 참가하지 않는 후보생들도 방학 기간 계획을 잘 수립하고 의미 있게 보내기를 당부합니다.

♣ 'π'형 인재의 의미

조직에서 요구하는 인재형 또는 성공했다고 말할 수 있는 유형은 조금씩 변하고 있습니다. 소위 'I(아이)'형 인재에서 'T(티)'형 인재, 그리고 지금은 'π(파이)'형 인재로의 변화가 그것입니다. 'I'형 인재는 한 분야에서 탁월한 능력을 발휘하는 것을 말하는데 과거에는 한 분야에서만 잘하더라도 성공이 보장되고 능력을 인정받았습니다. 그러나 조금씩 사회가 발전되면서 한 분야에서의 특출함만으로는 성공을 담보하기 어려워지게 되었고, 그러면서 다양한 분야의 기본적인 지식이나 능력이 바탕이 된 가운데 한 분야에서 특출함을 갖춘 'T' 자형 인재가 인정을 받는 시기가 있었습니다. 최근에는 이에 더하여 어느 한 분야가 아닌 두 가지 이상의 분야에서 특출함을 갖춘 'π'형 인재가 요구되고 있습니다.[5] 'π'형 인재를 요구하고 있다는 것은 한편에서는 부담되고, 자포자기하게 만들기도 하지만 다른 한편으로 새로운 도전의 의미를 부여해 주기도 합니다.

창의력 연구소 대표이면서 국방일보에 꾸준하게 좋은 글을 기고하고 계신 박종하 씨는 특별한 나를 만드는 방정식으로 25%+25%

---

[5] 이화여대 교수이면서 초대 국립 생태원장을 역임한 최재천 교수는 '통섭'이라는 표현으로 인문학과 과학의 영역을 통합해 새로움을 찾아야 함을 강조하였다. 파이형 인재라는 것도 통섭의 의미와 같은 맥락으로 이해하면 된다. 육군 학생군사학교의 교육 목표도 '올바르고 유능하며, 헌신하는 통섭형 장교 양성'이다.

=3%라는 재미있는 의견을 주셨습니다. 우리가 일반적으로 대단한 성공을 이루는 방법은 두 가지가 있는데, 첫째는 한 분야에서 3%에 들어가는 것이고, 다른 방법은 두 가지 영역에서 각각 25%에 들어가는 것이고, 두 가지 영역을 연결하는 것이라는 것이 박종하 대표의 의견입니다. 결국 'π'형 인재란 25% 안에 드는 두 가지의 역량을 어떻게 조합하여 연결하느냐의 문제로 귀결된다고 볼 수 있습니다. 최근 부모님들께서 좋아하시는 미스터 트롯 출신의 나태주 씨는 태권도 품세에서 세계 1위를 달성하였는데 이 태권도를 트로트에 접목하여 새로운 장르를 개척하였고, 인기를 얻고 있습니다. 그도 'π'형 인재라고 할 수 있을 것입니다.

♣ 여러분은 우리 군과 사회가 필요로 하는 인재

여러분들을 위의 방정식에 대입해 보겠습니다. 단장이 생각하는 여러분들의 모습입니다. 여러분들은 이미 전국 대학생 약 330만 명 중 1%에 해당하는 후보생 신분입니다. 또한 대학생이면서 장교의 경험을 통해 조직관리, 경영, 군사적 식견 등 리더십이라는 하나의 영역에서 이미 25% 안에 들어 있다고 볼 수 있습니다. 여러분들은 후보생이라는 성장의 시간을 통해서 이 두 가지를 연결하는 방법을 터득하게 되면 성공은 이미 이루어진 것이라고 볼 수 있습니다. 예를 들어 우리 학교는 외국어대학교라는 특성이 있는데 여러분들이 군인의 신분으로 언어에 대해 자신감이 있다면 이미 'π'형 인재라고 감히 말할 수 있습니다. 언어를 잘하는 사람은 많지만 군 조직에서 언어를 잘한다는 것은 또 다른 의미가 있기 때문입니다.

어떤 이들은 이를 '타화수분자(Cross Pollinator)'라고 하기도 합니다. 겉으로 보기에는 관련이 없어 보이는 아이디어나 개념을 연결시켜 새로운 분야를 개척한다는 의미입니다. 무엇을 가지고 어떻게 두 가지를 연결할 것인가는 생각하기에 따라서 무궁무진한 방법이 있고, 그 모습은 너무도 다양합니다. 여러분들은 사관후보생이 되었다는 것만으로도 이미 'π'형 인재가 되기 위한 최소한의 조건을 갖추고 있습니다. 희소성을 갖추고, 나만이 할 수 있는 가치 있는 일은 수없이 많이 펼쳐져 있습니다. 다만 '나는 고교 시절에 공부를 잘하지 못했는데', '우리 학과에는 나보다 공부 잘하고 운동도 잘하는 친구들이 많은데', '다른 학교 후보생들은 능력도 좋고 나보다는 훨씬 더 잘하는데', '나는 적당히 군 생활 하다가 전역해서 어지간한 직장이나 얻고 살아가면 되는데'라고 하는 안일함은 절대로 갖지 않기를 당부합니다. 전에도 말했지만 여러분들 스스로 유리컵 속에 갇힌 벼룩으로 생각하여 여러분의 능력을 과소평가하지 않기를 진심으로 바랍니다.

맨체스터 유나이티드 감독이었던 퍼거슨의 박지성에 대한 평가가 있습니다. "박지성의 유일한 단점은 이미 EPL 최고의 축구선수임에도 불구하고 정작 본인은 그것을 모르고 있다는 것이다"라는 것입니다. 물론 박지성 선수는 EPL에서 충분히 그의 능력을 보여 주었고, 겸손한 선수 생활을 했지만 어떤 의미에서 퍼거슨은 박지성이 그의 능력을 더 보여 줄 수도 있었음에도 그 스스로가 유리컵 속에 갇힌 벼룩처럼 아시아 최고의 EPL 축구선수라는 스스로의 한계를 가지고 더 성장하지 못했다는 의미로도 해석이 됩니다. 여러분들은 결코 여러분 스스로의 능력에 한계를 짓지 않기를 바랍니다.

보통 사람들의 경우 죽을 때까지 사용하는 뇌 사용량은 용량의 5%에 지나지 않는다고 합니다. 소위 천재라고 하는 아인슈타인조차 7%밖에 사용하지 못했다는 분석도 있습니다. 그 나머지는 어떻게 된 것일까요? 단장을 포함한 대부분이 자포자기하거나 노력하지 않은 채 그냥 주어진 대로 살아가기 때문일 겁니다. 스스로 한계를 두고 보다 나은 삶을 추구하지 않았다는 의미입니다. 단장도 이 부분에 대해 반성을 많이 하고 있습니다. 그러나 반대로 이야기하면 우리 스스로가 한계를 짓지 않는다면, 그리고 현실에 안주하지 않고 노력을 해 나간다면 우리가 맞이하는 미래는 단순한 상상 속에만 존재하는 것이 아닌 현실이 될 수 있음을 의미합니다.

그 길이 이렇게 분명하게 보이고, 충분히 갈 수 있는 기본 역량을 갖추고 있는 여러분들인데 지금 모습에 만족하고 있습니까? 오늘의 현실에 안주하겠습니까? 단장은 여러분들의 무궁무진한 잠재 역량에 봄에 농부가 밭을 일구듯 파헤쳐 놓는

☆ 하루하루 다르게 성장하는 모습을 기대한다.

역할을 하고자 합니다. 그 밭에 콩을 심고, 고추를 심고, 물을 주면서 잘 자라도록 기르는 것은 전적으로 여러분들의 몫입니다. 여러분들의 가슴에 있는 그 씨앗을 넓게 펼쳐진 학군단이라는 대자연 속에

서 과감하게 던져 보기를 바랍니다. 여러분들이 속해 있는 학군단은
제한 시간 2년의 무한 리필입니다. 여러분 마음속에, 가슴속에 양껏
가득 담아 가기를 바랍니다.

7

마음의
덫으로부터 탈출

♣ 자치지휘근무자 활동 활성화

2학기 자치지휘근무자들이 어려운 여건 속에서도 나름대로 제 역할을 수행해 주고 있고, 동분서주하는 모습을 볼 수 있어 고맙게 생각합니다. 만약 단장이나 훈육관의 지시로만 지휘활동이 이루어지고, 여러분도 의무감으로 지휘근무자 활동을 한다면 스스로 보람과 희열을 느끼지 못할 것입니다. 최근에는 지휘근무자들을 중심으로 체력단련 소그룹 활동과 홍보영상 제작 등의 활동이 자발적으로 이루어지고 있는 것으로 알고 있습니다. 이러한 활동을 통해 여러분 스스로 아이디어를 내고 결과물을 만들어 가면서 발전하는 모습을 보여 준다면 바람직한 지휘활동이라고 말할 수 있을 것입니다.

단장이 마음 든든하게 생각하는 것도 비록 동기생들에 대한 지휘이지만 직접 또는 간접적인 영향력을 발휘하면서 입영훈련과는 또 다르게 생각의 폭을 넓히고 성장하는 기회가 될 것이라는 믿음이 있기 때문입니다. 지금처럼 긍정적이고 적극적인 지휘활동이 지속되도록 각자의 마음을 모아 주고, 학군단 발전을 위해 사소한 일이라도 건의하여 보완되도록 노력해 주기 바랍니다. 단장도 여러분들의 의견을 적극적으로 수렴하여 조치하도록 노력하겠습니다.

♣ 문명의 덫

국방대학교 교수를 역임한 허남성 교수는 '전쟁과 문명'이라는 책에서 인류는 문명의 덫으로부터 탈출해야 한다는 말을 하였습니다. 이는 우리의 편의를 위해 발전시켜 온 문명의 이기들이 오히려 우리의 발목을 잡는 자기모순의 덫으로 작용한다는 의미입니다. 그리고 이러한 문명의 자기모순은 어리석음과 중독성이라는 덫의 모습을 하고 있다고 강조합니다. 쉽게 예를 들면 휴대폰은 우리의 일상생활에서 시간과 공간을 효율적으로 활용하도록 하는 순기능이 있는 반면 한시라도 손에서 휴대폰을 놓지 못하게 되는 자기모순과 중독성을 갖고 있는 것이 그것입니다. 전쟁에서 결정적인 승리를 하겠다고 핵무기를 개발하였으나 그것으로 인해 오히려 인류 공멸의 위협에서 벗어나지 못하는 것도 같은 맥락입니다.

♣ 내 마음의 덫으로부터 탈출

우리가 달리기를 할 때 누군가 나의 발목을 잡고 있다면 어떻게 되겠습니까? 당연히 여러분들이 가지고 있는 능력의 10%도 발휘하지 못할 것입니다. 그러나 더욱 큰 문제는 다른 사람이 나의 발목을 잡는 것이 아니라 내 스스로가 나의 발목을 잡는 경우가 그것입니다. 여러분은 여러분의 인생을 성공적으로 개척해 나가기 위해 나름 대로 최선의 노력을 다하고 있습니다. 그러나 그 노력이 빛을 발하기도 전에 여러분 스스로 덫에 갇혀 있다면 여러분이 원하는 방향대로 인생을 그려 나가기 어려울 것입니다.

여러분은 혹시 같은 음식점을 방문하면 전에 앉았던 자리에 앉거나 화장실을 이용할 때도 사용하던 칸을 주로 사용한 경험이 있습니까? 만약에 그렇다면 이것은 일종의 경로의존성이라고 할 수 있습니다. 경로의존성은 여러 분야에서 다양한 의미로 인용되고 있는 개념인데, 어떤 일을 수행할 때 한 번 일정한 경로를 택하게 되면 나중에 그 경로가 효율적이지 못하다는 것을 알게 되더라도 그 방식을 벗어나지 못하게 되는 사고의 습관도 그중 하나입니다.

예를 들어 2020년 레바논에서의 폭발로 많은 인명과 재산 피해가 있었는데 폭발의 유력한 원인의 하나로 인화성 물질인 질산암모늄이 베이루트 항구에 아무런 안전조치 없이 6년간이나 방치되어 있었다는 점이 제기되고 있습니다. 폭발에 대한 보다 정확한 조사를 통해 원인 규명이 되겠지만 분명한 것은 안전조치 미흡이라는 처음의 잘못된 경로가 채택되었고, 그 잘못 선택된 경로가 안일함에서 벗어나지 못해 사고로 이어진 전형적인 경로의존성 사례입니다.

이제 우리 자신을 한번 돌아봅시다. 여러분들이 스스로 느끼고 있는 잘못된 경로는 무엇이라고 생각합니까? 단장도 한때 부정적인 인식과 안일함이라는 경로에 의존했던 경험이 있습니다. '나는 안 돼',

'내가 어떻게… 저게 되겠어?', '이 정도면 되겠지!'와 같은 인식에
사로잡혔습니다. 이러한 인식은 알게 모르게 단장 스스로를 소극적
으로 만들었고, 매너리즘에 빠져들게 하였습니다. 그래서 변화보다
는 현실에 안주하게 되었고, 안일한 하루하루를 보내게 되었습니다.
결국 나는 그 자리에 그대로 있었지만 내가 매너리즘과 안일함에 빠
져 있는 사이 내 주변의 다른 이들은 저만큼 앞서가는 것을 바라보
게 되었습니다. 그러나 더욱 큰 문제는 이미 이러한 경로의존성에
빠져 있었던 단장은 알면서도 그곳에서 한참을 헤어 나오지 못했다
는 것입니다. 마치 에스키모인들이 피를 바른 칼에 자신의 혀를 베
여 결국은 과다 출혈로 쓰러지고 마는 늑대와도 같이 내 스스로의
덫에 갇혀 있었기 때문입니다.

마음의 덫으로부터 탈출

만약 여러분들도 매너리즘
이라는 마음의 덫에 사로잡혀
있다면, 그래서 그 경로의존
성에서 벗어나지 못하게 된다
면 여러분들이 원하는 대로의
삶을 살지 못하게 될 가능성
이 높습니다. 하루하루 지날
수록 그리고 뒤돌아보며 후회의 골만 깊어질 것입니다. 여러분이 마
음의 덫에 빠져 있다고 인식하고 있다면, 스스로 그 마음의 덫으로
부터 탈출하려고 노력해야 합니다. 방법은 의외로 단순합니다. 먼저
익숙함으로부터 벗어나는 것입니다. 아침에 일어나서 몸만 빠져나온
이불을 정리하는 것, 자취하는 후보생들은 어제 저녁에 먹고 치우지

않은 그릇을 깨끗하게 설거지하는 것, 아침 기상을 8시에 했다면 6시에 하는 것, 취침 전까지 손에서 놓지 못하고 있는 휴대폰의 전원을 잠시 끄는 것, 자가용으로 등교하던 것을 걷거나 자전거를 타고 하는 것, 유튜브 검색 시간을 줄이고 책을 펼쳐 보는 것 등이 그 출발입니다.

작은 성공에서 비롯된 안일함, 현실에의 안주, 이만하면 됐다는 인식, 작은 실패에서 비롯된 무력감, 자포자기, 나는 역시 안 돼, 라는 생각은 나를 좀먹는 패배 의식이며 분명 잘못된 경로입니다. 우리 스스로 과감하게 떨쳐 버리고 일어서야 할 마음의 덫입니다. 더 깊은 늪으로 빠지기 전에, 그래서 잘못되었다는 것을 알면서도 그곳에서 헤어나지 못하는 우를 범하지 않도록 경로의존성과 마음의 덫으로부터 탈출하려는 노력을 바로 오늘, 지금 이 순간부터 해 나가기를 강력하게 권고합니다.

<u>8</u>

오늘과 지금이
갖는 의미

♣ 72주년 국군의 날 행사와 49대 육군 참모총장 취임

지난주에는 건군 72주년 국군의 날6) 행사가 있었습니다. 올해 국군의 날은 추석 연휴와 겹쳐져 행사를 앞당겨 실시하였습니다. 젊은 세대들은 국군의 날이 언제인지, 그 의미가 무엇인지 잘 모르고 있어 안타까울 때가 많습니다. 적어도 전투복을 입고 있는 여러분들은 한 번씩 그날의 의미를 되새겨 보기 바랍니다. 또한 학군사관 출신 최초로 남영신 장군님이 제49대 육군 참모총장으로 취임하셨습니다. 학군사관이 될 여러분들은 보다 더 큰 자긍심을 가지고 장교로서의 자질과 역량을 갖추는 데 매진해 주기를 당부합니다. 이제 곧 우리의 최대 명절인 추석입니다. 코로나19로 분위기가 예년만 못한 가운데 고향에 가지 못하는 후보생들은 더욱 쓸쓸하겠지만 마음만은 풍성하고 여유롭게 가지면서 연휴를 잘 보내기 바랍니다.

---

6) 국군의 날은 매년 10월 1일이며 6.25전쟁 시 남침한 북한 공산군을 반격하여 38선을 돌파한 의의를 살리기 위하여 국군의 날로 지정하였다.

☆ 72주년 국군의날 행사(국방일보, '20. 9. 28.)

♣ 지금의 의미

　온라인상에서 우스갯소리로 회자되던 이야기를 하나 하겠습니다. 아내에게 세상에 소중한 금이 세 가지가 있다고 말하며 하나는 황금이고, 다른 하나는 소금이며, 그리고 마지막 하나는 지금이라고 말을 합니다. 그러자 아내는 그것보다 더 중요한 금이 있다며 다음과 같이 말을 합니다. "지금 현금 입금"이라고…. 웃자고 하는 이야기지만 공통점은 '지금'을 포함하고 있다는 것입니다. 지금이 어떤 의미를 가지고 있는지 이야기를 나누어 보고자 합니다.

러시아 대문호인 톨스토이는 '살아갈 날들을 위한 공부'라는 책에서 "당신에게 가장 중요한 때는 현재이며, 당신에게 가장 중요한 일은 지금 하고 있는 일이며, 당신에게 가장 중요한 사람은 지금 만나고 있는 사람이다"라는 말을 하였습니다. 또한 "현재에 집중하라. 그것이 진정한 삶이다"라는 말을 하였는데, 지금과 오늘이 주는 의미를 되새기게 해 주는 명언이라고 생각합니다. 여러분들의 지금과 오늘은 어떤 모습입니까? 계획했던 일들을 하나씩 완성해 가는 모습입니까? 아니면 강물 흘러가듯 스쳐 가는 무의미한 바람의 모습입니까? 오늘은 어제 죽은 이들이 간절히 원했던 내일이었다는 말처럼 우리의 오늘과 지금은 매우 소중한 시간입니다. 그 소중한 시간을 무의미하게, 아니면 너무 바쁘다는 핑계로 그냥 그렇게 흘려보내고 있지는 않은지 잘 살펴봅시다.

모든 일을 동시에 처리할 수 있을 정도로 충분한 시간을 가진 사람은 아무도 없습니다. 그래서 대부분의 사람들이 일의 우선순위를 정하고, 자신의 능력과 시간을 고려하여 업무를 처리하고 있습니다. 단장이 화상회의를 통해서도 언급했지만 하루를 마무리하는 감사노트를 쓰면서 다음 날 해야 할 업무를 생각해 보고, 우선순위를 정한 후 잠자리에 드는 습관을 갖는 것은 오늘과 지금을 가치 있게 사용하는 효과적인 방법 중 하나입니다. 하루를 정리하고 내일을 준비하는 오늘의 짧은 5분, 10분의 시간이 내일의 1시간, 10시간의 가치로 재생산되기 때문입니다. 그러나 많은 후보생들이 오늘의 반성과 내일의 준비없이 하루를 보내고 있어 안타까울 때가 많습니다.

♣ 카르페 디엠, 현미혼(Present-Future Blending)

카르페 디엠(Carpe Diem)은 지금 살고 있는 '현재 이 순간에 충실하라'는 뜻의 라틴어로 영화 '죽은 시인의 사회'를 통해 잘 알려진 말입니다. 혹자는 의역을 통해 '후회하지 말고 현재를 즐겨라'라는 의미로 즐거움과 쾌락을 좀 더 강조하여 해석하기도 합니다. 카르페(Carpe)는 본래 '수확하다', '뽑다'라는 뜻이 있다고 합니다. 이렇게 본다면 현재는 미래를 위해 늘 양보해야 하고 희생해야 하는 피해의 대상이 아니라고 할 수 있습니다. 현재는 그 자체로서 수확할 가치가 있다는 의미입니다. 과거의 보이지 않은 노력이 있었기에 오늘과 지금 수확할 것이 있다는 의미도 되지만, 현재는 그 자체만으로도 상품성이 있다는 뜻입니다. 오늘과 지금에는 미래를 위해 노력하고 투자해야 하는 모습도 있지만, 현재를 있는 그대로 받아들이고 최선을 다하는 모습도 있습니다. 따라서 단순하게 '현재의 쾌락을 추구하며 즐기라'는 1차원적인 해석과는 그 결이 분명히 다릅니다. 현재와 미래에 대한 상호 보완적인 조화로움이 필요합니다.

이와 같은 현재와 미래의 관계는 워라밸(Work-life Balance)에 대한 또 다른 의견과도 일맥상통한다고 할 수 있습니다. 워라밸은 일과 휴식의 균형이 이루어져야 한다는 말인데 이 말에 이의를 제기한 사람이 있습니다. 와튼 스쿨의 스튜어트 프리드먼 교수는 '균형을 맞춘다는 말 자체가 마치 한쪽을 강조하면 다른 한쪽을 희생해야 하는 트레이드오프, 또는 거래관계로 오해할 수 있다'라고 주장합니다. 그래서 프리드먼 교수는 워라밸이 아닌 워라통(Work-life Integration)으로 표현해야 한다고 강조합니다. 비슷한 의미로 아마존의 CEO인 제프 베이조스도 워라하(Work-life Harmony)를 말하기도 하였습니

☆ 사진 출처 : Flickr

다. 이들의 공통점은 직장에서 의미와 보람을 느끼면 그것이 가정과 생활에도 활력을 주고, 또 가정의 행복이 일에도 긍정적인 영향을 준다고 본 것입니다. 즉, 일을 하면서 의미 있는 경험을 하면 일터를 벗어난 삶에서도 보람을 얻게 되고 일과 생활이 조화를 이룰 수 있다는 의미입니다. 일을 하는 것은 고통이고, 일을 하지 않는 것이 행복이라는 이분법의 논리로 워라밸을 이해하지 말자는 이 의견에 단장도 동의합니다.

앞서 현재와 미래도 같은 맥락으로 이해할 수 있다고 하였습니다. 즉, 미래를 위해 현재를 희생해야만 미래가 밝은 것은 아닙니다. 또한 현재를 즐긴다고 해서 그것이 미래의 불행을 의미하는 것도 결코 아닙니다. 현재를 즐기면 미래가 불행하고, 미래에 행복하려면 현재 고통을 느껴야 하는 것이 아니기 때문입니다. 현재와 미래가 올바르게 조화를 이루고 혼합될 때 우리의 삶은 더욱 아름다워질 수 있고 가치 있게 채워질 수 있습니다. 미래를 위한다는 미명하에 무조건적으로 현재에 희생을 강요할 수는 없습니다. 그래서 단장은 카르페 디엠을 현재(Present)와 미래(Future)의 균형(Balance)보다 혼합(Blending)이라는 '현미혼(Present-Future Blending)'으로 재 정의하고자 합니다. 여러분들도 내일을 위해서 오늘을 포기하지 말고, 어제에 사로

잡혀 오늘과 내일을 걱정하지 않기를 바랍니다. 오늘과 지금에 최선을 다하면서 의미를 찾고, 가치 있게 즐길 줄 아는 우리 후보생들이 되리라 믿어 의심치 않습니다. 여러분은 현재를 잡고, 즐길 수 있는 충분한 자격이 있습니다. 오늘 하루도 의미있게 카르페 디엠 하기를 바랍니다.

9

잠자고 있는
잠재력에 생명력을

♣ 홍보 동영상 제작 노고 치하

짧은 시간이었지만 지휘근무자들을 중심으로 아이디어 회의, 기획, 제작, 편집까지 마무리하여 학생군사학교 홍보 동영상 공모전에 응모하였습니다. 단장은 결과를 떠나서 기간 중 보여 준 여러분들의 단합력과 응집력을 높게 평가합니다. 조직의 힘은 이러한 노력과 경험을 통해서 발현된다고 생각합니다. 단장은 의도적으로 이번 홍보 영상제작에 개입하지 않았습니다. 여러분 스스로 결정하고, 결과물을 만들어 내는 과정을 보면서 여러분들의 자율성과 창의성을 보았습니다.[7] 또한 선후배가 함께하는 모습 속에서 작은 경험이었지만 '잠재력을 발견하는 기회'라는 우리 학군단만의 좋은 전통이 될 거라는 확신을 갖게 되었습니다. 다시 한번 홍보 동영상 제작에 참여

---

7) 학군교에서 실시한 홍보 영상 콘테스트에 응모할 영상을 제작하면서 자치지휘근무자들을 중심으로 영상제작 기획과 편집까지 실시하였다. 결과적으로 입상하지는 못했지만 자율과 협력이라는 측면에서 의미 있는 도전이었다고 평가된다. 과감한 도전을 한 후보생들에게 박수를 보낸다.

해 준 후보생들에게 고마운 마음을 전합니다.

♣ 잠재력은 다른 사람에게만 있는 걸까?

스탠퍼드 대학교의 조 볼러 교수는 그의 저서 '언락(Unlock)'에서 우리 뇌의 끊임없는 성장에 대해 강조하였습니다. 그는 '우리의 뇌는 새로운 것을 배울 때 새로운 경로를 형성하고, 더 나아가 기존 경로와 연결되며, 각각의 경로들이 강화된다'라는 의미로 뇌 성장을 이야기합니다. 또한 그는 '우리의 뇌가 성장하는 최고의 순간은 실수하고 실패할 때임을 깨닫고 발전하는 기회로 삼아야 한다'라고 말합니다. 어쩌면 우리가 뇌 용량을 제대로 사용하지 못하는 것은 변화와 실패를 두려워하고, 안정성을 추구하는 인간의 본성 때문인지도 모르겠습니다. 나를 힘들게 하는 문제나 상황을 새로운 관점에서 보고 뇌 근육을 키우는 기회로 받아들인다면 우리의 잠재력을 깨울 수 있습니다. 무지개 원리로 잘 알려진 차동엽 신부도 생각을 바꾸면 신체와 뇌가 바뀐다는 말을 하기도 하였는데 우리의 마인드를 고정이나 후퇴가 아닌 성장하는 마인드로 다시 세팅해야 합니다.

작가이자 강연자인 헨리 프레이저는 2009년 불의의 사고로 척추신경에 손상을 입고 목 아래 신체부위는 전혀 움직이지 못하게 됩니다. 그러나 그의 불편한 몸은 입으로 그림을 그리는 것으로 한계를 뛰어넘게 만들었습니다.[8] 우리가 잠재력을 발휘하지 못하는 것은

---

8) 헨리 프레이저의 장애를 예로 든 것은 장애인들이 겪는 어려움인 '감동포르노'를 통해 여러분들에게 동기부여를 주기 위함이 아니다. 긍정적인 마인드의 중요성을 강조하기 위함임을 양지 바란다.

그것을 할 능력이 없기 때문이 아니라 그것을 포기해 버리는 잘못된 판단과 할 수 없다는 부정적인 생각 때문이라는 것을 보여 주는 좋은 사례라고 생각합니다. 우리가 성장 마인드를 가져야 할 이유이기도 합니다.

헨리 프레이저의 어려움에 비할 바는 아니지만 단장도 최근 몇 년간 개인적인 어려움을 겪었습니다. 이로 인해 때로는 다른 사람의 시선을 피하거나 부정적인 생각을 많이 하기도 하였습니다. 그러나 일련의 시련을 통해서 비로소 온실 속에서 벗어났다는 느낌을 갖게 되었고, 세상을 바라보는 새로운 관점이 생기게 되었습니다. 단장도 작은 의미에서는 성장 마인드를 갖게 된 것입니다.

여러분들도 단장의 편지 속에서, 여러분들이 읽고 있는 책 속에서, 교수님들이 해 주시는 말씀 가운데에서, 유튜브 속에서 단 한 줄이라도, 한 말씀이라도, 단 한 장면이라도 내게 성장의 메시지를 준다고 생각하고 받아들인다면 여러분들의 숨어 있고, 잠자고 있는 잠재력을 찾고, 깨우는 데 충분한 자극제가 될 것입니다. 여러분들이 가지고 있는 잠재력을 발휘하지 못하도록 발목을 잡는 것은 바로 우리 자신입니다. '나는 안 돼', '아무리 연습하고 공부해도 저건 무리야'라고 하는 마음속의 한계와 고정관념이 바로 그것입니다.

♣ 리더, Nature or Nurture?

여러분들은 천재는 99%의 노력과 1%의 영감으로 이루어진다는 말을 많이 들어 보았을 것입니다. 이는 천재는 타고나는 것이라는 것을 의미합니다. 왜냐하면 아무리 노력해도 100%의 천재가 되지는 못하기 때문입니다. 그러나 다른 한편에서 생각해 보면 내가 천재는 아니더라도 노력 여하에 따라서 천재의 99% 수준까지는 갈 수 있다는 의미가 되기도 합니다. 여러분들은 천재의 원석일 수도 있고, 노력형의 원석일 수도 있습니다. 그래서 지금 다른 사람보다 능력이 조금 뒤처진다고 지레 겁을 먹고 포기할 이유는 없습니다. 조금 늦게 이해할 뿐이며, 조금 늦게 목표에 도달하는 것뿐입니다. 다이아몬드와 석탄은 같은 원소인 탄소로 되어 있습니다. 각각의 가치를 상대평가 할 수는 없지만 열과 압력의 차이에 따라 다이아몬드가 되기도 하고, 석탄이 되기도 합니다. 열과 압력을 우리가 인생을 살아가는 데 있어서의 스트레스, 고민, 실패, 시련이라고 정의한다면 긍정, 열정, 인내, 끈기, 성실은 그것을 극복하는 답입니다.

단장은 경남대학교 정치외교학과 박사과정에 재학 중입니다. 같이 학업을 하는 원생 중에 강민지 대위가 있습니다. 강 대위는 경북 영천에 있는 3사관학교에서 근무하면서도 퇴근 후 2시간이나 차를 달려 수업에 참여하고 있습니다. 때로는 집에 있는 어린아이를 돌보러 가야 해서 수업을 다 마치지 못하고 일어서기도 합니다. 이러한 악조건 속에서도 강 대위는 최선을 다해 수업 준비와 발표 준비를 하는 성실함을 보여 주고 있어 단장도 느끼는 바가 많습니다. 단장이 강 대위와 같은 입장이라면 결코 실천하지 못했을 도전을 해내고 있는 것입니다. 강 대위와 같이 열정을 가지고, 자신의 잠재력을 믿고 개발하기 위해 노력하고 있는 사람이 바로 내 주변에 있음을 알게 해 주고 있어 고맙습니다.

여러분들은 여러분 스스로의 잠재력과 가능성을 믿습니까? 그리고 잠자고 있는 여러분의 잠재력을 깨울 준비가 되어 있습니까? 능력은 타고나는 것 (nature)이 아니라 내면에 있는 잠재력과 가능성을 깨워서 만들어 가는 것(nurture)임을 잊지 맙시다. 그리고 잠재력을 깨워야 할 시간과 대상은 바로 지금 이 순간, 자기 자신임을 인식합시다. 여러분들은 분명 할 수 있습니다.

10

젊음이라는
무형적 가치의
유형적 배분

♣ 국방부 학군단 설치대학 평가 수검[9]

지난주에는 학군단이 설치되어 있는 대학교를 대상으로 국방부의 현장 실사 및 평가가 있었습니다. 수검을 위해 대학교에서도 부총장님 이하 기획예산팀이 주도가 되어 자료 준비를 해 주었고, 학군단에서도 획득관을 비롯한 간부들이 같이 동참하여 수검 준비를 하였습니다. 또한 대학교 안보협의회 예비군 연대장님과 안보학 교수님들께서도 자리를 함께해 주시며 힘을 실어 주셨습니다. 그동안 대학교에서 학군단 지원을 위해 노력한 부분과 학군단의 실적을 잘 정리해서 보고하였습니다. 최종 결과가 나오지는 않았지만 비교적 우수하게 수검을 받았다고 자평합니다. 좋은 평가를 받도록 준비해 주고 도움 주신 모든 분들께 감사한 마음을 전합니다.

---

9) 학군단이 설치되어 있는 대학은 국방부로부터 1~2년에 한 번씩 서면 또는 현지 평가를 받고 있다.

♣ 물리적인 시간의 필요성

1만 시간의 법칙이란 어느 한 분야의 전문가가 되기 위해서는 1만 시간 이상의 노력이 필요하다는 것입니다. 1만 시간은 매일 3시간씩 10년을 투자해야 달성하는 시간입니다. 반드시 1만 시간이어야 하느냐고 반문할 수는 있지만 물리적인 숙성의 시간이 필요하다는 의미로 이해해주기 바랍니다. 하루아침에 영어를 잘하거나 테니스를 잘 칠 수 있는 것은 아니기에 꾸준한 장기간의 물리적 시간이 필요한 것은 당연합니다. 꿈알 전도사인 노병천 박사는 군 내에서는 손자병법의 달인으로 알려져 있습니다. 손자병법 관련 책도 많이 쓰셨지만 실제로 그와 같은 경지에 오르기 위해 초급장교 시절부터 최근까지 15,000번 이상 손자병법을 통독하였습니다. 중요한 것은 물리적인 시간의 노력도 있지만 그 실천에 있습니다. 어느 시점의 일회성이 아닌 꾸준함이 있었기에 전문가의 반열에 오르게 된 것입니다.

또한 일본의 축구선수 미우라 가즈요시는 2020년 9월 일본 J1리그 최고령 출전 기록을 세웠습니다. 그의 기록은 만 53세 6개월 28일입니다.[10] 미우라 선수와 동시대에 뛰었던 우리나라 축구 대표 황선홍, 고정운, 김도훈 선수가 지금은 감독을 하고 있는 것을 볼 때 미우라 선수의 기록에 박수를 보내지 않을 수 없습니다. 우리나라에서는 이동국 선수가 42살까지 필드 플레이어로서 경기에서 좋은 모습을 보여 주었고, 2020년에 은퇴하였습니다. 이러한 기록들이 단순한 최고령 출전으로서의 의미만 있는 것이 아닌 이유는 미우라, 이

---

10) 미우라 선수는 최고령 출전 기록을 2020년 12월 19일 53세 9개월 23일로 늘렸는데, 아직도 그의 기록은 진행형이다.

동국 선수에게서는 당당히 아들뻘, 조카뻘의 후배들과 어깨를 나란히 할 수 있는 자기관리와 열정, 헌신, 성실의 모습이 보이기 때문입니다. 미우라와 이동국 선수는 축구라는 분야에서 이미 전문가이지만 10

☆ 물리적 시간과 노력의 필요성

년이 아니라 30~40년 이상의 시간을 투자하고 있는 것입니다. 일부에서는 마케팅이다, 후배들을 위해 그만 물러나야 한다고 비판하기도 하지만 두 선수의 열정과 자기관리만큼은 인정하고 배워야 합니다.

여러분들도 어느 분야가 되었건 한 분야의 전문가가 되기 위해서는 1만 시간이 아니라 그 이상의 시간이라도 투자를 해야 합니다. 그러나 주말에는 좀 쉬고 싶고, 친구들과 소주도 한잔하고 싶고, 잠도 더 자고 싶은 것이 현실이며 우리의 모습입니다. 그러면서도 학점은 잘 받고 싶고, 취업을 위해 자격증을 필요로 하며, 좋은 직장을 얻고 싶어 합니다. 결국 이상과 현실에 괴리가 발생하고, 모순이 생길 수밖에 없습니다. 이를 극복하는 유일한 방법은 물리적인 절대시간과 노력이 반드시 필요하다는 것을 재인식하는 것입니다. 그리고 재인식에서 멈추는 것이 아니라 지금 바로 실천함으로써 절대시간을 조금씩 채워 나가는 것입니다. 여러분들의 실천에 대한 의지와 결심은 빠르면 빠를수록 좋습니다.

♣ 젊은 도전을 통한 무형적 가치의 유형적 배분

시카고 대학교 교수인 데이비드 이스턴은 '정치는 사회적 가치의 권위적 배분'이라고 정의하고 있습니다. 사회적 가치는 사람마다 생각이 다를 수 있기 때문에 갈등을 빚게 되는 것은 당연한 일입니다. 그래서 그 갈등을 최소화하기 위해 가치를 권위적으로 배분하도록 국가가 있고, 정부 집행자, 국회의원 선출을 통해 그 임무를 하도록 하는 것입니다. 사회적 가치가 권위적으로 배분되지 못했을 때 공정에 대한 시시비비가 붙게 되고, 때로는 건널 수 없을 만큼 갈등의 골이 깊어지게 되기도 합니다.

젊음은 눈에 보이지 않는 무형적 가치라고 할 수 있습니다. 젊음을 어떻게 활용하고 배분하느냐에 따라 무형적 가치가 유형적 가치로 그 모습을 드러냅니다. 그래서 단장은 학생군사학교에서 여러분들에게 제시하고 있는 젊은 도전이라는 의미를 '무형적 가치의 유형적 배분'이라고 재정의하고자 합니다. 젊음을 나이로 계산한다면 20대까지일까요? 아니면 30대까지일까요? 개인의 기준에 따라 아마 다르게 정의될 것입니다. 다양하게 정의할 수 있지만 젊음이 무형적 가치라는 것에는 나이에 상관없이 동의할 것입니다. 눈에 보이지 않는 무형적 가치를 손에 잡히도록 하는 것은 전적으로 내가 젊음의 가치와 시간을 어떻게 활용하느냐에 달려 있습니다. 그래서 눈에 보이는 유형적 가치로 결과가 나올 수 있도록 효율적으로 배분해야 합니다. 젊음이 무형적이라고 하여 무형적으로 배분한다면 정치에서 사회적 가치가 권위적으로 배분되지 않았을 때 나타나는 갈등처럼 내 손에는 아무것도 남아 있지 않게 됩니다. 단장이 말하는 젊음의 무형적 배분이란 하루하루를 계획성 없이 무의미하게 보내는 것을 의미합니다.

☆ 미래의 가치는 내 스스로 만들어 가는 것이다.

단장이 다니고 있는 대학교에서는 지난해 연말 논문 초고를 발표하신 분 가운데 70세가 넘으신 분도 계셨습니다. 그분은 젊음의 가치를 그 연세까지 이어 오시면서 유형적으로 배분하고 계신 것이라 생각합니다. 여러분들의 젊은 도전이 유형적 가치로 배분되는 모습은 열정, 성실, 희생과 봉사, 감사라는 옷을 입고 있을 것이며, 그 1차적인 결과는 학점, 각종 자격증, 체력 특급, 임관 등으로 되돌아올 것입니다. 그리고 더욱 중요한 2차적인 모습은 올바른 인성, 리더십, 건전한 가치관, 비전이라는 이름으로 우리에게 다가옵니다.

앞서 말한 대로 정치에서는 권위적 배분을 위해 국가가 개입을 하고, 선거를 통해 대표자를 뽑아 대신하게 합니다. 그러나 젊음의 가치 부여와 배분에 대한 주체는 오롯이 본인 자신입니다. 내가 내 젊음의 가치를 평가하고, 눈에 보이는 배분을 하는 것입니다. 여러분들의 눈에 보이는 젊음의 가치가 크지 않다면 여러분들 스스로가 가치평가를 낮게 한 것이며, 결과 역시 만족스럽지 못할 것입니다. 그 누구도 내 젊음의 가치를 대신해 줄 수 없습니다. 보다 높고 깊은 계획과 생각으로 하루하루를 의미 있게 보내며, 눈에 보이는 유형적 가치로 만들어 나가도록 함께 노력합시다.

11

미래를 향한
장기전략 수립

♣ 야전 선배와의 대화와 장교 진급신고식

지난주에는 2020년 임관한 여러분들의 선배인 정민승 소위가 학교를 방문하여 후보생들과 대화의 시간을 가졌습니다. 아마도 임관을 얼마 남겨 두지 않은 지금 시점에서 여러분들이 가장 궁금해하던 부분이 많이 해소가 되었으리라 생각합니다. 앞으로 남은 임관할 때까지의 시간 동안 무엇을 준비해야 하는지에 대한 방향성을 잡고, 우선순위를 선정하여 자신에게 부족한 요소를 하나씩 채워 가면서 장교로의 신분 변화에 대한 준비를 차분하게 마무리해 주기를 당부합니다.

또한 우리 학교 베트남어과에 위탁 교육 중인 조일묵 중위가 대위로 진급을 하였습니다. 진급 신고식에 참가하여 함께 축하해 준 이동훈 대위와 학군단 간부들, 지휘근무자 후보생들에게도 고마운 마음을 전합니다. 조일묵 대위도 계급에 걸맞은 자질과 역량을 꾸준히 연마하여 미래 육군의 주역으로 성장하기를 기대합니다.

☆ 58기 야전 선배와의 대화와 장교 진급신고식 후 기념촬영

♣ 장기적 사고, 롱텀 씽킹

눈앞의 이익만을 생각하지 말고, 먼 미래를 보고 달려가라는 말이나 인생은 마라톤과 같다는 말을 많이 들어 보았을 것입니다. 보다 긴 안목을 가지고 우리의 인생을 조망하고 준비하라는 의미입니다. 그렇다면 무엇이 긴 안목이며, 어떻게 해야 장기계획을 수립할 수 있을까요? 여러분들도 포트폴리오를 작성하기도 했지만 지금 시점에서 30년, 40년 후의 모습을 정확하게 예측할 수 있을까요?

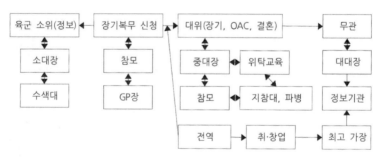

☆ 정한별 후보생이 포트폴리오 발표 시 제시한 개략적인 미래의 방향. 다소 미흡하더라도 고민해 봤다는 것에 의미가 있으며, 후보생 과정을 통해 보다 구체화해야 한다.

사실 장기전략을 가지고 계획을 수립하더라도 시행 착오는 무수히 많을 것입니다. 때로는 전혀 예상하지 못했던 방향으로 우리 인생이 전개될 수도 있습니다. 그러나 그 시행착오를 미리 두려워하여 출발조차 하지 않고 현실에 안주하는 후보생이 있다면 리더로서의 자질이 부족하다고 말할 수 있습니다. 그렇다고 예상되는 시행착오에 대해 모두 대비할 필요도, 걱정할 필요도 없습니다. 중요한 것은 미래에 내가 하고 싶은 일에 대한 고민을 진지하게 하고 있느냐 하지 않느냐가 문제입니다. 먼저 자신의 장단점을 분석(SWOT)하여 현주소를 파악하고, 자신의 인생에 대한 전체적인 그림을 개략적으로라도 그려 보고 시각화하는 것이 필요합니다. 지난번 포트폴리오 개인 발표를 통해서 여러분 미래에 대한 그림을 흐릿하게나마 그려 보았습니다. 그것으로 만족할 것이 아니라 보다 구체화하고, 하나씩 실천해 가는 자세가 필요합니다.

롱텀 씽킹의 공동 저자인 데니스 캐리, 브라이언 두메인 등은 장기적 사고와 장기전략의 중요성을 강조하였습니다. 물론 단기성과를 무시할 수 없지만 결국 생존하기 위해서는 장기전략을 가지고 실천하면서 현재의 위기 상황을 극복하는 자세가 필요하다는 것입니다. 예를 들어 미국 포드사의 CEO인 앨런 멀러리는 2008년 재정난으로 매출은 감소하고, 신제품은 실패하며, 조직원의 사기는 저하될 대로 저하된 최악의 상태에서 부임하였습니다. 이런 현실에서 앨런 멀러리는 단기적인 처방을 하면서도 중점은 기업이 성장할 수 있는 미래 가치와 수익성에 기반을 두고 내실 성장에 주력하였습니다. 그와 동시에 미래 가치와 비전을 사람이 중심이 되고, 포용하는 '협력: 원칙과 실천'이라는 경영공식으로 제시하면서 실천지표를 가시화하고 꾸준하게 추진하였습니다. 그 결과 성공적인 반전을 이룰 수 있었습니다. 반면, 코닥이나 노키아처럼 무사안일주의가 보여 준 쇠락의 모습은 장기전략의 필요성이 얼마나 중요한지를 새삼 깨닫게 해 주는 좋은 사례입니다.

여러분들도 단기성과를 위해 과제물이나 자격증, 학점 취득을 해야 하며, 입영훈련과 체력단련, 때로는 아르바이트를 하거나 친구와 맥주도 한 잔씩 해야 합니다. 이것을 무시하라는 것은 아니지만 여러분들의 무게중심은 보다 먼 미래의 가치를 향하고 있어야 합니다. 여러분만의 핵심가치[11]와 비전을 설정하고 실천해 나간다면 언제가 될지는 개인마다 다르겠지만 저마다 반드시 찾아오는 인생의 전략적 변곡점[12](SIP: Strategic Inflection Point)에서 도태되거나 정체되지 않고 전진할 수 있습니다. 따라서 당장의 결과에 일희일비하지 말고 보다 먼 미래를 바라보는 안목을 가지고 접근해 나가는 자세가 필요합니다.

♣ 용병술 체계와 전략적 사고

군에서는 전쟁을 준비하고 수행하는 제반 활동으로서 용병술 체계가 있습니다. 용병술 체계는 국가 목적 달성을 위해 군사전략, 작

---

11) 육군의 핵심가치는 위국헌신, 책임완수, 상호존중이다. 자신만의 핵심가치란 자신의 인생을 설계해 나가는 스펙트럼 속에 행동과 실천의 기준으로 삼을 수 있는 인간 존중, 신뢰, 희생과 봉사, 환경보존 등과 같은 신념 등을 말한다.

12) 전략적 변곡점이란 인텔의 CEO인 앤디 그로브 회장이 처음 쓴 말로 기업의 생존과 번영의 길에서 근본적인 변화가 일어나는 시점을 말한다. 올바른 핵심가치와 비전을 가지고 전략적인 길을 걸어온 기업은 생존하지만 그렇지 않은 기업은 쇠락의 길을 걷게 된다는 것을 의미한다.

전술, 전술을 망라한 이론과 실제를 의미합니다. 여기서 전략과 전술이라는 용어는 군에서 태동했지만 지금은 사회에서도 일상화된 용어입니다. 우리가 통상 전략을 말할 때 이를 구성하는 3요소로 목표, 개념, 수단을 말하곤 합니다. 육군의 선배이자 현재 시립대와 건국대 객원교수로 재직 중이신 김진항 예비역 소장은 여기에 시간과 공간을 더하여 전략을 구성하는 요소로 목표, 개념, 수단, 시간, 공간의 다섯 가지를 제시하였습니다. 그리고 전략이란 여기서 하나 또는 그 이상을 변경시켜 '경쟁의 틀을 유리하게 만드는 것'이라고 재정의합니다. 이와 함께 전략적 사고를 위해 유연한 사고와 상상력, 우수한 지적 능력이 필요함을 강조하였습니다. 우리 인생에 대한 전략도 위에서 언급한 다섯 가지 요소를 가지고 수립한다면 성공적인 인생을 살 수 있고, 경쟁에서 앞서 나갈 수 있습니다.

여러분들이 이렇게 장기적인 관점을 가지고 전략적으로 접근한다면 눈앞에 보이는 빠른 결과와 당장의 성과에 연연하지 않게 됩니다. 당장의 스펙을 쌓기 위해 동분서주하기보다는 보다 긴 안목을 가지고 여러분들의 인생을 바라보게 됩니다. 자연스럽게 경쟁의 틀을 나에게 유리하게 만들어 가는 혜안을 갖게 됩니다. 시간과 공간을 바꾼다는 것은 한 박자 숨을 쉬고, 조금은 높은 곳에서 바라본다는 의미입니다. 저기 바로 앞에 아스팔트가 보이지만 그곳은 정체가 심한 곳일 수도 있고, 교통사고가 난 곳일 수도 있습니다. 지금 가고 있는 길이 모래와 자갈밭이라고 생각될 수도 있지만 저기 반대쪽에서부터 도로공사가 시작되어 내 길과 곧 만날 수도 있습니다. 그래서 때로는 아스팔트로 가지 않고 모래와 자갈밭으로 돌아가는 것이 더 빠른 길임을 인식하고, 우직지계(迂直之計)[13]의 지혜를 깨닫는 것이 곧 전략적 사고를 하는 것입니다. 여러분들도 전략적 사고를 바탕으로 여러분 인생에 대한 장기전략을 수립해 보기 바랍니다. 그리고 무엇보다도 장기적 사고와 전략적 사고는 그 자체로서 의미가 있는 것이 아니라 실천이라는 이름이 함께할 때 그 가치가 더해진다는 것을 잊지 맙시다.

---

13) 우직지계(迂直之計)는 손자병법 군쟁편에 나오는 말로 가까운 길을 곧게만 가는 것이 아니라 돌아갈 줄도 알아야 한다는 의미이다.

12

공기무비,
출기불의

♣ 언택트 부산 바다 마라톤 참가와 턴 투워드 부산 행사

빨리 달리는 것이 목적이 아닌 위드 코로나19(With Covid-19) 시대의 뉴노멀을 개척한다는 의미로 우리 학군단에서도 희망자들과 함께 언택트(Untact) 부산 바다 마라톤에 참가하였습니다. 비록 풀코스가 아닌 10km와 하프코스이기는 했지만 마라톤을 통해 해 보지 않은 일에 대한 새로운 도전의식을 갖고, 새로운 동력을 얻는 기회가 되었으리라 생각합니다. 김해모수 후보생이 마라톤 후 국방일보에 기고를 하기도 했는데 우리의 삶은 이와 같이 작은 이벤트를 통해서도 변화를 줄 수 있고, 직접 또는 간접 경험을 통해 동기부여를 얻을 수도 있습니다. 단장도 여러분들과 함께 뛰면서 새로운 마음가짐을 갖게 되어 소중한 시간이 되었다고 생각합니다. 이번에 참가하지 않은 후보생들도 꼭 마라톤이 아니더라도 다양한 시도를 통해 활기찬 생활을 유지하기 바랍니다.

내가 찾은 코로나19 시대를 이겨내는 법

☆ 언택트 바다 마라톤과 김해모수 후보생 국방일보 기고문

☆ 사진 출처: 부산지방보훈청

또한 오는 11월 11일은 제 14회 턴 투워드 부산(Turn Toward Busan) 행사가 있는 날입니다. 턴 투워드 부산 행사는 6.25전쟁 참전 용사들의 희생과 헌신을 기억하기 위해 매년 11월 11일 11시에 1분간 추모의 묵념을 하는 행사입니다. 6.25 참전 용사였던 빈스 커트니 씨의 제안으로 2007년부터 부산지역의 UN 기념공원에서 실시되고 있는데 올해부터는 정부 기념일로 제정 되기도 하였습니다. 우리나라 뿐만 아니라 세계 각지의 UN참전국들도 같은 시간에 추모의 묵념을 함께 하고 있습니다. 비록 행사에 참석하지는 못하지만 우리 후보생들도 학과 수업에 지장이 없다면 같은 시간에 한마음으로 묵념에 동참하여 그들의 숭고한 희생정신을 마음에 되새기기 바랍니다. 그날 사이렌이 울리면 주변 친구들이 놀라더라도 차분하게 설명해 줄 수 있는 우리 후보생들이 되리라 기대합니다.

♣ 공기무비, 출기불의

개그를 잘하는 사람들의 공통점은 반전이 있다는 것입니다. 예상하지 않았던 말이나 몸짓을 통해 상대방의 허를 찔러 웃음을 자아내게 합니다. 여자 친구나 남자 친구에게 깜짝 이벤트를 준비하는 것도 상대방이 기대하지 않았던 부분에서의 놀람을 전하면 감동이 배가되기 때문입니다. 전쟁과 전투에서의 기습도 마찬가지입니다. 내가 예상하고 대비한 곳으로 적이 오지 않는다면, 또 적이 대비하고 있을 것이라고 생각했던 곳이 아닌 다른 방향과 방법으로 공격을 한다면 나도 상대방도 당황하여 제대로 된 전투력을 발휘하지 못할 것입니다. 이를 한마디로 강조한 경구가 손자병법의 '공기무비, 출기불의(攻其無備 出其不意)'입니다. 이는 '적이 대비하지 않은 곳으로 공격하고, 의도하지 않은 곳으로 나아가라'라는 뜻입니다.[14]

여러분들도 입영훈련을 통해 군사지식을 습득하고 행동화하고 있지만 반드시 군사지식으로서만이 아닌 일상생활 속에서도 위의 생각을 염두에 두고 접근해야 합니다. 학과 수업이나 동아리 활동, 아르바이트, 직업의 선택, 연애 등 모든 분야에서 남이 하는 대로, 아니면 대세를 따라가면 된다는 안일하고 패배주의적인 생각보다는 다른 방법은 없을까를 끊임없이 고민하면서 선택하는 창조적이고 적극적인 사고가 필요합니다. 사실 이러한 고민과 생각은 종이 한장과 같은 작은 차이에 불과합니다. 콜럼버스의 달걀과 같이 해 놓고 보면 아무것도 아니라고 생각되는 것들이 사실은 그런 생각으로

---

14) 기습은 적이 알지 못하도록 한다는 의미도 있지만 비록 알고 있다고 하더라도 적이 효과적으로 대응하지 못하도록 한다는 확장된 의미도 포함되어 있다.

사고를 전환하기까지가 어려운 것입니다.

독일의 수학자인 가우스는 어린 시절 1부터 100까지 더하라는 선생님의 말에 다른 학생들은 일일이 하나씩 더하고 있을 때 작은 사고의 전환을 통해 선생님의 기대와는 달리 이른 시간에 5,050이라는 답을 찾아냈습니다. 다른 친구들은 1+2+3··· +99+100을 순서대로 더해 나가고 있었지만 가우스는 1+100=101, 2+99=101, 3+98=101이 된다는 조금은 다른 생각을 하였습니다. 지금은 너무도 당연한 생각과 방법이지만 당시 어린 나이로서는 하기 힘든 생각의 전환이었습니다. 선생님의 입장에서는 기습을 당한 셈입니다. 단장은 단순히 그의 천재성을 말하려는 것이 아니라 우리 주변을 보면 이와 같은 발상의 전환을 통해 공기무비, 출기불의 할 수 있는 대상이 무수히 많음을 인식하자는 의미입니다. 정말로 일어나기 힘들거나 상상하지 못했던 일이 벌어질 때 우리는 블랙 스완(검은 백조)이라는 말을 하곤 합니다. 과거에는 검은 백조가 없다는 것이 정설이었습니다. 그러나 1790년 호주에서 검은 백조가 학계에 보고됨으로써 블랙 스완에는 '불가능하다고 인식된 상황이 실제 발생하는 것'이라는 의미가 추가되었습니다.[15] 여러분들은 군에서 그리고 사회에서 나름대로의 목표를 설정하고, 성공하기를 바라고 있을 것입니다. 그러나 단 하나라도 시도하지 않고 막연하게 앉아서 기다리며, 블랙 스완은 다른 사람에게만 일어나는 일이라고 생각한다면 자신만의 한계와 그늘에서 벗어나지 못하게 될 것입니다. '공기무비, 출기불의'라는 보다 적

---

15) 관련 용어로 그레이 스완(Grey Swan)은 발생 가능성이 어느 정도 있고, 대부분 언젠가는 발생할 것이라는 것을 인식하고 있지만 일상생활에서 거의 고려하지 않고 생활하다가 갑자기 발생하게 되면 큰 결과를 초래하게 되는 사건으로 코로나19와 같은 전염병, 전쟁 등이 그것이다.

극적인 사고를 가지고 나와 내 주위를 둘러본다면 자신만의 블랙 스완을 찾아내고 블루오션을 개척해 갈 수 있습니다.

♣ 피버팅의 이름과 방향도 공기무비! 출기불의!

피겨스케이팅이나 리듬체조 해설을 듣다 보면 피벗이라는 용어가 가끔 들립니다. 피벗은 '축을 옮긴다'라는 뜻으로 몸의 중심축을 한쪽 발에서 다른 쪽으로 이동시키며 연기할 때 주로 사용되는 말입니다. 트렌드 코리아 2021에서는 '거침없이 피버팅 하라(Best We Piovt)'를 기업이 추구해야 할 키워드의 하나로 선정하였습니다. 코로나19로 인해 소비 시장과 트렌드가 급격하게 변화하는 상황에서 경영 전반에 대한 그 방향성을 수정해 나가는 것은 필수라는 말에 동의하지 않을 수 없습니다. 대한항공이 코로나19 상황 속에서 대부분의 국내 항공사가 영업 적자를 냈음에도 2, 3분기에 영업 이익을 낸 것도 피벗의 하나로 볼 수 있습니다. 여객 수요가 감소하자 항공기를 화물칸으로 개조하여 항공화물을 증가시켰기 때문입니다. 물론 이는 단기처방으로 중장기적인 관점에서 또 다른 피버팅이 있을 것이라고 생각합니다.

우리의 인생도 기업만큼이나 불확실하고 모호한 만큼 유연하게 대처할 수 있는 준비를 하고 능력을 갖추는 것은 중요한 일입니다. 다만 피버팅 한다는 의미를 무조건 새로운 방향으로 전환한다는 의미로 이해해서는 안 됩니다. 기업들은 하나의 피버팅을 위해 시장의 변화에 대해 끊임없이 연구하고 분석하면서 대처해 나가고 있습니다. 여러분들도 기업만큼 치열하게 여러분들의 미래에 대해 연구하고 분석하면서 방향성을 전환하는 유연한 자세가 필요합니다.

지금 하고 있는 일이 예상만큼 진척되고 있지 않다면, 그리고 기대만큼 성과가 나오지 않는다면 먼저 그와 같은 결과가 나오는 원인을 냉철하게 분석해야 합니다. 그리고 여러분 자신의 핵심가치와 비전을 축으로 마음껏 360도 방향전환 하면서 과감한 도전과 변화를 시도해 보기 바랍니다. 그 도전의 이름과 방향은 물론 '공기무비, 출기불의'가 될 것입니다.

13

행운은 준비가
기회를 만났을 때

♣ 동계 입영훈련 입소와 동계 방학

코로나19라는 초유의 사태도 우리의 입영훈련을 막을 수는 없습니다. 4학년 후보생들의 야전지휘자 훈련이 오늘부터 실시됩니다. 보병학교로 훈련 장소가 바뀌는 등의 혼란은 있지만 임관 전에 실시하는 마지막 훈련으로 야전에서 필요로 하는 실질적인 과목으로 편성되어 있는 만큼 충분한 동기부여가 될 것이라 생각합니다. 또한 새로 입단할 예비 후보생들도 한 달 후면 기초군사훈련이 시작되므로 체력단련을 중심으로 입영훈련 준비를 해 주기 바랍니다. 스스로 준비하지 않으면 그만큼 육체적으로 정신적으로 힘들어질 수 있음을 명심하기 바랍니다. 또한 60기 후보생들은 비록 동계 입영훈련은 없지만 두 달이라는 소중한 시간을 어떻게 잘 활용할 것인지 준비를 해야 합니다. 몸과 마음이 느슨해진다면 여러분들이 지난 1년간 쌓아 온 노력이 물거품이 될 수도 있습니다. 체력단련장에 부착되어 있는 땀의 의미를 되새겨 보며 보다 알찬 계획을 수립하고 실천해 주기를 당부합니다.

☆ 부산외대 체력단련장에 부착된 땀의 의미

♣ 운이 좋은 사람들

Do a Bradbury는 '뜻밖의 횡재를 하다'라는 의미입니다. 2002년 솔트레이크시티 동계올림픽에서 운 좋게 금메달을 딴 브래드버리 선수의 이름을 따서 당시 만들어진 신조어입니다. 그는 준준결승에서 3위로 들어와 탈락하였지만 다른 선수의 실격으로 간신히 준결승에 오르게 되는데, 준결승에서도 앞선 선수들의 넘어짐과 실격으로 인해 조 1위로 결승에 오르게 되었습니다. 더욱 놀라운 일은 결승전이었습니다. 결승에는 모두 5명이 출전하였고 우리에게도 잘 알려진 안현수, 안톤 오노, 리자준 등 쟁쟁한 선수들이 있어 실제 경기에서 메달을 기대하기 어려웠습니다. 그러나 마지막 바퀴에서 앞서가던 4명의 선수가 모두 넘어지면서 제일 뒤에 있던 브래드버리 선수가 1위로 골인하게 되고, 호주 최초로 동계올림픽 금메달을 목에 걸게 됩니다. 많은 사람들이 그의 행운에 대해 말했지만 그는 "이번 대회는 내가 이긴 것이 아니라 지난 10여 년간 최선을 다한 나에게 주는 상인 것 같다"라고 말하였습니다.

영국 프리미어리그 웨스트햄의 서드 골키퍼인 데이비드 마틴은 지난 2019년 34살의 늦은 나이에 데뷔전을 치렀습니다. 몇 달 전만 해도 하부리그의 백업 골키퍼였고, 사실 웨스트햄에서도 훈련장에서 활용할 목적으로 영입을 하였습니다. 그러나 주전 선수들의 부상으로 우연히 얻은 데뷔 무대에서 눈부신 선방을 보여 주며 팀을 승리로 이끌었습니다. 또한 프리미어리그의 유일한 흑인 골키퍼인 첼시의 에두아르 멘디 골키퍼도 불과 6년 전만 해도 4부리그에서 팀의 네 번째 골키퍼로 자리를 잡지 못하기도 하였습니다. 그러나 두 선수 모두 늘 연습을 게을리하지 않았고, 마침 주전 선수들의 부상에 따라 대체 선수로 투입된 한두 경기에서 실력을 조금씩 인정받으며 1부리그까지 올라오고 주전으로 경기를 하게 되었습니다.

브래드버리 선수나 데이비드 마틴, 에두아르 멘디 선수들의 운을 말했지만 브래드버리 선수의 말처럼 그날의 행운은 그냥 온 것이 아닙니다. 10여 년간 수많은 부상을 딛고, 땀을 흘리며 노력한 과정이 있었기에 그러한 행운도 함께 왔다고 생각합니다. 또한 데이비드 마틴과 에두아르 멘디 선수도 눈에 보이지 않는 노력과 땀이 있었기에 그러한 기회가 주어졌다고 생각합니다.

최근 싱어게인이라는 프로그램에 이름 없이 63호로 출연하고 있는 이무진이라는 가수가 있습니다. 그는 자신을 노란 신호등과 같은 존재라고 표현합니다. 그의 말을 빌리면 노란 신호등은 빨간색과 파란색 사이에서 딱 3초밖에 자기 자리가 없음에도 묵묵하게 그 빛을 발하고 있으며 기회가 닿을 때마다 최선을 다하고 있는데, 그 모습이 자신과 닮아 보여 그렇게 표현했다고 합니다. 그러고는 자신만의 음색과 개성으로 멋있게 음악을 표현하여 시청자는 물론 마스터들로부터

도 좋은 평가를 받고 있습니다. 그는 스스로를 짧고 자리가 없는 노란 신호등이라고 표현했지만 그가 말한 의미에는 보이지 않는 곳에서 최선의 노력을 다하고 있는 그 가수의 숨은 노력과 땀의 모습이 고스란히 담겨 있다고 생각합니다. 싱어게인이라는 프로그램은 평소 성실하게 준비하고 노력했던 그 가수에게는 소중한 기회가 된 셈입니다.

우리 학군단에서도 2021년에는 코로나19로 시행되지 않지만 2020년에 미 A&M 대학의 리더십 과정에 홍승연 후보생이 다녀왔습니다. 그리고 정한별 후보생은 전국 50명으로 한정되었던 학군사관후보생으로서는 최초로 실시한 공수훈련 위탁교육에 선발되어 우수하게 교육을 수료하였습니다. 두 후보생 모두 영어와 체력이라는 준비가 되어 있었기에 우연한 기회가 왔을 때 놓치지 않고 기회를 잡을 수 있었습니다.

♣ 행운은 준비가 기회를 만났을 때

퀴즈를 하나 내겠습니다. 다음에 설명하는 이것은 무엇일까요?

1. 앞머리는 덥수룩하고 무성합니다.

2. 뒷머리는 대머리입니다.

3. 발에는 날개가 달려 있습니다.

4. 손에는 저울과 칼을 들었습니다.

기회의 신 "카이로스"

정답은 '기회'입니다. 우리는 흔히 인생을 살면서 3번의 기회가 온다고 합니다. 그러나 단장을 포함하여 많은 사람들이 그것이 기회인지 모르고 지나치게 됩니다. 그 기회를 잡지 못하는 이유를 단장은 준비가 되어 있지 않았기 때문이라고 단언합니다. 내가 준비하지 않고, 준비가 되어 있지 않으면 기회가 오더라도 그것이 기회인 줄을 알아차리지 못합니다. 그래서 지나고 나서야 '아… 이렇게 할걸'이라며 후회를 합니다. 그러나 대형 사고를 겪고 난 후와 마찬가지로 후회는 아무리 빨라도 늦습니다.

무시기불래(無恃其不來), 시오유이대야(恃吾有以待也)라. 이는 '적이 오지 않을 것이라 믿지 말고, 나에게 이에 대비할 능력이 있음을 믿어야 한다'는 뜻입니다. 적이 내 앞으로 오는 것을 두려워하고 오지 않기를 바란다면 그 부대의 승패는 이미 결정되었다고 봐도 무방합니다. 준비를 하면 스스로 자신감이 생기지만 준비를 하지 않으면 두려움이 생깁니다. 준비를 하면 기회임을 알아차리게 되지만 하지 않으면 기회인지를 모릅니다. 단장이 임관종합평가에 대한 중간점검을 하면서 여러분들에게 무작위로 발표하도록 하였습니다. 여러분 스스로 준비가 되어 있고, 자신감이 있으면 언제 호명되더라도 문제가 없습니다. 단장의 눈을 자신 있게 쳐다볼 수 있게 됩니다. 준비가 되어 있다면 불안에 떠는 것이 아니라 오히려 '이렇게 많이 준비했는데 나를 시키지 않으면 억울해서 안 되는데'라는 생각을 하게 됩니다. 그러나 준비가 미흡하다면 호명되는 것도 두려워지고, 발표를 하더라도 자신감 없는 목소리가 나올 수밖에 없습니다. 내 스스로의 준비가 부족했으면서 '나는 운이 없어'라고 말할 수 있겠습니까?

여러분들의 지금 모습은 어떻습니까? 여러분은 오늘 어떤 준비를 하고 있나요? 막연히 시간이 흐른다고 장밋빛 미래가 보장되고 행운이 찾아오는 것은 아닙니다. 로또에 당첨되기 위해서도 꾸준히 복권을 사는 실천을 해야 합니다. 언제가 될지 모를, 그리고 기회인지조차 모르고 그냥 지나쳐 버릴 소중한 기회를 놓치지 않기 위해 지금부터 준비합시다. 행운은 준비가 기회를 만났을 때 비로소 찾아옵니다.

꿈과 비전이 비쳐 주는 방향성과 젊음의 가치

1. 꿈과 비전은 방향성을 제시해 줌과 동시에 나의 삶을 보다
   주도적으로 이끌어 주는 역할을 한다.
   크고, 담대하며, 도전적으로 나의 꿈을 키워 나가자.

2. 젊음의 시간은 그 무엇과도 바꿀 수 없는 소중한 가치를
   지니고 있다. 한두 번의 시련을 실패라고 생각하지 말고 바로
   지금 나를 성장시키는 기회로 삼아야 한다.

3. 창의적이고 전략적인 사고를 바탕으로 장기전략을 세우고,
   하나씩 실천해 나가며 준비를 한다면 보이지 않는 것 같은
   목표가 어느 순간 내 눈앞에 보이게 된다.

4. 자신의 능력에 한계를 짓는 것만큼 어리석은 행동은 없다.
   끊임없는 동기부여를 통해 스스로 엔진이 되어 숨어 있는
   잠재력을 밖으로 표출해 낼 수 있도록 도전적인 자세가 중요하다.

5. 리더는 타고나는 것이 아니므로 실천을 통한 준비를 통해서
   나의 역량을 키워나가고, 나에게 찾아오는 기회를 잡을 수 있어야 한다.

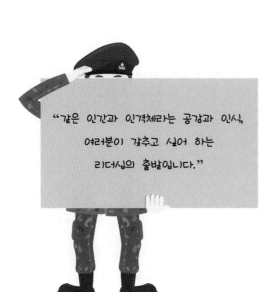

"같은 인간과 인격체라는 공감과 인식,
여러분이 갖추고 싶어 하는
리더십의 출발입니다."

같은 인격체로서
갖추어야 할 인성

Chapter

2

1

좋은 습관이 바꾸는
나의 운명

♣ 아니 벌써?

육군학생군사학교 식당 앞에 붙어 있는 '뜨거운 젊음의 열기로 혹한을 녹이자'라는 문구처럼 여러분들의 정열이 괴산의 날씨를 녹여버린 듯합니다. 생각했던 것보다 혹한과 강설이 없어서 훈련을 하기에는 더없이 좋은 시간이 아니었나 생각하기도 하지만 괴산의 날씨가 부산보다 훨씬 추운 것이 사실이므로 육체적으로 많이 힘들었을 겁니다. 아무튼 여러분들의 강한 열정이 괴산의 날씨도 피해 가게 만들었다고 믿습니다. 엊그제 학교 총장님께서도 어려운 걸음을 해주실 만큼 우리 주변에는 후보생 여러분들에 대한 관심과 애정이 남다른 분들이 많이 있어 여러분들도 그 마음을 충분히 느끼고 있으리라 생각합니다. 또한 집에서 마음으로 응원하고 계시는 부모님, 형제자매들, 친구들까지… 우리는 결코 외롭지 않습니다. 그리고 어느새 자랑스러운 퇴소를 눈앞에 두고 있습니다. 하루하루 최선을 다하다 보니 3주라는 시간이 눈 깜짝할 사이에 지나갔습니다. 최후의 5

분이라는 군가의 가사처럼 마지막 순간에 승리가 달렸다고 생각하고 끝까지 방심하지 말고 지금처럼 최선을 다해 주기를 당부합니다.

♣ 좋은 습관을 위한 단 2달의 투자

아마도 여러분들은 자라면서 부모님들로부터 그리고 학교 선생님들로부터 좋은 습관을 들여야 한다는 말을 많이 들었을 것입니다. 예를 들어 '인사를 잘해라', '일찍 자고 일찍 일어나라', '자기 전에는 이를 닦아야 한다', '게으름을 피우지 마라', '거짓말을 하면 안 된다' 등 때로는 혼나기도 하면서 잔소리라고 생각하기도 했을 것입니다. 그러면서도 한 가지 이상씩은 분명 좋은 습관을 가지고 있을 것입니다. 사실 좋은 습관을 기르기란 쉽지 않습니다. 정확한 데이터는 아니지만 모 통계에 의하면 우리의 삶에서 습관이 차지하는 비율이 43%나 된다고 하는데, 습관은 불필요한 에너지를 낭비하지 않기 위한 행동입니다. 문제는 우리 뇌는 좋은 습관과 나쁜 습관을 구분하지 못한다는 것인데 가만히 생각해 보면 하루 세끼 식사를 하고, 운동 후 샤워를 하거나, 스마트폰을 손에서 놓지 않는 것, 담배를 태우는 것 등 알게 모르게 좋거나 나쁘게 자리 잡은 습관들이 많이 있습니다.

여러분들은 3주간의 생활을 통해서 정해진 시간에 잠을 청하고, 일어나며, 식사하는 좋은 습관은 조금은 몸에 배었으리라 생각합니다. 어떤 행동이 자동화되었다고 몸이 느낄 때까지 걸리는 시간은 약 66일이라고 합니다. 새로운 행동을 2달은 넘게 반복해야 습관이 형성된다는 의미입니다. 아침형 인간, 일일 독서 1시간, 메모나 일기 쓰기, 과식하지 않기, 아침 운동, 명상, 먼저 인사하기 등 여러분 스스로도 좋은 습관이 무엇인지는 알고 있을 것이고, 이런 습관을 유지하면 좋겠다는 생각은 해 보았을 것입니다. 다만 의지가 부족하다는 이유로, 귀찮다는 이유로 실천하지 못하고 지속하지 못할 뿐이지요. 그러나 아무리 사소한 것일지라도 최소 두 달간만 꾸준히 실천한다면 분명 좋은 습관으로 자리 잡게 될 것입니다. 늘 강조하지만 습관도 생각과 사유의 반복입니다. 나의 말과 행동은 일상 습관의 또 다른 표현이기도 한데 습관은 곧 가치관이 되고 운명이 되기도 합니다. 흔히 하는 말로 생각이 바뀌면 행동이 바뀌고, 행동이 바뀌면 습관이 바뀌고, 습관이 바뀌면 운명이 바뀐다는 말을 많이 들어 보았을 것입니다. 여러분들이 투자하는 2달의 시간과 행동이 여러분을 좋은 습관으로 안내하고 더 나아가서는 여러분들의 운명을 분명히 바꾸게 해 줄 것입니다. 여러분 스스로에 대한 동기부여가 최상인 바로 지금 생각에 그치지 말고 행동으로 옮길 수 있는 것부터 실천해 봅시다.

익힐 습(習)이라는 한자는 이제 막 스스로 날려고 하는 새끼 새의 날갯짓을 형상화한 글자입니다. 새끼 새도 날기 위해서 무수히 많은 반복과 실패라는 연습을 통해 어미 새처럼 날아갈 수 있습니다. 내가 원하는 삶을 위한 연습이라는 생각과 인식을 통해 과연 나는 어떤 날갯짓을 할 것인가에 대한 고민을 해 보고 실천해 나가는 우리 후보생들이 되었으면 합니다. 자칫 내 스스로 인식하지 못하고 있는 잘못된 습관으로 인해 악습이 되어 나를 망가트리고 있는 것은 없는지 한 번씩 반추해 보는 시간을 가져 보고 거창한 습관보다 작은 것이라도 당장 실천할 수 있는 것이 무엇인지 찾아봅시다. 작은 실천을 통해 나의 습관을 기르는 연습을 하고, 또 이를 통해 성취감도 느

☆ 동계 기초군사훈련 모습(사진 출처: 육군학생군사학교)

끼는 이기는 습관을 길러 보도록 합시다.

'묵자비염(墨子悲染)'이라는 말도 있습니다. 묵자라는 사람이 흰 실이 물드는 것을 보고 탄식했다는 뜻인데, 물감에 따라 파란색도 되고, 노란색도 되는 것을 보고 사람도 물들이는 방법에 따라 흥하기도 하고 망할 수도 있음을 강조한 말입니다. 결국 평소의 습관에 따라 생각과 태도가 길들여지고, 성품과 인생의 성공 여부가 결정되므로 아무리 사소한 일일지라도 좋은 습관을 들이도록 노력하자는 것이 결론입니다. 잘 알고 있는 아리스토텔레스는 '지금 당신의 모습은 당신이 반복한 행동의 결과이다. 그러므로 탁월함은 습관에 달려 있다'라는 말을 했습니다. 누구를 위하고 다른 사람에게 보여 주기 위한 습관이 아닌 오롯이 나만을 위한 습관의 물을 들여 자신만의 향기가 나는 인생을 설계해 나가기를 기대합니다. 남은 훈련 한 주도 파이팅하면서 멋지게 마무리합시다!

2

틀림과 다름을
볼 수 있는 혜안

♣ 학수고대하던 개강

어려운 가운데 드디어 내일 개강을 하게 됩니다. 코로나19로 인해 온라인 수업으로 진행되지만 신체 리듬은 오프라인 수업과 동일하게 유지해야 합니다. 기상시간은 물론, 체력단련, 학과 수업도 가급적 동일한 시간에 하도록 해야 합니다. 한번 신체리듬이 망가지면 다시 회복하기까지 두 배 이상의 노력이 필요하기 때문입니다. 만약 게으름을 피우고 있던 후보생들이 있었다면 지금이라도 늦지 않았으니 몸과 마음을 새롭게 하기를 진심으로 당부합니다.

♣ 두 장의 사진

아래의 사진을 관점이라는 시각에서 비교해봅시다. 아래 두 장의 사진이 여러분은 어떻게 보이나요? 좌측 사진에서는 계단이 보이고 우측 사진에서는 리더가 보입니다.

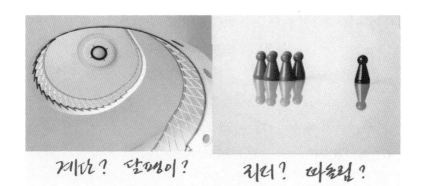

계단? 달팽이?　　　지퍼? 따돌림?

그러면 달팽이의 모습이 보이고, 따돌림의 모습이 보인다고 하면 틀린 건가요? 정답은 무엇일까요? 사실 정답은 없습니다. 둘 다 맞기 때문입니다. 다만 사진을 서로 다른 관점에서 본 것뿐입니다.

약 15년 전 국가기술표준원은 살색을 살구색으로 바꾸었습니다. 전에는 피부색이 희거나 검은 사람을 보고 '너는 피부색이 나하고 틀리네'라는 말을 하곤 했습니다. 그러나 지금 그와 같이 표현한다면 매우 어색하게 느껴집니다. '피부색이 다르네'라고 해야 자연스럽습니다. '틀림'은 정답이 있어서 무엇은 옳고 무엇은 그르다는 뜻이지만, '다름'은 절대적인 기준이 없어서 서로가 서로에게 같지 않다는 뜻입니다.

우리가 문제를 어떻게 바라보느냐에 따라 달리 보이는 것은 당연합니다. 그러나 이 당연한 인식을 우리는 인정하기가 쉽지 않습니다. 또한 나와 의견을 달리한다고 하여 '네 생각은 틀렸어!'라고 너무 쉽게 이야기하는 것이 사실입니다. 그러나 좀 더 정확하게 표현한다면

'너는 나와 생각이 다르구나'라고 해야 할 것입니다. 우리는 통상적으로 상식이라는 이름으로 자신은 매우 객관적이라고 생각합니다. 그러나 여기에도 치명적인 논리적인 오류가 있습니다. 그 상식과 객관적이라는 의미가 내가 경험하고, 교육받고, 생각하면서 만들어진 나만의 틀이기 때문입니다. 나만의 틀로 바라본 세상은 위의 그림에서는 계단과 리더만이 정답일 것입니다.

♣ 다양성의 포용

밝을 명(明)이라는 한자는 해(日)와 달(月)이라는 두 가지 존재가 하나의 개념이 된 경우입니다. 해와 달로만 보는 것이 아니라 밝음이라는 새로운 인식을 할 수 있는 혜안과 통찰력을 갖기 위해서는 '틀리다'라는 생각보다는 '다르다'라는 포용의 인식을 확대할 필요가 있습니다. 이를 통해 타인을 이해하는 폭을 넓힐 수 있고, 한 단계 더 성장할 수 있습니다.

세상을 바라보는 틀은 절대적으로 옳고 그른 것은 없습니다. 내가 어떤 안경을 쓰고 바라보느냐에 따라 세상은 다르게 보이기 때문입니다. 그래서 '이것이 옳다, 저것은 그르다'라고 하면서 굳이 목소리를 높일 이유가 없습니다. 내가 낀 안경으로 본 세상만 옳다고 애써 우길 필요도 없습니다. 내가 안경을 벗거나 다른 사람의 안경을 쓴다면, 아니면 적어도 다른 사람은 다른 색의 안경을 끼고 있다는 것만 인정하더라도 보다 다양한 공감대를 가질 수 있을 것입니다. 따라서 관점을 '다르게 보는 것'도 의미 있지만 나는 내 관점으로 보되 다른 사람은 다른 관점에서 볼 수 있음을 '인정하는 것' 또한 중요한 관점이라고 생각합니다. 세계 1위 헤지펀드 브리지워터의 CEO인 레이 달리오는 '나의 눈과 함께 다른 사람의 눈으로 세상을 바라보게 되면서 세상이 흑백에서 컬러로 변했다'고 말하기도 했습니다. 우리 후보생들은 편협하고 독단적인 사고보다는 세상에 대한 다양성의 문을 열어 두고 보다 폭넓은 사고와 포용성을 갖추는 혜안을 갖기 바랍니다. 다양함을 인정할 때 내 눈에는 또 다른 새로운 길이 보일 것입니다.

3

보는 이 없어도
올곧게, 신독(愼獨)

♣ 서해수호의 날

오는 27일 금요일은 서해수호의 날입니다. 서해수호의 날은 제2
연평해전(2002. 6. 29, 6명 전사), 천안함 피격(2010. 3. 26, 46명 전
사), 연평도 포격도발(2010. 11. 23, 2명 전사) 등 서해 5도 지역에서
북한 도발에 맞서 나라를 위해 목숨을 바친 호국영웅들을 추모하기
위해 매년 3월 마지막 주 금요일을 법정기념일로 제정한 날인데 올
해가 5회째가 됩니다. 특히 천안함 피격과 연평도 포격도발은 올해
로 벌써 10주기가 되었습니다. 서해 5도는 백령도, 대청도, 소청도,
연평도, 우도 등 5개의 섬을 말하는데 우리 해병대가 주둔(육군도
일부 파견)하여 북방한계선인 NLL(Northern Limit Line)을 굳건히
지키고 있습니다. 서해수호의 날의 의미와 서해 5도의 위치가 어디
인지는 사관후보생으로서 기본적으로 알고 있어야 할 상식입니다.

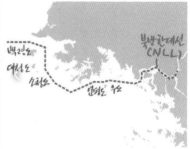

☆ 해군에서는 천안함 피격일(3.26.)을 기억하자는 의미로 3.26.km 구보를 하기도 한다.
(사진 출처: 국방일보)

지난 2018년 9월 19일 남북 간에 군사합의가 있었지만 북한은 2020년에도 3. 2.(월), 9.(월), 21.(토)에 동해안으로 발사체를 발사하는 등 지속적으로 도발을 자행하고 있어, 도발 위협은 언제나 현재진행형입니다.[16] 온라인 수업으로 인해 관련 행사와 영상을 보여 주지는 못하지만 시간이 가용한 후보생들은 3월 27일(금) 기념행사를 시청하고, 제한되는 인원들도 시간을 내어 관련 영상을 한 번씩 찾아보면서 그 고귀한 희생정신과 전투복의 의미를 되새겨 보기를 바랍니다.

♣ 신독(愼獨)의 의미

기차역이나 버스터미널을 이용하다 보면 휴가를 나온 용사들을 볼 수 있는데 크게 2가지 유형으로 분류가 됩니다. 하나는 흐트러진

---

16) 'The 2020 Commission Report'라는 책은 2020년 3월 21일 한반도에서 핵전쟁이 발생한다는 시나리오로 쓴 소설이다. 그 책에서 언급했던 날짜에 도발한 것을 보면 북한에서도 누군가는 책을 읽지 않았을까 추측을 해 본다. 에이브럼스 연합사령관이 미군들에게 일독을 권한 책으로 아직 번역본은 없지만 원서를 도서관에 신청해 놓았으니 우리 후보생들에게도 일독을 권한다.

복장으로 입수보행과 흡연을 하면서, 한 손으로는 휴대폰을 만지고 걸어가는 모습을 보이는 유형이며, 다른 하나는 복장은 물론 제식까지 올바르게 하며 이동하고 상관을 만나면 경례를 제대로 하는 유형입니다. 휴가를 나오면 아무래도 몸과 마음이 부대 안에 있을 때와는 다르게 다소 이완되는 게 사실입니다. 그러나 휴가 전에 각 부대에서는 출타 시 행동요령에 대해 교육을 하고 있고, 교육 이전에 전투복을 입고 있으면 어떻게 해야 하는지는 교육을 받지 않아도 스스로 잘 알 텐데, 용사들의 흐트러진 모습을 보면 눈살을 찌푸리게 됩니다.

신독이란 '혼자 있을 때에도 도리에 어그러지는 일을 하지 않고 삼간다'라는 뜻으로 보이지 않는 곳에서도 올바른 행동과 몸가짐을 조심하는 것을 말합니다. 남들에게 보이는 곳에서는 하는 척하고 보이지 않는 곳에서는 엉터리로 하는 것은 신독의 자세가 아닙니다. 앞에서 언급한 두 부류의 용사들 중에서는 후자의 행동을 하는 용사가 신독의 자세를 보였다고 할 수 있습니다.

과거 개그맨 이경규의 '양심 냉장고'라는 프로그램이 화제가 된 적이 있습니다. 야간에도 신호 정지선을 지키는 차량을 찾아서 냉장고를 상품으로 주는 콘셉트였습니다. 대부분의 차량들이 신호등을 무시하고 지남에 따라 녹화시간도 끝나 가고 출연자들도 지쳐 가고 있을 즈음 드디어 차 한 대가 정지선에 멈추어 섰습니다. 그 주인공은 장애로 인해 발음이 다소 어눌했지만 '저는… 매일… 지켜요…'라고 말을 하여 보는 이들로 하여금 눈시울을 붉히게 하였고, 많은 감동을 주었습니다. 그분은 남이 보든 보지 않든 자신과의 약속을 지킨 것입니다. 단장이 여러분들에게 신호등을 잘 지키라고 강조하는 것이 아닙니다. 여러분들도 후보생 생활을 하다 보면 여러 가지 유혹을 접할 것입니다. 때로는 교통법규를 어기기도 하고, 사복을 입었다고 흐트러진 모습을 보이거나 복장을 불량하게 하기도 할 것이고, 익명으로 SNS에 악플을 달기도 하고, 동료 레포트를 죄의식 없이 복사하고, 상점을 받기 위해 가식적인 행동을 하는 등등… 그러나 그 유혹을 슬기롭게 잘 극복해야 합니다. 특히 코로나19 사태가 장기화되면서 학교에 나오지 않는 시간이 길어짐에 따라 여러분들의 생활자세가 자칫 해이해지고 흐트러지지 않을까 걱정이 되는 것도 사실입니다. 진지하게 자신을 한번 되돌아보아야 합니다.

♣ 신독(愼獨)의 실천

물론 신독을 강조한다고 하여 성직자와 같은 고도의 도덕성을 요구하는 것은 아닙니다. 신독은 사관후보생으로서 갖추어야 할 최소한의 덕목입니다. 내 양심에 비추어 거리끼거나 부끄러운 행동과 마음을 갖지 않는 것이 신독의 출발입니다. 남이 알아주든 알아주지 않든 내면에 있는 내 스스로의 규율과 기준에 어긋나는 행동을 하지 않으려는 마음 그 자체가 중요합니다. 혼자 있을 때와 함께 있을 때, 공적일 경우와 사적일 경우, 친구와 있을 때와 모르는 사람과 있을 때, 이해관계가 있는 경우와 없는 경우에 따라서 나의 행동과 마음이 달라진다면 올바른 인격과 인성을 갖추었다고 말하기 어려울 것입니다. 심한 경우 표리부동한 사람이라는 인상을 줄 수도 있습니다. 여러분들은 장교가 되려는 후보생의 신분이며, 장교는 국민의 공복(公僕)이기도 합니다. 국민에 대한 봉사의 마음은 자아성찰로부터 출발해야 합니다. 신독의 자세가 몸에 배어 있고 일상에서도 발휘된다면 장교로서의 기본 덕목은 갖추었다고 할 수 있을 것입니다. 그런 측면에서 신독의 의미를 음미해 보고, 되새겨 보는 시간을 갖는 것은 여러분들에게 필요하다고 생각합니다. 온라인 수업과 오프라인 수업에 관계없이 신독의 자세를 실천하는 우리 후보생들의 생활 태도를 기대합니다.

신독(愼獨)

숨겨져 있는 것보다
더 잘 보이는 것은 없고,
(막견호은, 莫見乎隱)

아주 작은 것보다
더 잘 드러나는 것은 없다.
(막현호미, 莫顯乎微)

그러기에 군자는
홀로 있을 때 스스로 삼간다.
(고군자신기독야, 故君子愼其獨也)

☆ 출처: 중용(中庸)

4

말은
그 사람의
인격

♣ 강화된 사회적 거리 두기 → 완화된 사회적 거리 두기

코로나19 국면이 비교적 안정적으로 관리가 되고 있고 지난 19일까지의 '강화된 사회적 거리 두기'는 종료가 되었으나 다소 '완화된 사회적 거리 두기'는 5월 5일까지 유지하는 것으로 결정되었습니다. 사실 코로나19 이전과 같은 일상으로의 복귀는 현실적으로 어려워졌다고 볼 수 있습니다. 새로운 일상(new normal)으로의 변화에 대한 빠른 적응이 필요합니다. 단장과 마찬가지로 여러분들도 피로감이 상당할 것으로 생각되지만 좀 더 참고 정부와 군 지침에 동참하도록 합시다. 지금처럼 실내 및 야외 운동 등은 지침을 준용하여 꾸준히 해 주기를 당부합니다. 학교 운동장을 사용할 수 있도록 건의를 하였는데 가능하다면 학교 근처에서 생활하고 있는 후보생들은 부분적으로라도 함께 운동을 하도록 추진하겠습니다.

♣ 말과 글이 가지는 양면성

잊을 만하면 포털사이트를 뒤덮는 기사 중 하나는 연예인들의 자살입니다. 2019년에도 모 여가수 2명이 안타깝게 그 생을 마감하기도 하였습니다. 익명이라는 가면을 쓰고 입으로 담기조차 어려운 말들을 글로 쏟아냄으로써 피해자에게 상처를 주고 종국에는 죽음으로까지 몰고 간 사례입니다. 또한 같은 동급생에게도 수많은 악플로 집단 따돌림을 시키고, 심지어는 집단 구타로까지 이어지는 뉴스도 종종 볼 수 있습니다. 이렇듯 사이버 공간에서의 언어폭력은 한 개인의 문제가 아니라 사회문제가 되고 있습니다. MZ세대라고 불리는 여러분들도 수많은 관계 속에서 개인 카톡은 물론이려니와 페이스북, 인스타그램, 유튜브 등에서 대화를 하거나 의견을 남기는 경우가 많을 것입니다. 낯선 이들과도 스스럼없이 소통하고 친구가 될 수 있는 후프랜드(Who+Friend)의 세계를 추구하는 여러분들은 과연 어떤 유형에 속하나요? 훈육관이나 단장에게 보낼 때와는 다르게 여러분들 간에 주고받으면서 상처를 받거나 속상했던 경험은 없나요? 아니면 앞서 언급한 익명의 악플러는 혹시 아닌가요? 그 어떤 형태가 되었든 말이나 글로 상대방에게 아픔을 주고 상처를 주면 안 된다는 것을 모르는 후보생들은 없을 것입니다. 문제는 내 글과 말이 상대방에게 상처가 되는지조차를 잘 모르거나, 이성을 잃어 순간적으로 화를 다스리지 못하는 경우입니다. 작년에 뉴스에서 언급되었던 모 대학 의대생들이 단톡방에서 서로 나누었던 대화는 본인들 스스로가 죄의식을 느끼지 못할 만큼 불감증이 심했던 사례입니다. 동료 여학생에 대한 성희롱의 대화를 나누면서도 그 누구 하나 죄책감을 느끼지 못했다는 것은 같은 인간이라는 인식이 해이해져 있었음을 반증하는 것이라고 생각합니다. 또한 최근 n번방 사건에서는 미성년자들까지도 연루된 것으로 보도가 되었는데 익명성을 빌미로 한 심각한 범죄행위가 죄의식 없이 사회 전반에 만연되어 있음을 보여 주고 있는 단적이 사례입니다.

반면, 작은 말 한마디로 용기를 주거나 위로가 되는 경우도 많이 있습니다. 처음 코로나19 확진으로 불안감을 가지고 격리치료를 받았던 환자가 완치되어 퇴원을 하면서 의료진에게 남긴 편지에 감사의 마음을 담았습니다. 그는 입원 첫날 의료진이 "많이 놀라셨죠? 치료받으면 금방 괜찮아질 거예요"라는 말과 함께 병실까지 동행해 준 것을 특히 감사해했습니다. 가장 힘든 시기에 의사의 따뜻함을 몸과 마음으로 느낀 것입니다. 의료진도 환자의 완치까지 심신의 피로감은 점점 더했지만 그 마음을 알아준 따뜻한 편지 한 장으로 그동안의 고생이 보상받는 것 같다며 웃음을 보였습니다. 서로의 따뜻한 말과 행동이 서로에게 힘이 되고 위로가 된 것입니다. 이렇듯 말과 글은 독과 약의 양면성을 가지고 있습니다.

에모토 마사루가 쓴 '물은 답을 알고 있다'라는 책에서는 좋은 말과 음악을 들은 얼음의 결정체는 우리가 알고 있는 것처럼 아름다운 육각형의 모습을 보였지만, 반대로 시끄러운 음악과 욕설을 들려주면서 얼린 얼음의 결정체는 보기 흉한

☆ 물의 결정체는 좋은 말을 들었을 때와 욕설을 들었을 때 현저한 차이를 보인다.

모습을 하고 있음을 보여 주고 있습니다. 욕설을 들으면서 웃을 수는 없으니 얼음의 결정체가 다르게 나타난 것은 당연한 결과라고 생각합니다. 기왕이면 우리가 욕설보다는 좋은 말을 해야 하는 이유입니다. 단장 사무실에 있는 화분과 난에 매일 아침 분무기로 물을 주면서 단장도 좋은 말을 해 주고 있습니다. 잘 자라는지 한번 지켜봐야겠습니다.

♣ 말과 글은 그 사람의 인격

프랑스의 휴양도시 니스의 한 카페에는 이런 가격표가 붙어 있다고 합니다. ① Coffee! 7 Euro, ② Coffee Please! 4.25 Euro, ③ Hello Coffee Please! 1.4 Euro. 같은 커피를 주문하는 사람의 말에 따라 가격표를 달리한 것인데, 카페 주인은 종업원에게 함부로 말을 하는 손님을 보고 아이디어를 냈다고 합니다. 말과 글은 그 사람의 인격입니다. 이는 결코 말을 잘하고 글을 잘 쓰는 사람이 인격이 훌륭하다는 의미가 아닙니다.

작가 김윤나 씨는 '말그릇'이라는 책에서 '사람마다 말그릇의 크기가 다른데 항아리와 같이 큰 사람이 있고, 소주잔이나 간장 종지와 같이 작은 사람이 있다'라고 합니다. 그래서 항아리와 같은 그릇이 되어야 그 안에 사람을 담을 수 있다고 하였습니다. 단장은 '말그릇에 사람을 담는다'라는 표현에서 의미를 찾았습니다. 그릇의 크기에 관계없이 '사람을 담는다'는 것은 상대방을 나와 동등한 하나의 인격체로 인식하고 인정한다는 의미입니다. 그러한 마음이 있는 사람은 결코 말이나 글로 상처를 주는 일은 하지 않을 것입니다. 단장도 단장의 말그릇이 얼마만 한 크기의 어떤 모습인지, 그 안에 과연 사람을 담을 수 있는지 반문해 보면서 그릇을 키워 나가려고 노력하고 있습니다. 여러분들도 기꺼이 동참해 주기를 바랍니다.

누군가에게는 말 한마디가 힘이 되고 용기가 되는 반면에 누군가에게는 독이 되어 좌절과 죽음에 이르게 합니다. 여러분의 말과 글의 인격은 어떻습니까? 여러분이 사용하는 언어의 온도는 몇 도입니까? 여러분의 말에서는 어떤 향기가 나고 있습니까? 가족들에게, 선후배와 동료들에게, 혹은 모르는 그 누군가에게라도 힘이 되는 따뜻한 말 한마디를 건넬 수 있는 우리 후보생들이 되어 주기를 기대합니다. 말그릇을 소주잔 크기에서 항아리 크기로 성장시키는 것은 오롯이 개인의 몫입니다. 우리 모두 우리의 말그릇을 키우고 그 안에 사람과 사랑을 담고, 사람 냄새가 나도록 같이 노력해 나갑시다. 말은 결코 배운 대로 되지 않습니다. 밴대로(second nature) 된다는 것을 잊지 맙시다.

5

관점이 바꾸는
긍정의 힘

♣ 학군단 모집홍보 관련 민원 접수 처리

코로나19로 학군단 후보생 모집의 어려움 속에서도 열심히 홍보
활동에 동참해 주고 있는 여러분들에게 진심으로 고마운 마음을 전
합니다. 선발 일정이 조정된 만큼 변화된 일정에 맞추어 지속적인
홍보가 필요합니다. 다만 이미 공지해서 알고 있는 바와 같이 최근
우리 학군단의 홍보활동[17]과 관련하여 국민 신문고에 민원이 접수
되어 답신 처리를 하였습니다. 크게 두 가지 내용으로 하나는 무분
별한 홍보성 문자가 많다는 것이고, 다른 하나는 타 학과 단톡방에
우리 후보생들이 초대되어 학과활동을 방해하고 있어 불편하다는
내용입니다. 보다 우수하고 많은 후보생들이 지원하도록 노력하는
과정에서 우리가 실수하고 있는 부분은 없었는지 돌아보는 계기가
되었습니다. 먼저 홍보 문자는 학교 측에 협조를 구하고, 또 획득 규

---

17) 각 학군단에서는 코로나19로 특히 홍보에 어려움이 있었다. 자체 홍보영상제작 및 유튜브 게
재, 홍보서신 및 메시지 발송 등 다양한 방법으로 학생들에게 홍보하기 위해 노력하였다.

정에 입각해서 5회에 걸쳐 발송하였으므로 문제 될 것은 없다고 생각합니다. 또한 단톡방 홍보와 관련해서 주로 학과 조교를 통해 관련 홍보 내용을 전파했는데 우리 후보생들 가운데서도 해당 과가 아닌 타 학과 단톡방에 들어가서 홍보활동을 한 사례가 5회 있는 것으로 확인되었습니다. 물론 이것도 학생장을 통해 초대되어 활동하거나 학과 임원에게 자료를 전달하여 게시하는 등 절차를 준수하였습니다. 다만 단톡방에 임의로 들어간 것이 아니고 친구들 혹은 과대표 등의 동의를 받고 들어간 것이 무슨 문제가 되느냐고 반문할 수도 있지만 관심이 전혀 없는 학생들의 입장에서 본다면 수시로 전파되는 학군단 홍보 내용에 기분이 언짢을 수도 있었을 것이라고 생각합니다. 보다 사려 깊게 여러분들을 통제해 주지 못한 단장의 불찰이라고 생각합니다. 아무튼 금번 민원을 통해서 우리의 홍보방법에 대한 기준을 재정립하는 기회가 되어 고맙게 생각합니다. 민원이 제기되었다고 의기소침할 필요는 전혀 없습니다. 오히려 그만큼 우리가 홍보를 열심히 한 결과라고 생각합니다. 지난주 금요일을 기준으로 후보생 지원율은 지난해에 비해 약 80% 수준까지 향상되었습니다. 다시 한번 여러분들의 노력에 고마운 마음을 전합니다.

♣ 관점이 바꾸는 긍정의 힘

'긍정적인 사람은 한계가 없고, 부정적인 사람은 한 게 없다'라는 말이 있습니다. 관점 디자이너로 잘 알려진 박용후 대표이사의 말입니다. 긍정적인 자세를 갖는 것이 좋다는 것은 당연한 말이지만 살다 보면 매번 긍정적인 생각을 갖기란 쉽지 않습니다. '왜 나한테만 이런 일이 발생하지?', '아, 나는 역시 안 돼!'라고 자책하며 자포자기하는 경우가 많습니다.

일본에서 사과 산지로 유명한 아오모리현에서는 1990년 초반 태풍으로 수확을 앞두고 90%의 사과가 땅에 떨어졌습니다. 대부분의 사람들은 땅에 떨어져 상품가치를 잃은 사과를 보며 망연자실했고, 태풍을 원망했습니다. 하지만 여전히 매달려 있는 사과를 본 한 청년은 거친 비바람과 태풍에도 떨어지지 않은 사과에 '합격 사과'라는 이름으로 팔기 시작하면서 높은 가치를 인정받았습니다. 우리나라에서도 비슷한 사례가 있었습니다. 2019년 강원도 홍천에서도 유난히 잦은 태풍으로 인해 수확 직전의 사과가 많은 피해를 입었습니다. 이에 홍천군에서도 '합격 사과'라는 이름으로 한정 판매하여 그 피해 규모를 줄일 수 있었습니다.

최근에는 코로나19로 지역 축제가 대부분 취소되었는데 남해의 한 마을은 유채꽃 축제가 취소되자 '유채꽃 축제를 집으로 배달해 드립니다'라는 역발상을 통해 유채꽃을 집으로 배송함으로써 많은 사람들의 호응을 받기도 했습니다. 이러한 사례는 단순한 상술로 치부할 수도 있지만 한편으로는 프레이밍 효과(Framing Effect)를 발견할 수 있습니다. 이는 동일한 사건이나 상황임에도 불구하고 관점의 차이에 따라 판단이 달라지는 현상을 말합니다. 누군가에게는 떨어진

90%의 사과가 누군가에게는 남아 있는 10%의 사과로 보인 것이며, 손님이 찾아오지 못해 취소된 축제는 집으로 찾아갈 수 있는 축제가 될 수 있다고 인식한 것입니다. 물컵에 물이 반이 있을 때, 누군가는 '물이 반 밖에 없네'라고 하는 반면, 또 다른 이는 '물이 반이나 있네' 라고 말합니다.[18] 영국의 사상가인 토머스 칼라일은 '길을 가다가 돌이 나타나면 약자는 그것을 걸림돌이라고 말하고 강자는 그것을 디딤돌이라고 말한다'라는 말을 하기도 했습니다. 임진왜란 당시 이순신 장군은 칠천량해전에서 대패하여 수군을 육군으로 통합해야 하는 상황에서도 '신에게는 아직 열두 척의 배가 있습니다(상유십이척, 尙有十二隻)'라고 하며, 그 유명한 명량대첩을 대승으로 이끌게 됩니다.

한 가지 예를 더 들겠습니다. 2016년 리우올림픽 펜싱 결승에서 9:13으로 지고 있던 박상영 선수는 어딘가에서 "할 수 있다"라는 소리를 듣고 고개를 끄덕이며 "할 수 있다"를 말하기 시작했습니다. 결국 15:14로 극적인 역전승을 거두고 우리나라에서는 최초로 에페 개인전 금메달을 목에 걸었습니다. 사실 그는 올림픽을 준비하면서 "할 수 있다"는 말을 동료들이 지겨워할 정도로 계속하면서 희망을 가졌고, 자신에 대한 긍정적인 믿음을 계속해서 주었다고 합니다.

이처럼 긍정적인 생각과 마인드는 전혀 정반대의 결과를 가져오게 하는 힘이 있습니다. 우리가 흔히 위약효과라고 말하는 플라세보

---

18) 만약 여러분들에게 스님들에게 빗을 팔고 오라는 임무가 주어진다면 여러분들은 어떠한 관점으로 접근하겠는가?

(Placebo)효과는 인간의 심리상태와 긍정적인 마음가짐에 따라 효과가 달라짐을 보여 주는 좋은 사례입니다. 반면, 부정적인 마음을 가진다면 실제 효과가 있는 약도 효과가 반감되거나 없어지는 노세보(Nocebo)효과 역시 삶에 대한 긍정적인 자세가 얼마나 중요한지를 가르쳐 주고 있습니다. 코로나19로 인해 금년도 우리의 대학생활은 온라인화 되었습니다. 또한 사회적 거리 두기도 2달 넘게 지속되고 있습니다. 이러한 현실 속에서 여러분들의 현실 인식은 어떤 모습입니까? 누군가에게는 갇혀 있고 지루한 하루하루가 되겠지만, 누군가에게는 자신의 역량을 개발하고 발전시키는 소중한 시간으로 활용되기도 합니다.

긍정적인 마인드는 우리가 경험하는 크고 작은 다양한 역경과 시련을 도약과 발판으로 삼아 더 높이 뛰어오르게 하는 마음의 근력인 회복탄력성을 키워 줍니다. 신체의 근육을 키우듯 우리 마음의 근육도 함께 키워야 합니다. 다만, 긍정이 지나쳐 지나친 낙관으로 일관되는 것은 주의해야 합니다. 내 노력은 아무것도 하지 않고 '무조건 잘될 거야'라고 생각한다고 해서 잘되지는 않을 것이기 때문입니다. 단장이 여러분들의 잘못을 보고도 '무조건 잘했어'라고 말할 수는 없는 것과 마찬가지입니다. 낙관이 노력 없는 '막연한 기대'라면 긍정은 상황을 바꾸려는 '적극적인 행동과 노력'입니다.[19] 부정적인 마음과 비관은 옳을지언정 아무것도 할 수 없습니다. 부정과 비관보

---

19) 스톡데일의 역설은 비관적인 현실을 냉정하게 받아들이는 한편, 앞으로는 잘될 것이라는 굳은 신념으로 냉혹한 현실을 이겨 내는 합리적인 낙관주의를 말한다. 이는 스톡데일이 베트남 전쟁 시 7년간 포로로 잡혀 있으면서 포로생활이라는 냉혹한 현실을 직시하고 그에 대비하여 살아남았지만, 대비 없이 막연하게 상황을 낙관했던 다른 동료들은 상심을 이겨 내지 못하고 사망함에서 비롯된 말이다.

다는 낙관적인 마음을, 지나친 낙관보다는 긍정적인 마음을 갖고 실천하는 우리 후보생들의 하루하루가 되기를 바랍니다. 단장도 보다 긍정적인 마인드를 유지한 가운데 여러분들과 긍정적인 피드백을 주고받을 수 있도록 노력하겠습니다.

사람들이 꿈을 이루지 못하는 이유는
생각을 바꾸지 않으면서
결과를 바꾸고 싶어 하기 때문이다.

- 존 맥스웰 -

사람들은 평범하게 살기를 원치 않으면서
왜 평범하게만 노력하는가?

- 김성호 -

기다리는 사람에겐 좋은 일이 생기지만
찾아 나서는 사람에게는
더 좋은 일이 생긴다.

- 무명 -

6

내게 가장
소중한 사람

♣ 생활 속 거리 두기로 전환 및 오프라인 수업 진행관련

길고 길었던 사회적 거리 두기가 오는 5일로 종료되고 6일부터는 생활 속에서 거리 두기를 이어 가는 생활 방역으로 전환됩니다. 그러나 생활 방역으로의 전환이 코로나19 상황의 종식을 의미하는 것은 아니므로 마스크 착용, 손 씻기, 최소 1m 간격 유지 등 세부지침을 확인하고 준수한 가운데 조심스럽게 활동을 재개해야 하겠습니다. 또한 이미 공지한 대로 학교에서는 1학기 수업을 온라인으로 하는 것으로 결정하였습니다. 다만 실습이 필요한 과목에 한해서 부분적으로 오프라인 수업을 허가할 예정입니다. 이에 따라 우리 학군단도 군사학 수업의 특성상 실습 위주의 과목으로 분류하여 오프라인 수업을 진행하고자 합니다. 여러분들의 설문조사 결과를 바탕으로 최종 결정하여 공지하도록 하겠습니다. 조금 멀리 있는 후보생들의 소집이 제한될 수 있는데 기숙사 추가 입주나 원격교육, 학년별 차별화 등 다양한 방법을 놓고 판단해서 시행하겠습니다.

♣ 내게 가장 소중한 사람, 그리고 그 은혜

난센스 퀴즈를 하나 내겠습니다. 엄마를 네 글자로 뭐라고 표현할수 있을까요? 열두 글자로 표현하면 또 어떻게 될까요? 우리 후보생들 모두 잠시 생각해 봅시다….

'미안해요', '미안하다고 말하지 못했어요'라고 합니다. 뭔지 모르겠지만 그래도 고개를 끄덕이게 됩니다. 여러분들이 가장 소중하게 생각하는 단어는 무엇입니까? '생명', '돈', '부모' 등등 각 개인별로 모두 다를 것입니다. 한 연구기관에서 조사한 설문 결과 '가족', '사랑', '나', '엄마', '꿈'이 상위권에 있었습니다. 씁쓸하게도 '아버지'는 '돈'보다 순위가 낮았다고 하네요. 그 결과를 보면서 단장도 마찬가지이지만 인간관계를 중시한다는 생각을 했습니다. 이와 관련해서 아주 재미있는 연구 결과가 있습니다. 여러분 앞에 세 장의 사진이 있습니다. A사진은 기차, B사진은 철길, C사진은 버스입니다. 만약 여러분들에게 2장의 사진을 선택하라고 한다면 어떤 사진을 고르시겠습니까? AB? AC? BC?….

아마도 BC사진을 선택하는 후보생은 거의 없을 것이라고 생각하는데, AB를 선택한 후보생은 보다 관계 중심의 통합적 사고를 하는 성향이 있고, AC를 선택하는 후보생은 분석적 사고를 하는 성향이 있다고 합니다. 이유는 AB사진은 기차와 기찻길이라는 관계를 우선 고려한다는 것이고, AC는 기차와 버스 모두 교통수단이라는 분석적 의미로 사진을 본다는 것입니다. 그런데 이러한 성향이 쌀문화 중심인 동양과 밀문화 중심인 서양에서 비슷하게 나타난다고 연구 결과는 제시해 주고 있습니다. 인정하지 못할 수도 있지만 아무튼 AB를 고른 후보생이 더 많을 것이라고 생각합니다. 작은 사례이지만 우리가 관계를 중시하는 것은 사실입니다. 그래서 혈연은 물론이고 학연, 지연, 나이 등에 민감한 이유인지도 모르겠네요. 이번 주에는 어버이날이 있습니다. 내게 소중한 단어는 여러 가지이지만 내게 가장 소중한 사람은 부모님임에는 이의가 없을 것입니다.

수욕정이 풍부지(樹欲靜而 風不止) 하고 자욕양이 친부대(子欲養而 親不待)라. 이는 '나무는 고요하고자 하나 바람이 그치지 아니하고, 자식이 부모를 봉양하려고 하나 부모는 기다려 주지 않는다'라는 뜻으로 부모님이 돌아가시고 나서 후회하지 말고 살아생전에 효도를 다하라는 의미입니다. 단장도 여기에서 자유롭지 못합니다. 단장이 대위 시절 부친께서 갑자기 돌아가셨는데 지금도 후회스러운 일이 있습니다. 지금이야 휴가를 보장해 주는 분위기이지만 단장이 초급장교 시절만 해도 휴가를 선뜻 가기가 쉽지 않았습니다. 당시는 지휘관 직책을 할 때여서 휴가 가기는 더욱 어려웠고요. 그래도 오랜만에 휴가를 받아 본가에 갔었는데 그리 바쁘지 않았음에도 부대 복귀를 핑계로 부친을 뵙지 못하고 그냥 돌아왔습니다. 그러고는 꼭 일주일 후에 부친께서 돌아가셨습니다. 그날 한 시간만 기다렸다가 복귀를 했어도 마지막 모습이라도 볼 수 있었을 텐데 무엇에 쫓기듯 기다리지 못하고 부대로 복귀한 것이 지금 생각해 봐도 죄송스럽고 후회스럽기만 합니다. 그래서 부친의 살아생전 마지막 모습을 보았던 게 정확히 언제였는지 기억하지 못하고 있습니다.

우리 후보생들 중에도 부모님이 이미 돌아가셨거나, 부모님과 떨어져 자취나 기숙사 생활을 하는 이들도 있습니다. 이번 주 금요일은 어버이날입니다. 이미 작고하신 분께는 마음으로라도, 함께 생활하는 분들께는 좀 더 살갑게, 떨어져 계신 부모님께는 전화 통화로라도 꼭 '사랑합니다, 감사합니다'라는 말을 하는 우리 후보생들이 되어 주기를 바랍니다. 쑥스러움은 잠깐이지만 후회는 평생이 될 수도 있습니다.

☆ 장사익이라는 분의 '꽃구경'이라는 노래가 있습니다. 과거 늙고 쇠약한 부모님을 산에다 내다 버리는 장례풍습인 고려장에 관한 노래입니다. 죽음을 앞에 두고도 자식 걱정을 하시는 부모님의 마음이 가사에 잘 드러나는데 유튜브에서 영상을 찾아 시청할 것을 추천한다.

<u>7</u>

우리 주변의
우렁이 각시

♣ #덕분에 챌린지

요즈음 SNS나 방송에서 많이 볼 수 있는 포즈가 있습니다. 왼손으로 받치고 오른손 엄지손가락을 치켜 세우고 있는 모습입니다. 지난주에 개막한 K리그 축구 경기에서 이동국 선수가 골세리머니를 하여 화제가 되기도 했는데 코로나19 관련 전국 각지에서 가장 고생하고 있는 의료진들을 위한 릴레이 응원 이벤트입니다. 이와 같은 동작은 수어로 '존경합니다'를 의미한다고 합니다. 코로나19가 아직 진행형이긴 하지만 우리가 사회적 거리 두기를 완화하고 제한적이나마 오프라인 개강을 할 수 있는 것은 무엇보다 최전선에서 사투를 벌이고 있는 의료진들이 있었기에 가능한 일이라고 생

각합니다. 더하여 지침을 잘 지켜 주고 따라 준 우리 국민들의 동참도 큰 몫을 했고요. 여러분들도 잘 참아 주어 고맙습니다. 부분적이지만 어렵게 오프라인 수업을 재개하는 만큼 더욱 성과 있고 내실 있게 교육하고 배울 수 있도록 함께 노력합시다. 육군 차원에서도 #덕분에 챌린지 운동을 장려하고 있습니다. 여러분들도 동참하는 차원에서 단복을 입고 사진 찍고, 개인 SNS 등에 #해시태그(#덕분에 캠페인, #덕분에 챌린지, #동료 후보생 덕분에)를 사연과 함께 입력하거나, 응원 릴레이를 이어 갈 3명 지목하기 등의 방법으로 적극 동참해 주기를 바랍니다. 단장은 황호경, 박희원, 한지원 후보생을 지목합니다.

♣ 알게 모르게 도와주시는 분들

금번 코로나19 사태를 경험하면서 식사하고, 도서관을 가고, 운동장에서 땀을 흘리고, 친구들과 만나 차 한잔하는 우리 주변의 평범한 일상이 얼마나 감사한지 새삼 깨닫게 되었습니다. 또 우리가 당연하게 받아들였던 일들이 사실은 누군가의 숨은 노력이 있었다는 것도 알게 되었습니다. 인천공항은 수많은 인원들이 입출국을 하고 있지만 공항에 근무하는 직원들은 아직까지 단 한 명도 확진자가 없습니다. 얼마 전 뉴스에서 인천공항에서 근무하시는 미화원, 방역원분들의 활동과 인터뷰를 보았습니다. 그분들은 하루 수차례씩 꼼꼼하게 맡은 바 임무를 하시면서도 '힘들지만 해야 하잖아요'라며 웃음을 보였습니다. 이렇듯 보이지 않는 곳에서 맡은 바 일을 성실하게 해 주고 계신 분들 덕택으로 코로나 예방이 되고 있습니다.

우리 학교만 하더라도 매일 화장실 청소와 쓰레기를 버려 주시는 분들이 계시며, 때가 되면 맛있는 식사를 준비해 주시는 식당 직원, 우리의 보안을 위해 순찰과 모니터링을 해 주시는 경비직원분들, 수시로 방역활동을 해 주시는 분들도 계십니다. 또한 가까이에 여러분들에 대한 시의적절한 교내 교육과 보급품 지급 등 각종 행정과 학사지원은 학군단 훈육관, 주무관, 획득관의 보이지 않는 곳에서의 숨은 노력이 있었기 때문에 가능한 것입니다. 당연한 업무라고 치부할 수도 있지만 여러분들에게 조금의 불편함이 없도록, 조금이라도 더 많은 혜택이 돌아가도록 노력하고 있습니다. 분명 우리들 눈에 잘 보이지 않는 우렁이 각시, 마니토입니다. 좀 더 화장실과 사무실을 깨끗이 쓰고, 분리수거를 잘하는 것, 음식을 맛있게 먹고 남기지 않는 것, 출입문을 잘 닫고 다니는 것, 군사학 수업에 충실한 것, 따뜻한 말 한마디 해 주는 것 등이 그분들의 노고에 대해 감사해하고, 배려하는 마음에서 나올 수 있는 행동이라고 생각합니다.

또한 이번 주 금요일은 스승의날이기도 합니다. 총장님을 비롯해서 학교의 모든 교수님들께서는 우리 학군단과 후보생 여러분들에 대한 특별한 애정을 갖고 계시며 여러분들의 지적 성장과 인성 함양을 위해 많은 가르침을 주고 계십니다. 교수님들께도 먼저 다가가 따뜻한 감사의 말씀을 전하거나 전화 한 통, 메시지 하나라도 보내는 우리 후보생들이 되리라 믿습니다. 감사와 사랑은 표현했을 때 더욱 아름다워지고, 그 가치가 높게 발현되며, 진심을 상대방에게 전달하게 됩니다.

☆ 정용각 前 총장(代)님께 감사의 마음을 담아

♣ 125 감사나눔 운동

125 감사나눔 운동은 감사나눔 신문사에서 꾸준히 추진하고 있는 사회운동의 하나입니다.[20] 125란 일일일선행(一日一善行, 하루에 1가지 이상 착한 일 하기), 일월이독서(一月二讀書, 한 달에 2권 이상 책 읽기), 일일오감사(一日五感謝, 하루에 5가지 감사 나누기)를 하자는 것입니다. 육군에서도 125 감사나눔 운동을 꾸준히 추진해 오고 있으며 특히 5 감사나눔을 중심으로 추진하고 있습니다. 우리 학군단에서도 감사나눔 운동을 전개하고 있고, 여러분들에게 감사노트를 작성하도록 하고 있습니다. 방법은 어렵지 않습니다. 하루에 다섯 가지 감사한 마음을 노트에 적으면 됩니다. 감사의 대상에게 직

---

20) 우리나라에서 감사 나눔 운동을 2010년에 처음 도입한 사람은 前 농심 대표이사였던 손욱 박사다.

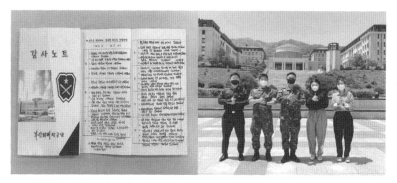

☆ 감사노트 작성과, 간부들과 #덕분에 챌린지 동참

접 표현하면 더욱 좋고요. 표현하기 어려우면 그 마음을 노트에 적는 것만으로도 충분합니다. 감사하는 마음은 부모님 은혜와 같은 큰 것만 있는 것이 아닙니다. 감사하는 마음은 가볍고 사소한 일상의 감사로부터 출발합니다. 예를 들면 '이른 아침 아름다운 일출을 볼 수 있어 감사합니다, 아침 햇살이 따뜻해서 고맙습니다, 미세먼지가 없는 청명한 하늘을 볼 수 있어 감사합니다, 자취방에 온수가 잘 나와서 감사합니다, 친구와 삼겹살에 소주 한잔할 수 있어 감사합니다, 아침 신문 배달을 제때에 해 주어 감사합니다, 옷을 빌려준 동생에게 감사합니다, 아픈 허리가 많이 좋아져서 감사합니다, 아침 식사를 준비해 주신 어머니께 감사합니다' 등등… 그 대상이 꼭 사람이 아니어도 관계없습니다. 잠자리에 들기 전에 하루를 마무리하고 정리하는 시간으로 활용하면 좋을 것입니다. 여러분들에게 나누어 준 감사노트에 하루하루 감사의 마음을 채워 나가기 바랍니다.

정말 감사하게도 여러분들의 인성 향상을 위해 2작전사령부 인사처에서 감사노트 1,000부를 제작해 주어 우리 부산, 경남 권역 12개 학군단 후보생들 모두에게 나누어 줄 수 있었습니다. 그분들께도 이 글을 빌려 정말로 감사하다는 마음을 전합니다. 여러분들이 쓰는 감사노트는 단장을 포함하여 누구에게 보여 주기 위한 것이 아니라 여러분들 스스로에게 감사하는 마음을 담기 위함입니다. 여러분들의 인성을 차곡차곡 쌓아 가는 기회로 삼고 꾸준하게 감사의 마음을 적어 보기 바랍니다. 단장은 인성이란 이러한 마음과 실천이 하나씩 쌓이면서 함양되는 것이라고 생각합니다. 여러분들도 의무감보다는 눈에 보이지 않는 성장을 위한 과정이라고 생각하고 하루하루 채워 나가기 바랍니다. 단장이 이러한 생각을 갖게 하는 것도 여러분들이 존재하기 때문입니다. 모든 것이 여러분 덕분입니다.

8

그 친구를
가졌는가

♣ 육군학생군사학교장 이취임식

지난주에는 여러분들의 교육을 책임지고 계시는 육군학생군사학
교장님의 이취임식이 있었습니다. 전임 이종화 장군님은 이임과 동
시에 전역을 하셨고, 후임 정재학 장군님이 취임을 하셨습니다. 30
년 이상의 군 복무를 통해 군 발전에 기여하시고, 특히 후보생 여러
분들의 질적인 교육 향상을 위한 집결체인 '문무혁신'을 추진하신
이종화 장군님의 노고에 감사드립니다. 신임 정재학 장군님은 취임
사에서 일률적인 교육의 틀을 벗어나 야전부대 체험, 합동성 강화를
위한 실효성 있는 다양한 프로그램을 개발하는 등 교육체계를 발전
시켜 나갈 것이라고 말씀하셨습니다. 또한 병아리가 알에서 깨기 위
해 안에서 열심히 쪼고 어미 닭도 밖에서 쪼아 주는 줄탁동시(啐啄
同時)의 자세로 한마음 한뜻으로 생각과 지혜를 모아야 한다고 강조
하셨습니다. 후보생들은 학교장님의 취임사를 한 번씩 읽어 보기 바
랍니다. 학교장님이 바뀌어도 여러분들에 대한 교육기조 변화는 없

습니다. 단장은 신임 학교장님의 지침에 따라 여러분들의 훈육과 교내 교육을 진행할 것이므로 지금처럼 잘 따라와 주기를 당부합니다.

다만 지난주에 실시한 60기 정신전력평가에서 한 가지 아쉬운 점이 있었습니다. 기대만큼 성적이 좋지 않았고 재평가 인원이 많이 발생했다는 것입니다. 교육을 화상으로 진행하다 보니 단장의 교육이 상대적으로 부족했고, 부실했음을 반성하게 되었습니다. 좀 더잘 지도하지 못함을 미안하게 생각합니다. 재평가를 봐야 하는 후보생들은 좀 더 진지하게 교육 내용에 대해 숙지해 주기 바랍니다.

♣ 친구의 의미

오늘은 친구라는 주제로 이야기를 나누어 볼까 합니다. 아프리카 코사족 속담에 '빨리 가려면 혼자 가고, 멀리 가려면 함께 가라'는 말이 있습니다. 친구의 중요성을 강조하고 생각하게 하는 말입니다. 여러분은 언제나 함께할 수 있는 마음을 열어 놓은 친구가 있습니까? 혹시 친구 때문에 속상하거나 싸웠던 적은 없나요? 관포지교(管鮑之交)라는 말을 들어 보았을 것입니다. 중국 춘추시대 제나라의 관중과 포숙의 우정과 관련된 사자성어입니다. 포숙은 관중의 그릇을 알아보고 같이 장사를 하면서 관중이 이익을 더 많이 가져가거나, 사업에 실패하고 벼슬길에서 쫓겨났을 때에도 결코 원망하지 않았습니다. 그리고 관중이 죽음에 직면했을 때에도 포숙은 그를 대변하여 목숨을 살리기도 하는데, 그 후 관중은 제나라의 재상까지 지내게 됩니다. 그리하여 관중은 '나를 낳은 것은 부모이지만, 나를 알아준 사람은 포숙이다'라는 말을 남기게 되었고, 이 두 사람의 우정을 바탕으로 관포지교라는 말이 생겼습니다.

이처럼 나를 알아주는 좋은 친구가 있다는 것은 행복한 일입니다. 좋은 때는 물론이고 특히 힘들고 어려울 때 친구가 건네는 위로 한마디는 많은 힘을 주고 괴로움이 반감됩니다. 여러분들이 생각하는 좋은 친구의 기준은 무엇입니까? 말이 잘 통하는 친구, 공부를 잘하는 친구, 상담을 잘 해 주는 친구, 함께 운동을 즐겁게 할 수 있는 친구, 예절이 올바른 친구, 사교성이 좋은 친구, 충고를 잘 해 주는 친구, 부모님이 좋아하는 친구, 가치관이 비슷한 친구 등등… 뚜렷한 기준은 없지만, 위의 예를 든 친구는 분명 좋은 친구라고 할 수 있을 것입니다.

단장은 친구로부터 무엇인가를 배울 수 있다면 좋은 친구라고 생각합니다. 삼인행(三人行)이면 필유아사(必有我師)라는 말이 있습니다. 세 사람이 함께 가면 반드시 나의 스승이 있다는 뜻입니다. 여러분들이 해당 학과에서, 동아리에서 함께하는 친구들은 모두 나의 스승이 될 수 있습니다. 한번 학군단으로 시선을 돌려 봅시다. 우리 학군단은 동기들과 선후배 약 50명으로 구성된 조직입니다. 산술적으로 계산하더라도 적어도 우리에게는 15명 이상의 스승이 있는 셈입니다. 59기 후보생들은 60기 후보생들에게 모범적인 모습을 보여 주면서 가르침을 주고, 60기 후보생들은 59기 선배들의 모습을 보면서 배움을 얻어야 합니다. 또 그 반대의 모습이 될 수도 있습니다.[21] 스

---

21) 과거와 같이 선배들이 모든 것을 다 잘하는 시대는 이미 지나갔다. 오히려 인터넷 등 많은 분야에서는 단장보다 후보생들의 능력이 훨씬 월등하다. 이와 같이 후배들이 선배들의 멘토가 될 수 있는 리버스 멘토링 개념이 '삼인행이면 필유아사'라는 말에 포함되어 있다.

☆ 학군단 동료, 선후배들은 모두 나의 훌륭한 스승이 될 수 있다.
서로의 장단점을 보면서 배움을 얻으면 더없이 소중한 스승이다.

승은 나이의 많고 적음, 경험의 많고 적음, 계급의 높고 낮음이 아닙니다. 단장이 여러분의 스승이 되기도 하고, 여러분이 단장의 스승이 될 수도 있습니다. 또 동기들 간에, 선후배들 간에 때로는 따르고 싶은 좋은 본보기로, 때로는 실수를 통한 오시범을 통해서 배움을 주는 모습은 다를 수 있지만 어떠한 형태로라도 내가 배울 수 있다면 모두 스승이 되는 것입니다. 친구와 선후배가 곧 나의 스승입니다. 여러분 주변의 친구를, 선후배들을 한번 보면서 그들의 좋은 점은 무엇인지, 조금 아쉬운 점은 무엇인지 생각해 보세요. 내게 부족한 점을 친구가 가지고 있다면, 반대로 친구의 부족한 부분이 내게 있다면 서로 채워 갈 수 있는 상생의 조건이 갖추어진 것입니다.

어린 왕자에는 "착한 아들을 원한다면 먼저 좋은 아빠가 되는 거고, 좋은 아빠를 원한다면 먼저 좋은 아들이 되어야겠지. 남편이나

☆ 대학교 금계화 동산에서 단장의 영원한 반려자와 한 컷

아내, 상사, 부하의 경우도 마찬가지야. 간단히 말해서 세상을 바꾸는 단 한 가지 방법은 바로 자신을 바꾸는 거야"라는 말이 나옵니다. 당연한 말이겠지만 좋은 친구를 원한다면 나부터 좋은 친구가 되도록 노력해야 합니다. 여러분들은 학군사관후보생이라는 같은 배를 타고 함께 항해하고 있습니다. 어려움을 같이 극복해 가면서 끈끈한 동료애와 전우애를 느낄 수 있는 최적의 조건을 갖추고 있습니다. 조금만 마음을 열고 서로에게 다가간다면 후보생 생활을 통해서 상대방의 단점보다는 장점을 배우고, 상대방에 대한 미움보다는 우정을 쌓아 가는 좋은 기회가 될 것입니다. 후보생으로서의 2년은 서로에게 건전한 긴장감으로 때로는 자극이 되기도 하고, 힘들 때는 서로 이끌어 주면서 절차탁마하는 수련과 성장의 시간입니다. 여러분들 스스로가 서로에게 좋은 친구로, 좋은 스승으로 발전해 나가기를 기대합니다.

단장도 오랜만에 친구에게 전화 한 통 하려 합니다. 이번 주는 멀리 있는 친구에게는 전화 한 통을, 가까운 곳에 있는 친구와는 따뜻한 커피 한잔의 여유를 갖는 우리 후보생들이 되기를 바랍니다. 학교 곳곳에 노란 꽃이 예쁘게 피었습니다. 금계화 또는 금계국이라고 불리는 꽃이라고 하네요. 금계화의 꽃말은 '상쾌한 기분'입니다. 이번 주도 꽃만큼이나 상쾌한 기분이 가득하기를 바랍니다.

<u>9</u>

겸손의
현대적 의미

♣ 하계 입영훈련의 멋진 마무리

괴산에서 3주를 보낸 A조 후보생들의 모습에서 검게 그을리고 홀쭉해진 얼굴만큼이나 늠름함과 자신감이 충만해 있음을 엿볼 수 있었습니다. 여러분들이 흘린 땀은 결코 배신하지 않을 것이라고 믿습니다. 훈련을 통해 군사지식을 습득하고 기술을 연마하는 것도 중요

☆ 한기용 예비군 연대장 강연

하지만, 더욱 의미가 있는 것은 어떠한 임무가 주어져도 할 수 있을 것이라는 자신감을 갖는 것입니다. 입영훈련 입소 전 한기용 예비군 연대장님의 강연 말씀도 있었지만 여러분들의 눈빛과 말투에서 그러한 자신감의 향기를 느끼게 해 주어 고맙게 생각합니다. 남은 한 주의 훈련도 여러분 스스로를 더 강하게 하는 담금질이라고 생각하고 성실하게 임해 주리라 믿습니다. 건강하고 멋지게 마무리합시다.

♣ 무조건 나를 낮추는 게 미덕일까?

겸손은 자신을 낮추며 상대방을 인정하고 높이는 욕심 없는 마음 상태를 말합니다. 나를 낮춘다고 하여 자존심이 상하는 것은 결코 아닙니다. 오히려 겸손은 자신감의 표현입니다. 애써 나를 드러내지 않더라도 상대방은 나를 무시하지 않습니다. 나를 낮추고 타인을 높이지만 나도 그만큼 올라가기 때문입니다. 그래서 예로부터 자신을 겉으로 드러내지 않는 겸손은 미덕이라고 여겨졌습니다. 그러나 지금은 자기 PR 시대이며, 자신의 브랜드 가치를 드러낼 필요가 있습니다. 내가 나의 가치를 알리지 않고 상대방이 알아주기를 무턱대고 바라는 것은 겸손이라 할 수 없습니다. 겸손도 시대정신에 맞게 재해석해야 한다고 생각합니다.

FLEX는 '준비운동으로 몸을 푼다'는 뜻이지만 최근에는 힙합문화와 연계하여 '성공한 자신을 자랑하다'라는 의미로 사용되고 있습니다. 떳떳한 성과에 대한 자랑을 의미합니다. 상대방에 대한 비하나 우월감이 아닌 내 자신의 떳떳함, 자신감, 당당함의 표현으로서의 FLEX라면 단장은 여러분들도 스스로 능력을 갖추고 마음껏

FLEX 하기를 바랍니다. FLEX를 하다 보면 어느 순간 그것만으로는 부족하다는 것을 스스로 느끼게 될 것입니다. 그때 '겸손'은 나를 FLEX 하는 또 다른 방법으로 대안이 될 것입니다.

겸손과 Flex

여러분이 송곳을 가지고 있다면 그것을 직접 보여 주면서 상대방에게 송곳이 있음을 알려 주어도 되지만 주머니 속에 가지고만 있더라도 다른 사람들은 여러분이 송곳을 가지고 있음을 자연스레 알게 됩니다. 일명 '낭중지추(囊中之錐)'입니다. 벼는 익어 갈수록 고개를 숙이지만 여문 벼는 결코 무시당하지 않습니다. 이를 위해 무엇보다 중요한 것은 여러분 스스로 능력을 갖추고 내공을 쌓고 있어야 합니다. 능력이 부족한 가운데 보이는 'FLEX'는 철없는 오만함이며, 내공이 부족한 가운데 보이는 '겸손'은 자신감의 부족입니다.

♣ 겸손의 현대적 의미

그렇다면 오만과 FLEX는 어떻게 다를까요? 겸손은 어떻게 해석해야 할까요? 오만과 FLEX를 구분할 수 있는 좋은 사례가 있습니다. 조선시대 맹사성은 젊은 나이에 장원급제 하여 파천군수로 부임하게 되었고, 덕망 있다는 분을 찾아가 군수로서의 지표에 대해 배움을 얻고자 하였습니다. 그러나 큰 기대를 가지고 찾은 무명고승의 입에서는 '나쁜 일을 하지 말고 착한 일만 하는 것입니다'라는 너무도 당연한 말이 나왔습니다. 화가 난 맹사성은 화를 내며 나가려 하였고, 이에 고승은 차나 한잔하고 가라며 찻잔에 차를 따르기 시작합니다. 무명고승은 차가 찻잔을 넘치고 바닥이 흥건해질 때까지 계속 차를 따랐습니다. 이에 맹사성은 "도대체 무엇을 하는 것이냐"며 더욱 화를 냈습니다. 이때 고승은 웃으며 한마디 합니다. "차가 넘쳐 바닥을 더럽히는 것은 알면서 학식이 넘쳐 인품이 더럽혀지는 것은 왜 모르십니까?" 이에 부끄러움을 느낀 맹사성은 황급히 나가다가 출입문에 머리를 세게 부딪히게 되는데, 어쩔 줄 몰라 하는 맹사성에게 무명고승은 한마디를 더 합니다. "고개를 숙이면 매사에 부딪히는 법이 없습니다"라고. 그 이후 맹사성은 깊이 깨달음을 얻고 자만심을 버리게 되었고, 지금은 우리에게 황희 정승과 함께 청백리의 상징으로 기억되고 있습니다. 젊은 시절 맹사성의 위와 같은 아집은 FLEX가 아니며 여러분이 장교가 되어 진급을 하고 직위가 올라갈수록 반드시 경계해야 할 오만함입니다. 오만함은 제인 오스틴이 그의 저서 '오만과 편견'에서 말한 것처럼 다른 사람이 나를 사랑하지 못하게 만드는 독입니다.

한 가지 사례를 더 들겠습니다. 코리안시리즈를 우승으로 이끌었던 프로야구 前 LG 감독이었던 이광환 감독이 2020년 무보수로 10년간 몸담았던 서울대 야구부 감독직을 건강상의 이유로 그만두었습니다. 그는 학생들에게 야구 기술보다는 야구 정신인 '희생'을 가르치려 노력했다고 합니다. 그는 서로 희생하려는 마음이 야구의 요체라고 강조하면서 돈과 승부가 목적이 아닌 남을 배려하는 마음을 가르치려고 한 것입니다. 적어도 서울대학교 학생들 대부분은 상대적으로 보기에는 지금까지 실패를 모르고 성장한 학생들일 겁니다. 그래서 그는 '늘 1등만 하던 아이들이라 야구가 마음대로 안 되는 걸 못 견뎌요, 그럼에도 참고 노력해서 성장하는 거죠. 안 그러면 사회에 나가 사소한 실패에 바로 무너져요'라고 말합니다. 그는 학생들이 단 1승을 위해 노력하는 모습을 통해 잘 지는 법을 가르치면서 참고 성장하는 법을 가르치고자 한 것으로 보입니다. 단장은 맹사성의 일화에서 나타난 자만심과 이광환 감독이 서울대 학생들에게 가르치려고 했던 '희생'정신은 현대적 의미의 '겸손'과 맥을 같이한다고 생각합니다. 나를 무조건 낮추는 것이 아닌 능력을 갖추어 자신감과 당당함을 갖고 표현하되, 그것이 오만함과 자만심으로 보이지 않도록 행동하는 것, 그것이 현대적 의미의 '겸손'이라고 생각합니다.

우리는 태풍이나 지진과 같은 자연재해를 맞게 되면 새삼 자연의 힘을 느끼게 됩니다. 금번 코로나19 사태를 경험하면서 코로나19가 우리에게 가르쳐 준 메시지 중 하나도 유발 하라리의 말처럼 '겸손'입니다. 자연과 생태, 인간존중은 우리가 극복하고 타도해야 할 대상이 아닌 함께 공유하고 공존해야 할 대상입니다. 거만함이나 오만함이 아닌 자신감이 바탕이 된 겸손함을 가지고 주위를 살필 줄 아는, 그래서 우리 사회를 보다 따뜻한 사회로 만들어 가는 삶을 선도하는 우리가 되도록 함께 노력합시다.

늦게 성공하기를 바라세요

유태승

늦게 성공하기를 바라세요

일찍 잘 되기를

바라는 사람들이 많지만

쉽게 성공하는 게 좋은 것만은 아니에요.

수양과 배려와 겸손을 품지 않고

많은 노력도 하지 않고

일찍 얻은 성공은

자신을 교만으로 채울 수 있고

인생의 참맛을 느끼게 해주지 못해요.

큰 그릇은 금방 만들 수 없고

위대한 사람은 저절로 되지 않아요

가슴 아린 노력과

눈물 나는 고생

하늘이 감동할 지극한 정성과

수많은 시간이 필요해요. 그러니

위대한 사람으로 크게 되려면

늦게 성공하기를 바라세요

☆ 출처: 개망초가 지천으로 필 때에

10

이타심에서 출발하는
존중과 배려

♣ 하계 입영훈련 A조 퇴소와 B조 입소

하계 입영훈련 A조의 훈련이 종료되었습니다. 여러분들이 푸른 전투복을 기꺼이 입는 이유를 되새겨 보는 소중한 시간이었으리라 생각합니다. 입영 훈련을 통해 여러분들은 스스로의 역량을 키우고, 심신을 단련함으로써 한단계 더 성장하는 또 한 번의 담금질을 했습니다. 육체적으로 정신적으로 여러분 스스로도 많이 성장했음을 느꼈을 것입니다. B조는 다음 주에 입소하여 A조와 동일하게 4주간의 훈련을 받게 됩니다. 아직 폭염이 지속되고는 있지만 다음 주에는 입추가 있기도 하니 곧 아침저녁으로는 선선한 찬바람이 불어 주리라 기대합니다. A조 인원들은 입영훈련을 잘 소화한 만큼 충분한 휴식을 통해 재충전을 하고, 훈련에 참가하지 않는 후보생들은 남은 한 달간의 방학 기간에 대한 중간평가를 통해 방향을 재조정하며 알차게 보내기 바랍니다.

♣ 펭귄의 겨울나기와 기러기의 편대비행

펭귄은 영하 45도라는 남극의 혹한을 집단적 체온 나누기로 견뎌 냅니다. 얼어 죽지 않기 위해 서로의 몸을 밀착시켜 무리를 짓는 것인데, 제일 바깥쪽에 있는 펭귄은 바람이 불어오는 반대쪽을 향해 고개를 숙인 채 서서 바람을 막습니다. 일명 허들링입니다. 그리고 30~60초마다 5~10cm씩 무리 중심으로 조금씩 움직이면서 자리를 옮겨 갑니다. 이렇게 하면 무리 안쪽의 온도를 20도 정도로 유지할 수 있다고 합니다. 또한 수백만 리의 장거리 비행을 하는 기러기들은 V 자 모양으로 편대비행을 합니다. 편대비행을 통해 선두에 있는 기러기가 기류를 만들어 뒤따라오는 기러기들이 날갯짓을 할 때 힘이 덜 들도록 하고 있습니다. 중요한 것은 선두에 서는 기러기가 지속적으로 교대된다는 것입니다. 서로의 어려움을 알고 조금씩 이동하며 체온을 유지하며 겨울을 이겨 내는 펭귄이나 에너지 소비가 많은 선두를 교대하며 원하는 곳까지 장거리 비행을 하는 기러기들을 보면서 우리가 조금씩 더 양보하고, 상대방을 존중하고 배려하는 마음을 가져야 할 이유를 찾을 수 있을 것입니다.

펭귄의 겨울나기! 기러기 편대비행!

♣ 역지사지의 마음이 주는 힘

다른 사람의 입장에서 생각해 본다는 의미로 흔히 '역지사지(易地思之)'라는 말을 많이 합니다. 다른 사람의 입장이 되어 본다는 것은 어려운 일입니다. 내가 아파 보지 않았는데, 내가 실패해 보지 않았는데 어떻게 아프고 실패한 사람의 마음을 헤아릴 수 있을까요? 그래서 섣부른 위로는 상대방에게 진정성을 의심받고 오히려 하지 않느니만 못한 경우도 있습니다. 그럼에도 불구하고 단장은 타인의 입장을 헤아리고 상대방을 배려하는 마음을 갖추는 것, 즉 이기심이 아닌 이타심의 마음을 갖는 것은 우리가 배워야 할 중요한 인성 중의 하나라고 생각합니다. 두 가지 사례를 들겠습니다. 먼저 정약용 선생의 여유당전서에는 '견여탄(肩輿嘆)'이라는 시가 있습니다. 여기에는 '인지좌여락(人知坐輿樂), 불식견여고(不識肩輿苦)'라는 구절이 있는데. 이는 '사람들 아는 것은 가마 타는 즐거움뿐, 가마 메는 괴로움은 모르고 있네'라는 뜻입니다.

단장은 정약용 선생의 시가 '역지사지(易地思之)'를 가장 잘 표현했다고 생각합니다. 존중과 배려는 진심으로 상대방의 입장에서 생각 할 때, 그리고 기꺼이 나를 희생할 수 있는 마음가짐이 있을 때 발현 될 수 있습니다. 존중과 배려의 마음은 눈에 보이지 않지만 구성원들에게 전염되는 긍정의 바이러스입니다.

'울지마 톤즈'라는 영화로도 제작되어 잘 알려진 고 이태석 신부는 부산이 고향이며, 인접한 인제대 의과대를 졸업하였습니다. 잘 알려진 대로 그는 내전으로 폐허가 된 남수단 톤즈라는 작은 마을을 찾아 병원을 지어 선교활동을 시작하였습니다. 그러나 마을의 열악함으로 인해 치료와 선교가 근본적인 해결책이 되지 못하자 성당보다는 학교를 먼저 세우자는 생각으로 '돈보스코학교'를 세웠습니다. 이후 헌신적인 의료, 교육활동으로 열악한 환경 속에서도 많은 남수단 제자들을 양성하게 됩니다. 안타깝게도 그는 2010년 대장암으로 세상을 떠났지만 교육을 받은 그의 제자들은 의사와 약사, 기자, 공무원 등 다양한 곳에서 활동하며 남수단의 작은 시골에 변화를 가져왔습니다. 특히 '돈보스코학교'에서만 최소 47명의 의대생이 배출되었다고 하는데 지난 7월 9일에는 그의 제자들의 이야기를 다룬 영화 '부활'이 개봉되기도 하였습니다. 고 이태석 신부가 단순하게 의료활동이나 선교활동만이 목적이었다면 톤즈 마을 주민들의 마음을 얻지 못했을 것이고, 그의 제자들도 이처럼 많지 않았을 것이며, 마을의 변화도 어느 순간 멈추었을 것입니다. 그러나 그는 진정으로 마을 주민들을 존중하고 배려하는 마음이 바탕에 있었고, 그 마음이 톤즈 마을 주민들에게 전달되었기에 이미 그는 고인이 되었음에도 불구하고 위와 같은 변화와 결과가 마을에 지속되었다고 생각합니다.

여러분들도 자신이 전공하고 있는 학과에서, 동아리에서, 학군단 생활을 하면서 역지사지의 마음을 조금씩 느꼈을 것입니다. 그리고 입영훈련을 통해서 타 학교 후보생들과 생활을 하고, 자치지휘근무를 경험하면서 존중과 배려에 대한 인식을 새롭게 했으리라 생각합니다. 존중과 배려가 가지는 진정한 힘은 계급이나 직책에서 나오지 않습니다. 진정한 힘은 공감, 신뢰, 믿음, 존경, 희생, 협업 그리고 이타심이라는 따뜻한 마음 씀씀이를 통해서 나옵니다. 그리고 이러한 존중과 배려의 리더십은 말이 아닌 상대방과 내가 같은 인격체라는 공감과 인식에서 출발한다는 것을 다시 한번 되새기기 바랍니다. 나부터 상대방에게 존중과 배려의 마음을 실천하면서 긍정적인 바이러스를 주변에 전염시키는 분위기를 만들어 나갑시다. 공감능력이 바탕이 되어야 하는 존중과 배려 역시 여러분들에게 꼭 필요한 중요한 인성의 하나입니다.

11

로완과 같은
책임감

♣ 교내 교육 대면수업 전환 및 국내 전사적지 탐방 추진

코로나19가 아직 우리를 위협하고 있지만 손을 놓고 기다리기보다는 코로나19와 함께하는 새로운 일상을 만들어 나가는 것도 우리의 몫입니다. 지난주까지의 중간고사에 노고 많았습니다. 이번 주부터는 교내 교육도 대면교육으로 전환되고, 아침 체력단련도 정상 시행하게 됩니다. 몸과 마음을 새롭게 하고, 각자가 목표한 성과를 이루어 낼 수 있도록 서로 독려하는 분위기를 만들어 갑시다. 또한 국내 전사적지 탐방에 관련하여 많이 궁금했을 텐데 다음 달에 시행하기로 결정하였습니다. 통영과 거제 일대로 비록 짧은 1박 2일간의 일정이지만 3, 4학년이 처음으로 모두 함께 참가하는 만큼 짜임새 있게 준비하여 성과를 내고, 뉴노멀 시대에 새로운 대안으로 제시되기를 기대합니다.

♣ 넷플릭스의 자유와 책임(F&R) 문화

애자일(agile)은 기민한, 민첩한이라는 뜻입니다. 사무환경에서 부서 간 경계를 허물고, 직급체계를 없애 팀원 개인에게 의사결정 권한을 부여하는 조직을 애자일 조직이라고 합니다. 대표적인 회사로 넷플릭스가 있습니다. 넷플릭스의 CEO인 리드 헤이스팅스는 직원들의 휴가와 같은 통제와 불필요한 규정을 없애는 등 파격적

인 방법으로 회사를 경영하고 있지만 좋은 성과를 내고 있습니다. 단순하게 파격적인 경영을 한다고 좋은 성과를 내는 것이 아니라 넷플릭스만의 독특한 문화가 있기 때문입니다. 넷플릭스에서는 '절차보다 사람을, 능률보다는 혁신을, 통제보다는 자유'를 강조하고 있습니다. 사실 이런 문화가 정착되기까지 많은 시행착오를 겪기도 했지만 그 바탕에는 직원들을 성숙한 인격체로 대우하고, 인재 밀도를 구축하여 직원들의 판단력이 평균 이상이 된다는 전제가 있습니다. 통제와 규정은 무능력한 직원에게나 필요한 것이라는 리드의 말은 결국은 자유와 그에 맞는 책임감을 가져야 한다는 것을 말합니다. 직원들 모두가 이러한 CEO의 경영철학을 인식하고 있으며, 그에 맞는 자유와 책임의 업무자세를 보여주고 있습니다. 그래서 그들이 자랑스럽게 생각하는 자유와 책임(F&R: Freedom & Responsibility) 문화가 정착될 수 있었다고 생각합니다.

♣ 로완 중위와 같은 책임감

로완 중위는 1893년 미국이 스페인과 쿠바를 둘러싸고 전쟁을 벌일 당시 쿠바 반군 지도자인 가르시아 장군에게 편지를 전한 인물입니다. 당시 가르시아 장군은 쿠바 밀림 속 요새에 머문다는 사실 외에 정확한 위치가 알려지지 않았지만 로완 중위는 임무를 3주 만에 완료하고 무사히 귀환하였습니다. 중요한 것은 그가

임무를 부여받았을 때 가르시아 장군이 정확히 어디에 있는지, 얼마만에 전달을 해야 하는지, 어떻게 전달해야 하는지에 대해 시시콜콜하게 묻지 않았다는 것입니다. 그는 오로지 편지를 건네기 위해 전력을 다하는 일에만 몰두했고, 결국 임무를 완수하였습니다. 이 사례가 주는 중요한 메시지는 '스스로 해낸다'는 것입니다. 이는 곧 자신에 대한 그리고 업무에 대한 책임감을 말합니다. 로완과 같은 사람들이 모인 회사, 조직, 사회라면 분명 발전할 것입니다. 아마도 넷플릭스의 구성원들은 로완과 같은 마음가짐을 가지고 있으리라 생각합니다.

이런 책임감은 전에 단장이 말했던 임무형 지휘와 맥락을 같이합니다. 임무형 지휘와 관련된 편지를 보내면서 공통된 전술관, 상호신뢰, 부하들의 능력 이 세 가지가 성공요소라고 말하였습니다. 공통된 전술관은 곧 비전과 목표에 대한 공감대이고, 상호신뢰는 조직

과 구성원에 대한 믿음이며, 부하들의 능력은 통제형 리더십이 아닌 맥락형 리더십을 발휘할 수 있도록 만들어 줍니다. 로완과 같은 책임감이 있는 사람이라면 임무형 지휘가 잘 발현되리라 생각합니다.

단장이 GOP 대대장을 할 당시 모 소대장은 자신의 순찰일지를 부하들에게 거짓으로 작성하게 하거나 순찰을 하지 않고도 허위 보고를 하는 등 무책임한 행동을 반복하였습니다. 몇 번의 교육과 계도를 하였지만 결국은 더 이상 소대장 임무를 수행시키기 어렵다고 판단하여 보직해임시킬 수밖에 없었습니다. 반면, 모 소대장은 열악한 환경과 피곤함 속에서도 부하들을 위해 작은 어항을 만들거나 망가진 의자를 고치고, 질퍽한 순찰로를 정비하는 등 지시하지 않아도 알아서 소초를 자신들만의 공간으로 꾸며 나갔습니다. 여러분이라면 누구에게 편지를 전하라는 임무를 부여하겠습니까?

지금 GOP 경계는 과학화가 완료되어 도보로 순찰하는 의미가 퇴색되었지만 단장이 GOP 대대장을 하던 때만 해도 아직 완전한 과학화가 이루어지지 않아 매일 도보순찰을 해야 했습니다. 경계작전은 부하들에 대한 믿음이 없다면 할 수 없는 일이기도 했지만 매일 반복되는 야간순찰은 자기 자신과의 싸움이기도 했습니다. 단장도 사람이다 보니 몸이 좋지 않거나 피곤이 풀리지 않았을 때는 '하루쯤 쉴까?'라는 생각을 하지 않은 것이 아닙니다. 그리고 순찰을 하지 않는다고 누가 뭐라고 하지도 않습니다. 그럴 때마다 마음을 바로잡고 현장으로 나섰습니다. 당시 단장에게는 가르시아 장군에게 편지를 보내는 것과 같은 의미가 야간 순찰이었던 셈입니다.

여러분들은 통제되기보다는 많은 자율성을 바랄 것입니다. 여러분들은 자율성이 많아질수록 그에 따른 책임감도 커진다는 것을 인식해야 합니다. 그리고 그 책임감의 무게를 느끼며 하나씩 성취해 나갈 때 여러분은 그만큼 성장하게 됩니다. 여러분 모두 로완 중위와 같이 또 다른 가르시아 장군에게 편지를 보낼 수 있는 책임감과 자신감을 갖춘 리더로 성장해 나가기를 기대합니다.

P.S. 첨부하는 편지는 단장이 대대장 시절 함께한 통신병이 대대장 이임식 날 전해 준 편지의 일부입니다.

(중략)

대대장님을 따라다니면서 배운 것이 있습니다. 리더십과 열정, 작은 사람에게 귀를 기울이는 것도 있지만 무엇보다 제가 가장 크게 얻은 것은 책임입니다. 9개월 동안 함께하면서 대대장님은 그 어느 누구보다 성실하셨습니다. GOP 순찰을 통해서 몸으로 느낄 수 있었습니다. 대대장님께서는 순찰이 보약이라고 말씀하셨지만 365일 중 하루만큼은 몸이 안 좋거나 나가기 정말 어려울 수 있으셨을 텐데 단 하루도 빠짐없이 개근하심에 놀라움을 감출 수 없었습니다. 하루는 늦은 시간 지휘소에서 연대장님과 대화를 나누시고 연대장님께서 오늘은 순찰을 하루 쉬라고 말씀을 하셨습니다. 저는 속으로 '앗싸 드디어 순찰 한 번 쉬겠구나!'라며 좋아했습니다. 그러나 대대장님은 연대장님이 복귀하시고 난 후 예외 없이 순찰을 하셨습니다. 특히 힘들었던 하루로 기억이 됩니다. (중략) 대대장님과 함께한 것 중 가장 스페셜한 기억은 1~13소초 대장정입니다. 20km가 넘어 전군에서 가장 긴 책임지역을 담당하고 있는 우리 대대의 전 축선을 하루에 순찰을 다 한다는 것은 불가능하다고 생각했기 때문입니다. 저도 속으로 '내가 과연 완주할 수 있을까?'라고 의구심이 있었는데 대대장님의 뒷모습을 보며 묵묵히 발걸음을 옮기며 결국 성취해 낼 수 있었습니다. 전군에서 우리 대대만 할 수 있는 유일한 경험이라는 말씀이 기억납니다. 아마도 이것은 제가 전역하고 나서도 작은 이야깃거리로 남을 것입니다.

(후략)

12

조금 손해 본다는
희생정신

♣ 국내 전사적지 탐방

4학년 후보생들과 해외 전사적지를 탐방[22]하는 시간을 갖지 못해 너무나도 아쉽게 생각합니다. 그러나 어려운 여건 속에서도 3, 4학년이 모두 거제와 통영지역의 국내 전사적지를 탐방하면서 과거 우리의 아픈 역사를 눈으로 보며 좋은 경험을 했다고 생각합니다. '평화를 원하거든 전쟁을 준비하라'[23]는 금언이 있는데, 군인은 진정으로 평화를 원하기 때문에 전쟁을 준비한다는 역설적인 의미에서 필요한 존재입니다. 여러분들의 궁극적인 존재 이유도 전투에서 부하들을 이끌고 승리하기 위해 육체적으로 그리고 정신적으로 힘든 입영훈련과 교내 교육을 하고 있는 것입니다.

---

22) 학군단에서는 3학년을 대상으로 국내 전사적지 탐방, 4학년을 대상으로 해외 전사적지 탐방을 시행하면서 후보생들에게 현장 감각을 익힐 수 있는 기회를 제공하고 있다. 부산외대 학군단은 전액을 지원하고 있으며 대부분의 대학에서도 전액 또는 일부 예산을 지원해 줌으로써 학생들의 부담을 최소화하고 있다.

23) 고대 로마의 베제티우스의 말로 "Si Vis Pacem Para Bellum"이다.

☆ 3, 4학년 국내 전사적지 탐방(거제, 통영)

클라우제비츠는 그의 역작 '전쟁론'에서 전쟁이란 '다른 수단에 의한 정치의 연속, 자신의 의지를 상대방에게 강요하기 위해 사용하는 폭력행위'라고 강조하였습니다. 국가가 힘이 없다면 상대방에게 의지를 강요당할 수밖에 없을 것입니다. 우리 역사 속에서도 국가가 힘이 없을 때 어떻게 되었는지를 눈으로 직접 보며 현장 감각을 익힌 만큼 군인으로서의 마음가짐을 새롭게 해 주기를 바랍니다.

♣ ROTC 부산지구 회장 이취임식 행사

☆ 회장 이취임식(부산 롯데호텔)

지난 11일에는 ROTC 부산지구 회장 이취임식이 있었습니다. 31대 박수남(21기) 회장님께서 이임을 하시고, 신임 회장으로 이준형(23기) 회장님께서 취임을 하셨습니다. ROTC 중앙회 박진서 회장님(15기)과 정현옥 부산 총동문회 고문(1기)께서도 자리를 함께 하셨으며, 남영신 참모총장님께서도 영상으로 축하 말씀을 전해 오셨습니다. ROTC 핵심가치 중 3례는 '선배에게 존경을, 동기에게 우정을, 후배에게 사랑을'입니다. 현재 부산지역만 해도 2만여 명의 ROTCian이 있는데, 보이지 않는 곳에서 후배들을 사랑하는 많은 선배님들의 모습을 보면서 여러분들에게도 그 마음을 꼭 전해 주어야겠다고 생각했습니다. 여러분들도 지금은 후배의 입장이지만 곧 선배들의 입장이 될 것이므로 미래의 후배들에게 그 마음을 전달하여 3례의 좋은 전통이 유지되는 데 일조하기를 바랍니다.

♣ 운동선수들의 스포츠 정신

2020년 스페인에서 열린 트라이애슬론 경기에서 디에고 멘트리다 라는 선수는 자신을 앞서가던 선수가 결승선 바로 앞에서 코스를 잘못 알고 다른 방향으로 가자 결승선을 통과하지 않고 그 선수에게 3위 자리를 양보하였습니다. 극한의 고통이 있었을 마지막 순간, 그리고 그 짧은 순간에 그러한 선택을 한 디에고 멘트리다 선수의 스포츠맨십에 경의를 표하지 않을 수 없습니다. 또한 미국 월드시리즈에서 27번이나 우승한 야구 명문구단 뉴욕 양키스 유니폼에는 선수들의 번호는 있지만 이름은 없습니다. 유니폼에 이름이 없는 팀은 뉴욕 양키스가 유일합니다. 뉴욕 양키스는 개인보다는 팀을 우선한다는 의미에서 이름을 새기지 않는데 '하나의 팀, 하나의 목표'를 향한 의지를 엿볼 수 있습니다. 이러한 뉴욕 양키스의 개인보다 팀을 우선하는 전통은 곧 선수들에게 서로의 희생정신이 가장 중요함을 인식시키며 자연스럽게 정착된 문화라고 생각합니다.

얼마 전 우리나라 프로축구에서 은퇴 후 그라운드로 다시 돌아온 선수가 있습니다. 조원희 선수는 35세에 은퇴하였지만 37세라는 늦은 나이에 축구를 위해 다시 축구화 끈을 묶었습니다. 그는 한 언론과의 인터뷰에서 '내가 있고 싶은 자리를 고집하는 것보다는 내가 필요로 하는 자리에서 빛을 발하는 것도 의미가 있다. 사과나무의 주인공은 사과지만 이파리가 없으면 사과가 열매를 맺지 못하듯 없어서는 안 되는 존재다'라는 말을 하였습니다. 축구가 공격수만으로 승리할 수 없듯이 팀 승리를 위해 희생한다는 그의 말에서 희생하는 정신과 자세를 엿볼 수 있는데 이와 같은 스포츠 정신은 조원희 선수뿐만 아니라 대부분의 선수들에게서 발견되는 인식입니다.

♣ 군인에게 필요한 희생정신

☆ 故 김영옥 대령(출처: 김영옥 평화센터)

스포츠 선수에게 이와 같은 스포츠 정신이 있다면, 군인에게는 군인 정신이 있습니다. 군인 정신을 한마디로 표현한다면 안중근 의사의 '위국헌신 군인본분' 글귀에 새겨진 희생정신이라고 할 수 있습니다. 희생정신은 개인의 이익보다 조직의 이익 또는 조직 가치의 실현이라는 이름으로 발현됩니다. 아시아계로는 최초로 미군 대대장을 지낸 김영옥 대령은 여

러분이 새롭게 인식해야 할 인물입니다. 그는 인종차별이라는 악조
건 속에서도 이민 2세 미국 군인으로서 제2차 세계대전에 참전하여
이탈리아 로마 해방전과 피사 해방전, 프랑스의 브뤼에르 전투 등에
서 신화를 남긴 인물이었습니다. 또한 전역 후에 6.25전쟁이 발발하
자 단 한 번의 고민도 없이 참전하여 최전선에서 목숨을 아끼지 않
고 전투에 참가하였습니다. 심각한 부상을 입기도 했던 그의 공로를
인정하여 우리나라와 프랑스, 이탈리아에서는 최고 무공훈장을 수여
하였고, 미국에서도 은성무공훈장 등을 수여하였습니다. 퇴역 후에
도 로스앤젤레스를 중심으로 다양한 사회봉사 활동을 하였는데 로스
앤젤레스에는 그의 이름을 붙인 김영옥 중학교도 설립되었습니다. 그
리고 캘리포니아 주에는 그의 이름을 붙인 고속도로도 있습니다.[24]
그의 삶을 한마디로 표현한다면 희생정신이라고 할 수 있습니다.

또한 6.25전쟁 시 프랑스군을 지휘한 몽클라르 중령은 제2차 세
계대전에도 참전한 경험이 있는 예비역 중장입니다. 프랑스 정부가
대대급 부대를 파견하기로 결정하자 예비역 중장이라는 계급을 버
리고 중령으로 현역 복귀하여 전쟁에 참전한 것입니다. 그래서 미군
들도 중령 몽클라르 장군이라고 부르기도 하였습니다. 몽클라르 중
령 또한 희생정신을 실천한 인물이라 할 수 있습니다. 이렇듯 희생
정신은 장교로서, 그리고 리더로서 요구되는 중요한 덕목입니다. 그
러나 우리가 안중근 의사나 김영옥 대령과 같은 희생정신을 갖기란

---

24) 2018년 미 캘리포니아주 오렌지카운티 일부 구간이 전쟁영웅 김영옥 대령의 이름을 따서 '김
영옥 대령 기념 고속도로(Colonel Young Oak Kim Memorial Highway)'로 명명되었다. 또
한 김영옥 평화센터에서는 해마다 김영옥 독후감을 공모하는데 영광스럽게도 2020년에 단장
의 글이 선정되어 참모총장 상장과 부상을 수상하였다.

☆ 교수님들과 고흥 전지훈련

쉽지 않습니다. 그렇다고 희생정신을 고결하고 고매한 것으로만 인식해서도 안 됩니다. 쉽게 생각하면 내가 조금 손해를 본다는 인식입니다.

단장이 활동하고 있는 부산외대 교수테니스 클럽에는 조봉기 교수님이 총무로 활동을 하고 있습니다. 조봉기 교수님은 교수라는 직함과 바쁜 강의 일정, 기숙사 관리에도 불구하고 클럽의 온갖 궂은 일을 수년째 직접 하고 있습니다. 물을 옮기는 것부터, 간식거리 챙기기, 쓰레기 치우기, 회비 관리와 연락 유지 등 클럽의 원활한 운영을 위해 자신의 시간과 몸을 아낌없이 사용해 주고 있는 것입니다. 그분의 윤활유와 같은 희생정신으로 구성원 모두가 혜택을 보고 있고, 클럽활동에 만족감을 갖게 되는 것입니다.

여러분들도 마찬가지라고 생각합니다. 여러분 각자가 속한 조직에서 생활을 하다 보면 희생정신이 요구되는 경우가 있을 것입니다. 특히 자치지휘근무자들은 기본 업무 외에도 눈에 보이지 않는 활동을 하느라 자신의 시간과 노력을 희생하는 경우가 많습니다. 때로는 그러한 희생에도 불구하고 잘 따라와 주지 않는 동료들이 야속하기도 할 것입니다. 그러나 좀 더 넓은 마음으로 생활하다 보면 희생하는 마음은 자연스럽게 우리의 몸에 배게 될 것입니다. 그리고 이러한 마음이 하나씩 쌓여 간다면 실제로 목숨을 바칠 상황이 닥치게 되더라도 주저함이 없이 행동에 옮길 수 있게 될 것입니다. 내가 조금 손해를 봄으로써 다른 사람이 편안해질 것이라는 이타적인 마음을 실천하는 것이 곧 희생정신의 근육을 키우는 방법입니다. 우리 후보생들도 일상 속에서 작은 희생정신을 실천해 가면서 생명까지도 기꺼이 희생할 수 있는 군인 정신을 갖추어 나가기를 기대합니다.

13

주인의식을 가지고
답을 내는 조직으로

♣ 육군의 강화된 거리 두기 2.5단계 시행 관련

대학수학능력시험을 얼마 앞두지 않은 시점에 코로나19 상황의 확산세가 심상치 않습니다. 일부 언론에서는 확진 후 완치된 사람도 재발함에 따라 변종 바이러스로 진화하는 것 아닌가 하는 우려도 하고 있습니다. 또한 군부대 내에서도 확진자가 증가함에 따라 육군은 선제적으로 2.5단계를 시행하고 있습니다. 중요한 점은 여러분들도 육군의 일원으로서 육군의 지침과 정부에서 권고하고 있는 사항들에 대해 실천하는 것입니다. 특히 입영훈련이 얼마 남지 않은 시점에서 나 하나쯤이야 하는 열외의식이나 태만함으로 지침을 준수하지 않는다면 결코 후보생으로서의 바람직한 태도가 아닙니다. 특히 훈련을 위해 후보생들이 전국에서 모이게 되므로 각별한 유의가 필요합니다. 조금 불편하고 귀찮더라도 하달된 지침을 잘 준수하고 이행해 주기를 다시 한번 당부합니다.

♣ 안보 초빙 강연

부산외대 안보학 교수로 재직 중이신 이광호, 김영수 교수님께서 바쁘신 일정에도 불구하고 여러분들을 위한 안보교육과 리더십 교육을 해 주셨습니다. 특히 강의실 개선 공사를 마무리한 가운데 보다 넓은 환경에서 여러분들이 강의를 들을 수 있어 기쁘게 생각합니다. 교수님들은 군의 선배이자 인생의 선배로서 여러분들에게 가슴으로 전하는 말씀을 해 주셨다고 생각합니다. 여러 말씀 중에서 단한 가지라도 울림이 있었다면 가슴에 새기고, 안보의식은 물론 생활 태도와 마음가짐을 새롭게 하고, 실천하는 계기로 삼아 주기를 당부합니다. 의미는 여러분 스스로 찾는 것입니다.

☆ 안보학 교수(이광호, 김영수) 초빙 강연

♣ 내가 만들어 가는 의미

여러분들의 인성 함양을 위해 독서노트를 작성하도록 요구하고 있습니다. 단장이 중간 점검을 실시한 결과 주기적으로 책을 읽고 독서노트를 작성한 후보생들이 있는 반면, 읽지 않거나 노트 작성이

미흡한 후보생들도 있습니다. 여러분들이 가지고 있는 독서노트에 대한 의미는 무엇입니까? 승급을 위한 필수 과제일 수도 있고, 미래 부하들에 대한 정신교육 자료를 준비하는 것일 수도 있으며, 개인의 관심 분야에 대한 상식을 넓히고 지혜를 쌓는 기회일 수도 있습니다. 여러분들이 어떠한 의미를 부여하느냐에 따라 단순하고 의미 없는 숙제가 되기도 하고, 양질의 좋은 자료가 되기도 합니다. 어느 쪽을 선택할 것인지는 여러분 스스로의 몫입니다. 단장도 어떤 일을 할 때 가급적이면 긍정적인 의미를 부여하려고 노력하곤 합니다. 내 스스로가 의미를 찾지 못하면 주도적이 되지 못할 뿐만 아니라, 하고 싶지도 않기 때문입니다. 아래는 단장이 대대장 시절 작성한 일기의 한 구절로 야간순찰에 대한 의미에 대해 고민했던 흔적이 남아 있습니다.

> 대대 장병들에게 지속적으로 강조하고 있는 "의미"를 찾아야 한다는 말을 내게 던져 본다. 매일 반복되는 순찰활동을 통해 나는 과연 어떤 의미를 부여하고 있는가…. 매너리즘과 권태감에 빠지지는 않는지… 내 스스로 의미를 찾지 못하고 있는 것은 아닌지 반추해 보자. 이름을 지어 주고 가치를 높이는 것은 온전히 내 몫이다. 나와 부대에 대한 브랜드 가치를 높이는 것에만 관심을 둘 것이 아니라 내실을 기하고, 정말로 부대 역사에 벽돌 한 장을 더 쌓는다는 마음을 가져야 한다.

우리나라에서 현대판 우공이산이라고 불리는 곳이 있습니다. 거제도에 있는 매미성이라는 곳입니다. 백순삼 씨는 2003년 태풍 매미로 인해 가꾸고 있던 텃밭이 쓸려 내려가자 피해를 입지 말자는 생각으로 축대와 제방을 쌓기 시작했는데 그 모습이 성곽의 모습을 하고 있어 붙여진 이름입니다. 그 누가 시킨 것도 아닌, 그 누구의 도움도 받지 않고 묵묵하게 홀로 돌을 쌓은 것이 17년이나 지났습니다. 이러한 그의 노력이 알려져 자연스레 관광객들도 많이 찾고 있는데 2020년에 단장이 방문했을 때에도 묵묵하게 그는 그 자리에서 제방을 쌓고 있었습

☆ 현대판 우공이산

니다. 백순삼 씨에게 있어 제방 쌓는 일은 백순삼 씨만이 가지고 있는 의미입니다. 그분에게 있어 제방 쌓는 일의 의미는 관광객도, 제방의 화려함도, 다른 사람들의 관심도 아니라고 생각합니다. 그에게 있어 매미성의 의미는 '태풍의 피해를 막으려는 소박한 마음'입니다. 그래서 관광객들에게 입장료도 받지 않는지도 모릅니다. 혹자는 잔뜩 기대하고 갔는데 볼 게 없다며 폄훼하기도 하지만 그것은 오롯이 '의미'의 차이에서 오는 다름이라고 생각합니다.

♣ 주인의식을 가지고 답을 내는 조직으로

지난 하계 입영훈련 시 육군학생군사학교에서는 '답을 내는 조직'이라는 도서에 대한 독후감 경연대회가 있었습니다. 모두 4번의 경연이 있었는데 4번 모두 우리 부산, 경남 소속 간부들이 최우수상을 받았습니다. 거기에는 우리 학군단 최보람 주무관

☆ 발표 중인 최보람 주무관

도 포함되어 있습니다. 주무관은 독후감 발표에서 주무관으로서 학군단에서 답을 찾은 다양한 경험과 사례를 진솔하게 풀어냈습니다. 주인의식을 가지고 업무에 대한 답을 찾고 하나씩 실천해 간 것에 대한 설명이 청중들에게도 공감대를 줄 수 있었기에 좋은 결과를 얻었다고 생각합니다. 답을 내는 조직이란 문제의식에 대한 끝장 정신을 가지고 스스로 답을 찾는 조직을 말합니다. 문제가 있으면 반드시 답이 있다는 인식을 바탕으로 답을 찾아내려는 열정을 가진 사람들로 조직을 바꾸어야 하고, 조직원 모두가 끝까지 답을 찾아내는 끝장 정신으로 무장한 담쟁이 인재가 되도록 노력해야 그와 같은 조직이 될 수 있습니다. 이를 위해서는 '생각'과 '치열함', '열정'이라는 세 가지 개념이 중요합니다. 첫째, '생각'의 힘은 조직과 리더의 '비전'이며, 리더의 생각과 행동이 긍정적인 영향을 주는 선한 영향력이 되어 구성원들이 해결사형 인재가 되도록 만들어 줍니다. 둘째, '치열함'은 생각이 머릿속에 머무르는 것이 아니라 행동화하여 구성원들의 습관이 되도록 해야 함을 의미합니다. 행동의 기준이 되는 목표의식을 통해 조직원 스스로 '내가 왜 이 일을 하는가(Why)'에 대한 분명한 인식을 통해 갖게 됩니다. 셋째, '열정'은 현재의 성공에 안주하지 않고 끊임없이 변화하고, 도전하는 자세를 말합니다. 리더의 솔선수범과 구성원들에게 전달되는 열정, 즉 뜨거운 피의 전염성이 조직의 의식개혁을 이루는 필수조건이 됩니다.

한 가지 사례를 들겠습니다. 인접 인제대 단장인 이방형 중령은 학군교 지침에 따라 시행하는 고등학교를 대상으로 한 홍보활동에서 그 누구보다 열정적인 모습을 보여 주었습니다. 본인 스스로가

왜 해야 하는가에 대한 문제의식
속에서 답을 찾았고, 그것을 직
접 행동으로 옮기며 코로나19라
는 어려운 상황 속에서도 성과를
내는 모습을 보여 주었습니다.
특히 인제대 단장의 모교인 충렬
고를 포함하여 부산, 김해지역에

☆ 인제대의 고교 홍보활동

있는 고등학교에 대한 홍보를 창의적이고 다양한 방법과 수단으로
직접 발품을 팔아 가면서 해결해 내는 끝장 정신을 보여 주었습니
다. 단장도 앞서 언급한 '생각'과 '치열함', '열정'을 인제대 단장에
게서 모두 발견할 수 있어 많은 것을 느끼고 배울 수 있었습니다.

　답을 낸다는 것은 결국 의식의 문제입니다. 조직 구성원들 모두가
끝장 정신으로 무장한 '담쟁이 인재'가 되어야 답을 내는 조직이 될
수 있습니다. 여러분들도 후보생 생활을 하면서, 학과 수업을 하면
서, 동아리 활동을 하면서, 승급시험과 임관종합평가를 준비하면서
고난과 난관에 부딪혔던 경험이 있을 것입니다. 혹여 그때마다 적당
함과 안일함으로 자신과 타협하며 안주하지 않았는지 반성해 보아
야 합니다. 앞으로 여러분들은 임관 후 각 임지에서, 사회생활을 하
면서 또 다른 많은 문제에 직면할 것입니다. 답을 낸다는 것은 내 스
스로가 주인의식과 책임감을 가지고 문제를 해결한다는 의미입니다.
그때마다 지시받는 대로, 관행대로, 난관에 부딪히면 주저앉는 것이
아니라 내 스스로가 의미를 찾고, 의미를 부여하며 전진하는 자세가
필요합니다. 이는 리더에게도 팔로워에게도 모두 필요한 중요한 태

도입니다. 우리 후보생들도 여러분들의 삶 구석구석에 의미와 가치
라는 이름을 부여하고, 스스로 답을 찾아내는 주인의식을 키워 나가
도록 노력합시다. 여러분이 먼저 답을 찾을 수 있어야 여러분이 속
한 조직을 답을 내는 조직으로 만들어 갈 수 있습니다.

같은 인격체라는 공감과 인식은 리더십의 출발

1. 좋은 습관이 몸에 배면 긍정적인 마인드를 가지게 되며,
   다른 사람을 이해하는 폭과 깊이도 넓어지게 된다.

2. 말에는 그 사람의 인격이 고스란히 드러난다.
   부정적인 말보다는 긍정적인 말을 해야 할 이유이다.

3. 누가 보든 보지 않든 자신의 역할을 성실히 수행하는 사람은
   반드시 드러나게 되어 있다. 처음 학군사관후보생으로 선발되었을
   때의 초심을 가지고 신독하는 자세로 정진해야 한다.

4. 늘 감사하는 마음과 희생, 겸손의 자세를 가지고 생활하며,
   다른 사람을 존중하고 배려하는 마음을 갖는다는 것은
   나의 자신감을 표현하는 또 하나의 방법이다.

5. 답을 내는 조직으로 만들기 위해서는 문제는 내 스스로
   해결한다는 책임감과 주인의식을 가지고
   내 스스로가 먼저 답을 내는 치열함을 가져야 한다.

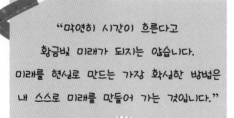

"막연히 시간이 흐른다고
황금빛 미래가 되지는 않습니다.
미래를 현실로 만드는 가장 확실한 방법은
내 스스로 미래를 만들어 가는 것입니다."

미래 젊은
리더로서의 덕목

Chapter

3

1

리더들의
문제 접근 방식

♣ 개인위생 관리 철저

언론보도를 통해서 다들 피부로 느끼고 있겠지만 코로나19로 인해 전 세계가 긴장을 하고 있습니다. 이제는 전 세계 대부분에 환자가 있다고 하니 원인이야 어떻든 모든 사람들의 지혜를 모으고 적극적인 협조를 통해 더 이상 확산되거나 추가로 환자가 발생하지 않도록 노력해야 합니다. 나와는 관계없는 일이라거나 나 하나쯤이야 하는 안일한 생각을 하지 말고 개인위생 관리부터 철저하게 하고, 조금이라도 의심이 간다면 진료를 받는 등의 적극적인 행동이 필요합니다. 우리 후보생들 중에도 해외여행을 다녀왔거나 다녀올 인원들도 있고, 가족이나 친구들 중에도 해외여행 간 또는 국내에 있더라도 2차 접촉의 가능성이 전혀 없는 것이 아닙니다. 최대한 나 스스로에게 불리하게 판단하여 개인위생 관리를 철저히 해 주고 건강에 유념해 줄 것을 당부합니다.

다음에 좀 더 자세히 말할 기회가 있겠지만 요즈음은 위기를 어떻게 관리하느냐가 그 조직의 능력을 판단하는 기준이 되기도 하고 성패를 좌우하기도 합니다. 위기관리 활동은 예방-대비-대응-복구의 4단계를 거치게 되는데 대부분의 조직은 위기관리 문제를 예방과 대비보다는 대응과 복구에 더 많은 관심을 가지고 있습니다. 이로 인해 불필요한 자본과 시간의 낭비를 반복하는 우를 범하기도 하지요. 조금 귀찮다고 생각되더라도 예방이 최선의 길임을 인식하고 모두 동참해 주기를 바랍니다.

♣ 타인에게 영감을 주는 리더들의 문제 접근 방식

여러분들은 모두 성공하기를 희망할 것입니다. 단장 또한 그로부터 자유롭지 못합니다. 그러나 정작 바라는 성공이 무엇이냐고 묻는다면 쉽게 대답하기가 어렵습니다. 우리가 맛있는 음식을 만들기 위해서는 좋은 재료와 알맞은 레시피(recipe)가 필요합니다. 인생의 성공을 위해서는 어떠한 재료와 레시피가 필요할까요? 뛰어난 두뇌, 유능한 참모, 자본, 해박한 지식, 건강과 같은 좋은 재료와 리더십, 성실, 열정, 창의, 행운과 같은 레시피가 합쳐진다면 분명 성공에 가까워지겠지요. 그렇다면 이러한 레시피가 곧 성공을 의미하는 것일까요? 한 가지 예를 들어 보겠습니다. 인류 최초의 비행은 라이트형제에 의해서라는 것은 잘 알려진 사실입니다. 그러나 사뮤엘 피어폰 랭리라는 이름은 낯설 것입니다. 사실 랭리는 인류 최초로 비행기를 하늘에 띄우기 위한 최고의 조건을 갖추고 있었습니다. 그는 하버드대학교에서 교수를 역임할 정도로 성실하고 열정이 있었으며, 비행기 발명을 위해 정부로부터 막대한 자금도 지원받았습니다. 또한 그의 주변에는 능력 있는 참모들이 많았으며, 언론도 항상 그의 곁에 있었습니다. 한마디로 비행기를 띄울 수 있는 최적의 드림팀이었다고 해도 과언이 아니었습니다. 반면, 라이트형제는 대학도 나오지 않았으니 지식 측면에서도 그와 비교가 되지 못했고, 주변에는 기술적으로 금전적으로 도와주는 이는 더더욱 없었으며, 허름한 자전거포를 운영하는 이름 없는 발명가에 불과했습니다. 그러나 결과는 라이트형제에 의해 인류 최초의 비행이 이루어지게 됩니다. 그렇다면 앞서 언급했던 성공의 재료와 레시피가 완벽했던 랭리는 왜 먼저 성공하지 못했을까요? 여기에는 단순하지만 고개를 끄덕이게 하는 이유가 있습니다.

대부분의 사람들은 무엇을(What) 해야 하는지 알고 있습니다. 그리고 많은 사람들은 어떻게(How) 해야 하는지도 알고 있습니다. 그러나 극소수의 사람만이 그것을 왜(Why) 해야 하는지 알고 있습니다. 우리에게 많은 영감(Inspiration)을 주었던 수없이 많은 리더들은 What-How-Why의 순서가 아닌 Why-How-What의 순서로 문제에 접근하였음을 보여 주고 있습니다.[25] 그리고 그 Why는 눈에 보이는 부, 계급, 재산, 건강 등이 아니라 보다 높은 수준의 가치, 이념, 사명이라는 이름으로 우리에게 영감을 주고 동기를 부여(Motivation)해 주었습니다. 앞서 예를 들었던 라이트형제와 랭리의 차이는 바로 여기에 있었다고 생각합니다.

---

25) 미국의 유명 컨설턴트인 Simon Sinek이 '나는 왜 이 일을 하는가? (Start with Why)'라는 책에서 Golden Circle이라는 이름으로 주장하였는데 보다 관심 있는 후보생들에게는 일독을 권한다.

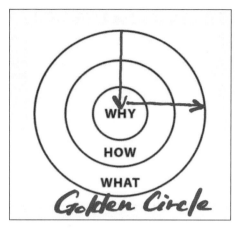

☆ 출처: 나는 왜 이 일을 하는가?

　여러분들도 학군사관후보생으로서 초급간부 임무수행을 위해 기본 역량(지휘능력, 체력, 군사지식)을 갖춰야 함은 잘 알고 있습니다. 그리고 어떻게 해야 하는지도 알고 있습니다. 그러나 이러한 기본 역량을 갖추어야 하는 이유를 단순하게 '임관종합평가를 통과해야 하니까, 졸업을 해야 하니까, 소대장을 해야 하니까'라는 수준에서 찾는다면, 그리고 단장도 초급간부 양성이라는 현실적인 목표로 한정하고 그 이유를 찾는다면 아쉽지만 우리도 대부분의 사람들처럼 무엇(What)과 어떻게(How)의 수준에 머물고 말 것입니다.

　여러분들은 군에 남아 계속 복무를 하거나 아니면 전역하여 사회로 진출하더라도 모두 대한민국을 이끌어 가야 할 미래의 주역들입니다. 양성과정을 거치면서 올곧고 건전한 가치관과 판단력을 갖춘 젊은 리더로 성장해야 할 이유가 바로 그것입니다. 육군학생군사학교의 목표인 '올바르고, 유능하며, 헌신하는 통섭형 장교'로 성장하기위해 무엇(What)과 어떻게(How)보다는 왜(Why)에 대한 고민을 여러분 스스로에게 끊임없이 해보기를 바랍니다. 여러분 스스로 왜 장교가 되려고 하는 가에 대해 자신있게 말할 수 있을 때 여러분들의 후보생 생활에 대한 의미도 한층 깊어질 것입니다. 또한 여러분도 다른 사람들에게 영감과 동기부여를 주는 리더가 될 수 있습니다. 그리고 다른 누군가가 아닌 바로 '나(Who)'로부터 출발하는 우리 후보생들이 되어주기를 기대합니다.

2

젊다는 것의
의미

♣ 임관 축하 및 입단, 승급행사 취소 유감

코로나19(코비드-19) 확산이 다소 소강상태이기는 하지만 우리 학교를 비롯한 대부분의 학교에서도 개강 일정을 2주 연기하는 등 적극적인 조치가 취해졌습니다. 이에 맞추어 학군단에서도 임관 축하 및 입단, 승급행사를 취소하였고, 1학기 교내 교육 일정 등을 학교 지침에 따라 부득이 조정하였습니다. 총장님과 부모님, 선후배들의 축하 속에 성대하게 준비하고 있던 행사를 하지 못하게 되어 단장으로서도 매우 유감스럽게 생각하며, 다시 한번 미안한 마음을 전합니다. 그렇지만 국가적인 위기 상황에 대한 동참이라는 대승적인 차원에서 이루어진 조치라는 점을 양지하고 다소 서운한 마음이 있더라도 이해해 주기 바랍니다. 특히 임관하는 58기 여러분들은 더욱 서운한 마음이 있을 텐데 단장의 말로는 위로가 부족하겠지만 이 또한 먼 훗날 웃으며 이야기할 수 있는 하나의 추억이 되리라 생각합니다.

♣ 젊음이라는 것

2019년 전국노래자랑을 통해서 일약 스타덤에 올랐던 할담비 지병수 할아버지가 얼마 전 '할담비, 인생 정말 모르는 거야!'라는 책을 출간하였습니다. 방송 출연 전에는 기초생활수급자였던 할아버지는 지금은 많은 스케줄을 소화해야 하는 늦깎이 가수가 되고, 작가까지 된 것인데 그분을 우리는 흔히 인생을 즐겁게, 그리고 젊게 사신다고 말을 합니다. 여러분은 한 번쯤은 부모님이나 할머니, 할아버지께서 '내가 10년만 젊었더라면…'이라고 하시는 말씀을 들어 본 경험이 있을 것입니다. 여기서 어르신들이 말씀하시는 젊다는 의미는 무엇일까요? 말 그대로 나이를 의미할 수도 있고, 신체능력, 인식의 수준이라고 볼 수도 있겠지요. 지난 2월 14일은 안중근 의사가 사형을 선고받은 날이었습니다. 32살의 젊은 나이에 독립운동을 하면서 목숨을 잃은 안중근 의사에게 있어 젊음은 어떤 의미였을까요? 여러분은 젊음을 어떻게 정의하고 있나요? 나이? 주름살? 생각? 의식 수준? 민족?

젊음의 의미를 어떻게 부여하느냐는 사람마다 다르고 다양하게 해석이 가능하지만 단장은 '도전'에 의미를 두고 있습니다. 배를 가장 안전하게 하는 방법은 항구에 정박해 놓는 것이지만 배를 항구에 묶어 두기 위해 만들지는 않는 것처럼, 우리의 젊음도 안전하고 익숙한 것만이 목적이 되어서는 안 된다고 생각합니다. 때로는 다른 사람들이 무모하다고 생각되는 일에도 도전을 해 보고, 또 실패와 좌절을 경험해 보면서 풍랑이 치는 파도를 헤쳐 나가는 능력을 키워 나가는 것이 중요하다고 생각하기 때문입니다.

♣ '실패'가 아닌 '작은 시련'에 임하는 자세

여러분들은 학군사관후보생이 되기 위해 한 번에 합격한 인원들이 대부분이지만 2~3번의 도전 끝에 합격한 후보생들도 있고, 또 도전은 했지만 후보생이 되지 못한 학과 친구들도 있을 것입니다. 후보생이 되지 못한 친구들을 우리가 소위 루저라고 부르지 않고 훌륭한 도전이었다고 격려하는 것은 그 도전 자체에 의미가 있었기 때문입니다. 단장도 여러분과 비슷했던 시기에 육군사관학교 생도가 되기 위해 도전을 했고, 한 번의 실패 끝에 재수를 통해 합격했습니다. 물론 처음 입학시험에서 탈락했을 때의 실망감은 말할 수도 없었습니다. 그래서 방황도 많이 했고 자존감에도 상처를 많이 받았습니다. 그러나 그 시간을 통해서 나를 돌아보는 계기가 되었고, 새로운 경험도 하면서 보다 성숙해지는 시간이 되었습니다.

후보생 생활을 하다 보면 의도하지 않게 부상을 입어서 입영훈련을 소화하지 못할 수도 있고, 기준 점수 부족으로 승급이 안 되어 유급이 되거나 임관이 늦어지는 경우도 있습니다. 그러나 단장의 재수 경험이나 후보생들의 유급을 결코 '실패'라고 생각하지 않습니다. 단지 조금 늦을 뿐이며 '실패'가 아닌 '작은 시련'이라고 정의하고자 합니다. 여러분들의 긴 인생에 비추어 보면 아주 사소한 문제이며 다른 사람과도 사소한 차이일 뿐입니다. 어쩌면 그 사람을 더 크게 쓰기 위한 작은 테스트일 수도 있습니다.

여자 권투 8대 기구 통합챔피언이었던 김주희 선수는 권투선수들이 위대한 이유는 상대를 KO로 쓰러뜨리거나 많은 타이틀을 획득하기 때문이 아니라 쓰러졌을 때 두 발로 딛고 다시 일어나기 때문이라고 말했습니다. 또한 에디슨은 전기를 발명하기까지 3,000번 이상의 실패를 했지만, 그는 실패가 아니라 전기가 생성되지 않는 3,000가지 방법을 알아냈다고 생각했습니다. 그 외에도 작은 시련을 극복한 스타들은 많이 있습니다. 스티븐 스필버그는 영화학과에 세 차례나 불합격했고, 타고난 연설가로 알려진 마틴 루서 킹은 연설 과목에서 C학점을 받기도 했습니다. 또한 해리포터의 저자 조앤 롤링은 자신의 원고를 12번이나 거절당했고, 아인슈타인은 입학시험에서 수학을 제외하고 모두 낙제점을 받기도 했습니다.

이렇듯 여러분들은 젊다는 이유만으로도 실패를 두려워할 필요가 없고, 조금 늦는 것에 대해 좌절하거나 고개를 숙일 필요가 없습니다. 왜냐하면 그로 인해 다른 길을 경험하고 발전할 수 있는 또 다른 기회와 시간이 나에게 주어진 것이기 때문입니다. 오히려 그 시간을 어떤 마음가짐으로 극복하고 알차게 보내느냐에 따라 앞서 언급했던 많은 사람들처럼 짧게는 5년, 길게는 20~30년 후 우리의 모습은 분명 달라질 것입니다. 다만 그 기회를 통해서 무엇인가를 배우고, 깨닫는 사람에게는 바로 다음 단계가 성공이 되겠지만, 좌절하고 그대로 주저앉는 사람에게는 젊음이라는 이름을 붙이기 어려울 것이며 결국은 실패자가 되고 말 것입니다. 뇌가 성장하는 최고의 순간은 실수하고 실패할 때임을 깨닫고 발전하는 기회로 삼아야 합니다.

손자병법에 '전승불복(戰勝不復) 응형무궁(應形無窮)'이라는 말이

☆ 부산외대에서도 임관종합평가를 통과하지 못하고 체력기준을 통과하지 못하여 유급된 후보생들이 있었다. 유급되기는 하였지만 자신감을 잃지 말라는 의미로 국방일보에 기고하였다.(출처: 국방일보, '20. 3. 6.)

있습니다. 이는 '전쟁의 승리는 똑같은 방법으로 반복되지 않으므로 지금의 승리에 도취되거나 자만하다가는 실패로 바뀔 수 있으니 변화하는 상황에 맞도록 변화해야 한다'라는 뜻입니다. 한 번 성공한 방법도 똑같이 해서는 안 되는 것이 전쟁의 이치인데 실패한 방법을 똑같이 다시 반복한다면 또다시 패배할 것이라는 것은 두말할 필요도 없다고 생각합니다. 내가 선택했던 방법이 잘못되고 부족했다면 그것을 보완하고 발전시켜 변화를 주어야 똑같은 실수를 반복하지 않을 것입니다.

그렇다고 내가 가고자 하는 길에서 한 번 쉰다고 조급한 마음을 가지거나, 늦었다고 뛰어갈 필요는 없습니다. 묵묵하고 성실하게 자신의 부족했던 점을 채우고 성장하는 기회로 승화시킨다면 머지않은 시기에 자신도 모르게 앞서가고 있던 이들과 다시 어깨를 나란히

하게 되고 오히려 앞에서 이끄는 모습을 발견하게 될 것입니다. 여러분들 앞으로의 인생에는 수없이 많은 테스트가 있을 것입니다. 그 테스트를 슬기롭게 극복해 나가고 성장 동력으로 삼아 가슴 뛰는 젊음을 유지하기를 기대합니다.

P.S. 첨부하는 '청춘'이라는 詩는 사무엘 울만이 78세에 작성한 詩입니다. 세월은 많이 흘렀지만, 나이의 많고 적음에 관계없이 젊음의 의미를 생각하게 한다는 의미에서 한 번씩 음미해 보기 바랍니다.

청 춘

사무엘 울만

청춘이란

인생의 어떤 한 시기가 아니라 어떤 마음가짐을

말합니다. 장밋빛 볼, 붉은 입술,

부드러운 무릎이 아니라

풍부한 상상력과 왕성한 감수성과 의지력

그리고 인생의 깊은 샘에서 솟아나는 신선함을

뜻합니다.

청춘이란 두려움을 물리치는 용기와

안이함을 뿌리치는 모험심,

그 탁월한 정신력을 뜻하니

때로는 스무 살의 청년보다

예순 살의 노인이 더 청춘일 수 있습니다.

나이를 더해가는 것만으로 사람은 늙지 않습니다.

이상을 잃어버릴 때 비로소 늙습니다.

세월은 피부에 주름살을 늘려 가지만

열정을 가진 마음을 시들게 하지는 못합니다.

근심과 두려움, 자신감을 잃는 것이

우리 기백을 죽이고 마음을 시들게 합니다.

그대가 젊어 있는 한 예순 살이든 열여섯 살이든

가슴에는 경이로움을 향한 동경과

어린애 같은 미지에 대한 탐구심

인생에서 기쁨을 얻고자 하는 열망이 있는 법

그대와 나의 가슴 속에는

이심전심의 안테나가 있어

사람들과 신으로부터 아름다움과 희망,

기쁨, 용기, 힘의 영감을 받는 한

언제까지나 청춘일 수 있습니다.

영감이 끊기고 정신이 냉소의 눈에 덮이고

비탄의 얼음에 갇혀버릴 때

그대는 스무 살이라도 늙은이가 됩니다.

그러나 머리를 높이 치켜들고

희망의 물결을 붙잡는 한

그대는 여든 살이어도 늘 푸른 청춘으로 남습니다.

<u>3</u>

새로운 시작,
초심(初心)으로

♣ 윤년(閏年), 윤일(閏日)

올해 2020년은 윤년이며, 내일 2월 29일은 윤일입니다. 지구가 태양을 한 바퀴 도는 데 걸리는 시간은 365.2422일입니다. 그래서 1년을 365일로 맞추는데 남는 0.2422일을 4년간 모았다가 2월에 하루를 더하는 것입니다. 그런데 이렇게 하더라도 1년에 0.0078일씩 4년에 0.0312일이 달라집니다. 이에 따라 4년마다 윤년을 두되 100년째가 되면 다시 평년으로 하고, 또 400년에 한 번은 다시 윤년으로 합니다. 엄청 복잡한 것 같지만 400년 동안 총 97회(100, 200, 300년 3회 제외)의 윤년이 있다고 이해하면 되겠습니다. 내일과 같이 2월 29일이 토요일인 해는 28년 후인 2048년이라고 하네요. 여러분은 28년 후에 어떤 모습일까요? 아무튼 올해 2월은 하루가 더 있는 셈이니 덤을 얻었다고 생각하고 알뜰하고 의미 있게 좋은 하루를 보내기 바랍니다.

코로나19로 인해 부산지역도 27일 기준으로 60명의 확진자가 발생했고, 그 외 지역에서도 확진 및 의증 환자들이 증가하고 있습니다. 우리 후보생 가운데서도 미열 등 징후가 있거나 확진자와 동선이 겹쳐 자가격리를 하는 인원들이 있습니다. 조금이라도 호흡기 이상이 있으면 1339로 전화해서 먼저 전화상담을 하고, 전파되는 확진자들의 동선을 꼼꼼히 확인해서 접촉이 없었더라도 예방적 자가격리 등 보다 적극적인 조치를 해 주기 바랍니다. 아울러 개인위생 관리의 출발은 손 씻기부터입니다. 단장도 곰 세 마리 동요를 속으로 천천히 부르며 30초 이상 손 씻기를 실천하고 있습니다. 우리 모두 어려운 시기를 슬기롭게 잘 극복할 수 있도록 지혜와 마음을 모아 주기 바랍니다.

♣ 초심을 다시 꺼내 들고…

백종원의 골목식당이라는 프로그램을 보면 정말 성실하게 장인정신을 가지고 음식을 판매하는 사람들을 많이 보게 됩니다. 백종원 씨로부터 솔루션을 받고 장사가 잘되는 모습을 보면 마음까지 흐뭇해지기도 합니다. 반면, 눈살을 찌푸리게 하는 경우도 있습니다. 처음에는 솔루션대로 장사를 하다가 손님이 많아지고 바빠지면서 편법을 쓰고, 예전 방식으로 돌아가 고객들의 불만이 높아지는 악순환을 거치며, 결국은 방송 이전 상태로 되돌아가는 경우가 그것입니다. 한마디로 초심(初心)을 잃었기 때문입니다. 사실 초심을 유지하기란 말처럼 쉽지가 않습니다. 벌써 올해도 2달이 훌쩍 지났지만 연초에 가졌던 여러 생각과 다짐들이 하나 둘씩 무너져 내리고 있으리라 생각합니다. 하루에도 수십 번 내 자신과의 타협을 통해 하나 둘씩 마음의 빗장을 열어 줌으로써 지금은 걷잡을 수 없는 봇물이 되어 초심은 저 먼 산의 이름 없는 메아리가 되었는지 모르겠습니다. 단장도 여기에서 결코 자유롭지 못합니다. 그럼에도 불구하고 초심을 이야기하는 것은 단장을 포함하여 지금 이 시점이 우리가 마음을 다시 잡아야 하는 터닝 포인트이기 때문입니다.

이제 58기 여러분들은 후보생이라는 꼬리표를 떼고 영예로운 육군과 해병대의 소위로 임관을 하게 됩니다. 통합임관식은 취소되고 학군단 자체 행사로 진행한다고 해서 그 의미가 퇴색되는 것은 아니므로 군인으로서의 마음가짐을 다시 한번 새롭게 하는 것은 의미가 있다고 생각합니다. 여러분들이 처음 학군사관후보생이 되려고 마음먹었을 때, 그리고 합격했을 때, 처음 동계 입영훈련에 입소했을 때 가졌던 마음을 되새겨 보는 시간을 가져 본다면 여러분 어깨에 짊어지게 될 계급장이 주는 무게감을 새삼 느끼게 될 것입니다. 지금까지는 온실 속에서 보호를 받는 입장이었다면 이제부터는 여러분들이 부하들을 보호해야 하는 지휘자, 관리자의 임무를 수행해야 합니다. 또한 59기, 60기 후보생들도 비록 개강이 2주 연기되었지만 다음 주부터는 새 학기가 시작되었다고 생각하고 학업 준비와 학군단 생활을 어떻게 할 것인가에 대해 고민하고, 몸과 마음을 새롭게 해야 합니다. 방학 때 가졌던 느슨한 마음과 생각을 질끈 동여매야 합니다. 59기 후보생들은 졸업을 위한 학점 등 자격 준비와 임관종합평가 등이 발등에 떨어진 현실이며, 60기 후보생들도 1, 2학년 때와는 달리 체력단련을 포함하여, 군사학 수업과 학과 수업을 병행해야 하는 등 여유가 없습니다. 막연하고 안일하게 학기를 시작한다면 학

☆ 부산외대의 일출 모습은 정말 장관이다. 떠오르는 태양을 바라볼 때의 벅찬 가슴을
안고 매일매일 초심을 잃지 않는 후보생들이 되어 주기를 희망한다. 정채봉 님의 '첫
마음'이라는 시를 읽어 볼 것을 추천한다.

기말에 가서 허둥지둥하게 될 것임은 분명합니다. 야무진 마음가짐
을 가지고 초심(初心)으로 돌아가야 합니다. 그런 의미에서 첨부하
는 장교의 책무와 학군사관후보생 신조를 다시 한번 읽어 보고 그
의미를 되뇌어 보기를 권합니다.

　성공과 성취를 이루어 내는 상위 10%와 하위 90%를 구분 짓는
것은 IQ도, 재능도 아닌 꾸준함과 끈기입니다. 이것을 혹자는 '그릿
(GRIT)'이라고 부르기도 합니다. 초심을 잃지 않는다는 것은 결국
꾸준함과 끈기를 유지한다는 것입니다. 초심대로 생활한다면 더없이
좋겠지만 앞서 말한 대로 쉽지 않은 것이 현실이므로 적어도 초심을
잃지 않도록 노력합시다. 초심을 잃지 않으려고 끊임없이 노력하는
자세 또한 또 다른 이름의 '그릿(GRIT)'이며, 실천 가능한 꾸준함과

끈기라고 생각합니다. 내 스스로가 나태해지려고 할 때, 내 자신과 타협하려고 할 때, 매너리즘으로 인해 변화가 필요하다고 느낄 때마다 한 번씩 마음속에 가라앉아 있는 초심을 꺼내 들어 심신을 새롭게 하는 우리 후보생들이 되기를 기대합니다. 초심은 결코 방전되지 않는 무한대의 충전기입니다. 마음이 없으면 보아도 보이지 않고, 먹어도 그 맛을 모릅니다. 하고자 하는 마음이 있는 사람에게는 '방법'이 생각나겠지만, 그렇지 않은 사람에게는 '핑계'가 있을 뿐입니다.

장교의 책무

장교는 군대의 기간(基幹)이다.

그러므로 장교는 그 책임의 중대함을 자각하여

직무수행에 필요한 전문지식과 기술을 습득하고

건전한 인격도야와 심신의 수련에 힘쓸 것이며,

처사를 공명정대히 하고

법규를 준수하여 솔선수범함으로써

부하로부터 존경과 신뢰를 받아

역경에 처하면서도 올바른 판단과 조치를 할 수 있는

통찰력과 권위를 갖추어야 한다.

학군사관 후보생 신조

하나, 우리는 조국수호와 민족번영을 위하여 젊음을 바친다.

하나, 우리는 장교 후보생으로서 긍지와 자부심을 가지고 항상 솔선
수범한다.

하나, 우리는 올바른 가치관 형성과 전기전술 연마를 위해 부단히
노력한다.

☆ 출처: 육군학생군사학교

4

위기관리
능력

♣ 전국 의사들의 대구행

코로나19의 확산이 지속되고 있는 가운데 부족한 의료인력 해소를 위해 지난 3월 3일에 임관한 신임 간호장교들이 국군 대구병원에서 임무를 시작하였습니다. 그와 함께 전국 의사들의 자발적인 대구행도 이어지고 있습니다. 일부는 가족들의 만류를 마다하고 대구로 향하는 이들도 있어 그 책임감과 희생정신, 봉사정신에 고개를 숙이게 됩니다.

방송에서 소개된 한 의사분의 인터뷰가 인상적이었습니다. "우리는 코로나와의 전쟁에서 최일선에서 총을 들고 있는 군인이라고 생각을 합니다. 모두 불편하지만 이겨 내야 하지 않겠습니까?" 바이러스와 사투를 벌이고 계신 모든 의사분들에게 존경의 마음을 전합니다. 또한 자영업을 하시는 분들의 어려움을 헤아려 임대료를 받지 않거나 감액을 해 주는 '착한 임대인 운동'에 참여하시는 분들과 기

☆ 출처: 국방일보('20. 4. 13.)

부를 하는 분들도 점차 늘어나고 있어, 어려운 시기를 함께 극복해 가려는 노력이 모아지고 있음을 느끼게 됩니다. 이러한 소식들은 우울한 하루하루 속에서도 마음을 훈훈하게 해 주고 있습니다. 서로 배려하는 마음들이 모인다면 머지않은 시기에 이 위기를 극복할 수 있을 것이라는 희망을 가져 봅니다.

♣ 위기를 관리하는 능력

과거 다소 비관적인 시각에서 '우리나라는 어제와 오늘은 있지만 내일은 없다'라고 말하는 사람들이 있었습니다. 내일을 빼앗긴 민족이라는 자괴감이 든다는 사람도 있었습니다. 어제와 오늘은 한글이지만 내일(來日)을 뜻하는 순우리말이 없다는 의미였습니다. 이에 초대 문화부 장관을 지낸 원로 이어령 교수는 이렇게 말합니다. "나이가 들어서 생각해 보니 내일은 없지만 모레, 글피, 그글피가 있더라"고…. 그는 우리나라 문화가 늘 이렇게 위기설 속에서 살지 않았던 날이 없었지만 역설적으로 내일이 없다는 그 위기감 때문에 오히려 오늘보다 더 나은 미래를 만들어 왔다고 말합니다.

언제부터인가 위기관리는 우리에게 낯설지 않은 용어가 되었습니다. 좋지 않은 기억이지만 안보적·사회적 대형 사건과 사고를 경험하면서 자연스럽게 체득된 측면도 있습니다. 지금은 꼭 국방 분야뿐만 아니라 사회 전반적으로 위기관리를 어떻게 하느냐에 따라 그 조직의 성패가 결정된다고 할 정도로 그 중요성이 강조되고 있습니다. 초기에 위기를 잘 관리하여 안정적으로 문제를 해결하는가 하면, 초기 관리를 섣부르게 하여 처음과는 전혀 다른 방향으로 확대되어 조직을 망가뜨리는 사례를 종종 보게 됩니다. 우리나라 LG전자의 경우 어린이가 세탁기 안에 갇혀 사망하는 사건이 발생했을 때 문제가 된 세탁기의 잠금장치를 전량 리콜하겠다고 밝혔습니다. 그리고 안전 캠페인도 적극적으로 추진하였습니다. 잘못을 적당히 소비자에게 전가하지 않고 제품의 위험요인을 인정하고 바로잡는 노력을 하여 오히려 기업의 긍정적인 이미지를 심어 주게 되었습니다. 위기를 기회로 삼은 사례입니다.

반면, 위기를 실패로 몰아 간 사례도 있습니다. 2018년 이탈리아의 럭셔리 브랜드인 돌체앤가바나는 중국 상하이에서 개최 예정이었던 패션쇼를 갑작스레 취소하게 됩니다. 홍보를 위해 제작한 영상에서 드레스를 입은 중국 여성이 젓가락을 이용해 파스타와 피자를 먹으려고 애쓰는 모습을 담았는데 이 영상이 중국 문화에 대한 모욕과 인종차별적이라는 메시지를 주었기 때문입니다. 또한 공동창업자인 스테파노 가바나가 문제를 제기하는 사람에게 "중국은 무식하고 더러운 냄새가 난다"라고 비난했다는 영상이 추가로 폭로되면서 소비자들의 분노는 걷잡을 수 없게 되었습니다. 결국 돌체앤가바나는 전체 매출의 50% 이상이 감소되는 등 중국 시장에서 사실상 퇴출되었습니다. 이렇듯 위기관리는 위기가 발생했을 때 어떠한 대응개념을 설정하고 메시지를 전달하느냐에 따라 정반대의 결과가 나오기도 합니다.

단장은 여러분들에게 위기를 잘 관리해야 한다는 당위성에 더하여 한 가지를 더 강조하고자 합니다. 전에 한 번 언급한 적이 있는데 우리나라 위기관리에 대한 최고의 기준서라고 할 수 있는 '국가위기관리 기본지침'에서는 "국가위기를 효과적으로 예방, 대비하고 대응, 복구하기 위하여 국가가 자원을 기획, 조직, 집행, 조정, 통제하는 제반활동 과정"으로 국가위기를 정의하고 있습니다. 문제는 예방-대비-대응-복구의 각 단계별로 치러야 할 사회적 비용에 차이가 있다는 것입니다. 앞선 두 가지 사례는 모두 대응과 복구 측면입니다. LG전자의 경우 그래도 대응 단계에서 잘 마무리되어 복구 단계에서의 비용이 상대적으로 적게 들었지만, 돌체앤가바나는 대응 단계의 실수로 인해 복구 단계에서 엄청난 비용을 지불해야 했습니다. 문제는 대부분의 기업체나 조직에서 상대적으로 예방과 대비에 대한 노력을 경시한다는 것입니다. 예방과 대비에 대한 관심과 비용의 투자가 대응 및 복구 단계로까지 진행되지 않도록 한다는 것을 간과하기 때문입니다.[26] LG전자의 경우 제품 출시 전에 잠금장치의 안전문제에 대한 점검이 좀 더 꼼꼼하게 이루어졌더라면, 돌체앤가바나의 경우 영상 제작 시 레드팀을 운용하여 중국의 입장에서 문화적인 접근과 검토하는 노력을 했다면 결과는 분명 달라졌을 것이며, 뉴스화되지도 않았을 것입니다.

사실 예방과 대비에 대한 인식이 부족한 이유는 당장 눈에 보이지 않고 성과를 드러내기 어렵기 때문입니다. 거의 죽은 사람도 살린다고 해서 소위 명의라고 알려진 편작은 '자신의 3형제 중 의술은 형님들에 비할 바가 아니며, 자신이 가장 부족하다'라고 했습니다. 그 이유는 '큰 형님은 모든 병을 미리 예방하여 발병의 근원을 제거해 버리므로 환자가 고통을 느끼기도 전에 큰 병을 미리 치료합니다. 둘째 형님은 중병으로 가기 전에 나타나는 증상을 보고 초기에 치료를 하기에 대수롭지 않게 병을 다스렸다고 생각하게 합니다. 그러나 나는 병세가 위중해진 다음에야 비로소 병을 치료하게 되는데, 사람들은 이를 보고 큰 병을 고치는 의술이 뛰어나다고 말하기 때문입니다'라고 말합니다. 물론 편작의 겸손한 말이라고 생각되지만 우리는 편작의 형님이 누구인지, 형님이 있었는지조차 모르고 있습니다.

'예방과 대비'는 '대응과 복구'에 비해 상대적으로 이름이 드러나지 않는 위기관리 영역입니다. 단장은 위기를 관리하는 리더로서는 기꺼이 이름을 드러내지 않는 위기관리가 바람직하다고 생각합니다. 여러분들이 이러한 위기관리 능력을 키워 나감에 있어 '대응과 복

---

26) 하인리히 법칙으로 잘 알려진 1:29:300법칙도 대형 사고가 발생하기 전에 나타나는 경미한 사전징후를 잘 포착하여 대형 사고로 이어지지 않도록 해야 한다는 의미에서 예방에 방점을 두고 있다.

구' 측면뿐만 아니라 '예방과 대비' 측면에서의 안목과 혜안도 키워 나갈 것을 권고합니다. 이제 위기를 관리하는 능력은 선택이 아닌 필수가 되었습니다. 여러분들도 학교생활과 후보생 생활, 더 나아가 사회생활과 인생을 살면서 수많은 위기에 직면하게 될 것입니다. 그 위기를 슬기롭게 극복하고 해결하기 위한 역량도 중요한 요소라고 생각하고 위기를 관리하는 리더십의 근육도 함께 키워 나가도록 노력해 줄 것을 당부합니다.

5

내 주변과
마음의 깨진 유리창

♣ 61, 62기 후보생 선발 필기시험 연기

먼저 어려운 여건 속에서도 열정적으로 후보생 선발을 위한 다양한 홍보에 동참해 주고 있는 여러분들에게 진심으로 고마운 마음을 전합니다. 특히 홍보영상 제작을 위해 숨어 있던 연기 DNA를 유감 없이 발휘해 준 송대성 후보생과 매니저 역할을 해 준 황호경 후보생, 그리고 촬영과 편집, 스태프 역할을 해 준 박상민 훈육관, 최보람 주무관, 강정희 획득관에게도 감사의 마음을 전합니다. 2학년 학생들의 지원이 아직까지 부족하긴 하지만 그래도 여러분들의 노력으로 지원자 수가 점차 증가하고 있습니다. 좀 더 마음을 모은다면 더 많은 학생들이 지원할 것이라고 믿습니다.

한 가지 공지할 사항은 코로나19로 인해 4월 25일로 연기되었던 선발시험 일정이 6월 13일로 재연기되었습니다.[27] 이에 따라 서류 접수 기간 연장 여부도 학교 차원에서 검토 중입니다. 불행 중 다행

☆ 자체 제작 홍보 동영상(야나두 패러디, 송대성 후보생 주연)

이라고 해야 할지 모르겠지만 만약 서류접수 기간도 연장된다면 홍보 측면에서는 좀 더 시간을 가질 수 있을 것 같습니다. 현 계획대로 5월 11일에 정상적으로 오프라인 수업이 되어 단 하루라도 학생들에게 대면 홍보를 할 수 있게 되기를 기대합니다.

♣ 깨진 유리창의 의미

미국의 뉴욕은 1990년대 초까지 범죄율이 매우 높은 도시였습니다. 길거리는 지저분한 낙서투성이로 가득했고, 지하철은 다니기에 위협을 느낄 정도로 늘 음침했습니다. 이에 당시 줄리아니 뉴욕 시장은 길거리와 지하철을 깨끗이 하는 것으로부터 문제의 해결을 시작했습니다. 많은 사람들이 시장의 그러한 결정에 대해 이해하지 못했고, 불필요한 일이라고 말했습니다. 그러나 강력범죄 소탕보다는 지하철의 낙서를 지우는 정책을 꾸준히 추진한 결과 3년 만에 범죄율을 80%까지 낮출 수 있게 되었습니다.

---

27) 코로나19로 인하여 2020년 61, 62기 학군사관후보생 선발 시험은 6월에 실시되었으며, 2차 면접과 신체검사를 거쳐 최종 선발은 11월 20일에 실시되었다.

깨진 유리창이라는 개념은 원래 범죄학에서 사용하던 용어입니다. 가정집에 깨진 유리창이 있는데 하루 이틀 지나도 조치가 되지 않는다면 범죄자에게 그 집주인은 집에 애착도 없고, 보안에도 관심이 부족할 것이라는 인식을 주게 되고, 결국 범죄자는 그 집의 담을 넘어 도둑질하게 된다는 것입니다. 찌그러지고 고장 난 자동차를 길거리에 방치하면 머지않아 그 주변은 쓰레기장으로 변하는 것과 같은 이치라고 할 수 있습니다. 이와 비슷한 예는 우리 주변에서도 쉽게 찾아볼 수 있습니다. 여러분들이 식당에서 화장실을 찾았을 때 화장실이 깨끗하다면 음식도 맛이 있을 것이라고 생각하지만, 반대로 지저분하다면 주방도 그리 깨끗하지 않을 것이라는 인상을 갖게 되는 것이 그것입니다. 결국 깨진 유리창이란 사소한 실수 하나가 전혀 의도하지 않은 다른 메시지를 주게 되고 결국 전체를 망가뜨리게 될 수 있음을 경고하는 의미라고 볼 수 있습니다.

♣ 내 주변과 마음의 깨진 유리창을 고치려는 노력

그렇다면 우리 주변에 깨진 유리창이 없는지 한번 찾아봅시다. 여러분 자치근무자실에는 책상과 책장, PC, 게시판 등이 있습니다. 또 공동으로 사용하는 체력단련장, 샤워실과 역사관도 있습니다. 아직 사용을 많이 해 보지 않아서 생각이 다를 수 있지만 오프라인 개강을 하게 되면 여러분 스스로 한 번씩 그 장소에 가 보고 어떤 생각이 드는지 서로 이야기를 한번 나누어 보세요. 무심코 지나쳤을 때와는 조금 다른 생각이 생길 것입니다. 최근에는 우리 학군단 홈페이지를 최신화했습니다. 학군단에 관심이 있어서 입단하려는 학생이 홈페이지를 찾았는데 게시된 자료가 5년, 10년 전에 작성된 것이라면 어떻게 생각할까요? 그리고 그것을 본 인원이 우리가 SNS로 홍보하는 모습을 본다면 진실성이 있다고 생각할까요? 이렇듯 우리 주변에는 고쳐야 할 깨진 유리창이 너무도 많이 있습니다. 하루아침에 모두 바꿀 수는 없겠지만 깨진 유리창이 없는지 관심 있게 주변을 살펴보고, 단 한 가지라도 고쳐 나가려는 노력이 필요합니다. 단장이 여러분들에게 요구하는 자세가 바로 이것입니다.

단장이 대대장 시절 쓰레기통 주변의 담배꽁초를 없애려고 노력했던 경험을 한 가지 소개하겠습니다. 담배를 태우지 않는 단장의 입장에서 정말로 이해되지 않았던 것은 쓰레기통이 바로 앞에 있음에도 불구하고 담배꽁초를 바닥에 버리는 것이었습니다. 아무리 좋은 말로 쓰레기통에 버리라고 해도 언제나 그 주변은 가래침과 담배꽁초, 빈 담배 케이스로 지저분했습니다. 그래서 아무 소리 하지 않고 단장이 계속해서 담배꽁초를 주웠습니다. 처음에는 대대장이 왜 저러나 하고 물끄러미 쳐다보거나 간혹 '제가 치우겠습니다'라고 말하는 용사들이 있을 뿐이었습니다. 그러나 하루 이틀 지나고 반복되자 자신들도 양심은 있었던지 흡연장은 몰라보게 달라졌습니다. 쓰레기장을 방불케 했던 흡연장이 흡연장 본래의 모습을 찾아갔습니다. 물론 그 와중에도 여전히 바닥에 쓰레기를 버리는 용사들도 있었지만 처음과 비교하면 많이 발전된 모습을 보였습니다. 단장은 당시 우리 대대의 깨진 유리창을 그곳에서 발견한 것입니다. 담배꽁초 하나 제대로 버리지 못하는 부대원들의 정신상태로 또, 지휘관의 의도를 제대로 파악하지 못하는 부하들과 적과 싸워 이길 수 있으리라는 생각을 할 수 없었기 때문입니다. 비약이 심하다고 생각할 수도 있지만 작은 쓰레기 하나라고 생각하는 그 사소함이 부대원의 군인 정신까지 무너뜨릴 수 있음에 위기감을 느꼈던 것은 사실입니다.

더욱 중요한 것은 이렇게 눈에 보이는 깨진 유리창뿐만이 아닙니다. 오히려 눈에 보이는 깨진 유리창은 찾기도 쉽고 고치기는 더욱 쉽습니다. 시간도 오래 걸리지 않습니다. 그러나 나태함과 게으름, 대충 하려는 마음, 상대방을 속이고 미워하는 마음, 노력 없이 요행을 바라는 마음, 알고도 고치려고 하지 않는 마음, 안일함 등 눈에 보이지 않는 정신상태와 마음가짐의 깨진 유리창은 찾기도 어렵고 고치기도 매우 어렵습니다. 시간도 많이 필요합니다. 그래서 우리는 이것을 찾고 고치려는 노력을 지속해야 합니다. 사소하다고 무시하고 지나치면서 쌓인 먼지 하나하나가 찌든 때가 되어 버리면 우리가 지불해야 할 대가는 상상 이상이 될 수도 있기 때문입니다.

작게는 우리 학군단 발전을 위해서, 좀 더 크게는 우리 학교와 사회, 여러분 인생을 위해서 우리 주변의 눈에 보이는, 또 눈에 보이지 않는 내 마음의 깨진 유리창을 찾아보고 하나씩 고쳐 나가는 노력이 필요합니다. 우리 학군단의 깨진 유리창이 무엇인지 이야기를 하고 개선방안을 제시해 주거나 자신의 마음속에 깨진 유리창이 무엇인지 발견하고 하나씩 고쳐 나가는 우리 후보생들의 모습을 기대합니다.

<u>6</u>

치유가 불필요한
병(病), 열정

♣ 61, 62기 후보생 선발 필기시험, 기말고사 준비

지난 토요일에는 61기 정시, 62기 수시 선발을 위한 필기시험이 있었습니다. 우리 학교에서는 총 94명이 최종 지원을 하였습니다. 어려운 여건 속에서도 홍보 활동과 필기시험 통제에 적극적으로 참여해 준 후보생 여러분들에게 다시 한번 고마운 마음을 전합니다.

☆ 코로나19로 인해 후보생 선발 필기시험은 개인 체온측정, 개인 간격 유지 등 방역지침을 준수한 가운데 시행되었다.

그리고 여학생들의 지원율이 상대적으로 높았는데 개인 시간을 할 애해서 노하우를 공유해 준 이민희 예비 후보생에게도 같은 마음을 전합니다. 또한 시험장의 보이지 않는 곳까지 꼼꼼하게 준비를 해 주어 단장의 부족함을 채워 준 주무관과 획득관에게도 특별히 감사한 마음을 전합니다. 이러한 우리들의 마음이 모인다면 한 명이라도 더 많은 학생들이 합격할 것이라고 기대합니다. 보다 많은 학생들이 합격할 수 있도록 1차 필기시험 합격이 발표되는 7월 10일까지 여러분들도 마음으로 기도해 주기 바랍니다.

이제 1학기를 마무리하는 기말시험이 이번 주부터 실시됩니다. 개인별로 열심히 하겠지만 체력단련도 학습 여건 보장을 위해 생략하는 만큼 좋은 성적을 거둘 수 있도록 학업에 집중해 주기 바랍니다.

♣ 조직에 공헌하는 직원들의 단계

경영혁신 전도사라 불리는 게리 해멀 교수는 조직에 공헌하는 직원은 6단계로 나눌 수 있다고 했습니다. 가장 아래 단계로부터 ① 순종, ② 근면, ③ 지식, ④ 이니셔티브(선제적 추진력), ⑤ 창의성, 그리고 가장 상위가 ⑥ 열정입니다. 그는 순종과 근면 단계에 있는 직원들은 자기 업무를 열심히 하고 결과에 책임을 지고, 지식 단계의 직원들은 업무에 필요한 노하우를 보유하고 관련된 훈련도 받은 직원들로 보았습니다. 또한 이니셔티브 단계 직원들은 지시를 기다리는 게 아니라 문제를 보면 바로 실천에 옮기는 그룹으로, 창의성 단계의 사람들은 끊임없이 아이디어를 찾고 기존의 사회 통념에 도전하며 또 다른 가능성과 기회를 모색하는 그룹으로 보았습니다. 그리고 가장 상위인 열정 그룹의 직원들은 자신의 일로 이 세상에 변화를 가져올 수 있고 다른 사람의 삶도 바꿀 수 있는 사람들이라고 말합니다. 그는 조직에 순종, 근면, 지식 등 세 가지만 가지고 있는 인원들만 있다면 경쟁에서 질 수밖에 없다고 단언합니다. 왜냐하면 위의 세 가지는 상품화가 되어 있어서 마음만 먹으면 세계 어디에서나 쉽게 구할 수 있기 때문이라는 것입니다. 이 말을 해석해 보면 구성원들이 피동적이고 현실 안주적인 생활태도를 보인다면 성장에 한계가 있고, 결국 경쟁에서 뒤처지게 된다는 것을 의미합니다.

사실 위계질서가 상대적으로 강한 군은 조직 특성상 관료주의적일 수밖에 없습니다. 군 조직을 앞의 단계로 적용해 본다면 순종, 근면, 지식 단계에 속하는 구성원들이 많다고 볼 수 있습니다. 선제적 추진력이나 창의성, 열정을 가진 구성원들은 상대적으로 부족한 것이 현실입니다. 때로는 성인이 아닌 어린아이와도 같은 취급을 받거나 자율성이 배제되고 일방적인 지시와 복종의 요구에서 오는 거부감은 선제적인 업무추진이나 창의성, 열정의 불씨를 꺼 버리게 하기도 합니다. 그러나 우리 육군도 이러한 한계를 벗어나기 위해 조직문화를 바꾸려고 노력해 왔고, 과거에 비해 많이 발전해 왔는데 비단 군뿐만 아니라 일반 사회에서도 조직 DNA를 개선하려는 노력은 끊임없이 강조되고 있습니다. 이제 여러분들도 육군의 조직 구성원이 되었으며, 사회 조직원의 일부가 되었습니다. 여러분 스스로는 위에서 언급한 6단계 중 어느 단계에 속하고 있다고 생각하나요? 아니면 어느 단계에 속하고 싶으신가요?

☆ 이봉수 이순신 학교장 초빙강연

♣ 치유가 불필요한 병(病), 열정

앞에서 최상위의 단계를 열정이라고 했는데 열정은 목표를 향해 감에 있어 지치지 않는 무한동력의 에너지입니다. 사실 열정이라는 병에 걸린 사람은 치료가 필요하지 않습니다. 이 병에 걸린 사람은 이유가 없습니다. 그저 그것이 좋아서 하기 때문입니다. 몇 가지 사례를 들겠습니다. 얼마 전 우리 후보생들에게 열정적인 강의를 해 주셨던 이봉수 이순신 학교장님은 20여 년간 임진왜란 당시의 전사 적지를 300회 이상 현장 답사하여 자료를 고증하면서 이순신 장군을 연구하고 있습니다. 그분의 노력으로 알려지지 않았거나 잘못 알려진 내용들이 학계에 보고되어 수정되기도 하였습니다.

그분이 말씀하신 대로 좋아하는 일에 열정을 가지고 몰입(flow)을 하면 남들은 대단하다고 하지만 정작 본인 스스로는 피곤하지도, 힘들지도 않습니다. 그분이 열정을 다할 대상으로 이순신이라는 인물을 찾았듯이 여러분은 또 다른 이순신을 찾아야 합니다. 반드시 인물일 필요도 없습니다. 여러분이 전공하고 있는 분야가 될 수도 있고, 군사지식, 역사, 언어, 운동, 음악, 미술, IT기술, 방송, 연예 등 모든 분야가 그 대상이 될 수 있습니다.

　중고거래 앱인 당근마켓의 당근은 '당신의 근처'라는 뜻이라고 합니다. 이 앱을 개발한 김재현 공동대표는 본인 스스로는 단순 무식한 개발자라고 겸손하게 말하지만 어려서부터 컴퓨터를 가까이하며 호기심을 잃지 않았습니다. 프로그램 개발이 자신이 재미있어 하는 일이었는데 2010년 회사를 처음 창업하면서 '성장의 맛'을 느끼게 되었다고 합니다. 이러한 그의 프로그램 개발에 대한 열정은 2016년 매출액 46억 원에서 2019년 7,000억 원으로 152배의 성장을 가져왔고, 2020년 5월 기준 앱 다운로드 1,900만 건, 한 달 이용자 700만 명이라는 놀라운 결과로 나타났습니다. 그는 대표들 모임에 나갔을 때 대부분이 서울대 출신이라 딴 세상과 같은 느낌을 받기도 했지만 주눅이 들지는 않았다고 하는데, 단장은 그 이유를 프로그램 개발의 열정에서 나오는 자신감 때문이라고 생각합니다.

☆ 열정으로 이룬 바디 프로필

　우리 학교 베트남어과에서 위탁 교육을 받고 있는 조일묵 대위 (진)는 몇 개월 전 바디 프로필 사진을 찍었습니다. 우리 후보생들 가운데서도 바디 프로필 사진을 찍기 위해 몇 개월째 노력하고, 체중 감량을 위해 노력하고 있는 인원들이 몇 명 있습니다. 몸을 만들기 위해 식단조

절을 하고, 아침저녁으로 운동시간을 할애하면서 목표달성을 위해 노력하는 모습은 분명 '열정의 병'에 걸린 사람들의 전형적인 모습입니다. 여러분들도 치유가 불필요한 이 병에 걸리고 싶지 않나요? 그 무엇이라도 좋습니다. 여러분들 스스로 즐길 수 있고, 열정을 다할 수 있는 대상을 먼저 찾아보고, 성취하는 그날까지 같이 땀을 흘리도록 합시다. 여러분들이 흘린 땀과 열정은 많은 사람들이 일반적으로 생각하는 성공 방식과 상식을 뛰어넘을 것입니다. 모 레슬링 국가대표 선수의 인터뷰 기사 생각이 납니다. "나보다 땀을 많이 흘린 자, 금메달을 가져가라!"

7

장단점을 분석,
기회포착과 위협회피 전략으로

♣ 강정희 획득관에게 감사의 마음을…

☆ 고마움을 감사패에 담아

지난 1년 6개월 동안 학군사관후보생 선발 업무를 전담했던 강정희 획득관이 아쉽게도 더 큰 사회로의 진출을 위해 학군단을 떠나게 되었습니다. 여러분들도 가까이에서 지켜본 대로 강정희 획득관은 여러분들의 학교 선배로서, 학군단의 가족으로서 헌신적인 노력을 다했습니다. 그 결과 우리 학군단 후보생 인원수가 59기는 19명, 60기는 26명으로 늘었으며, 61기는 30명 내외로 증가할 것으로 예상되고 있습니다. 보이지 않는 곳에서 열정을 다해 준 획득관에게 감사의 말을 전하며, 또 다른 사회에서도 지금과 같은 모습으로 성장해 나갈 것이라고 믿어 의심치 않습니다. 또한 새롭게 임무를 수행할 김찬미 획득관 역시 여러분들의 학교 선배로서 친오빠가 학군사관 58기로 이미 군 가족의 일원입니다. 아직 많은 것이 낯설고, 생소한 업무를 하게 되어 어려움이 있겠지만 잘 해내리라 기대합니다. 진심으로 환영합니다.

♣ 6.25전쟁 70주년에 즈음하여

여러분들도 지난 16일 언론을 통해서 남북 합의에 의해 개성에 설치되었던 남북연락사무소가 폭파되는 장면을 보았을 것입니다. 북한은 늘 이런 식으로 안하무인의 행태를 보여 주고 있는데, 우리는 안일함이 더해 가는 안보의식을 바로잡는 계기로 삼아야 할 것입니다. 특히 이번 주 25일은 6.25전쟁이 발발한 지 70주년이 되는 날입니다. 시간은 많이 흘렀지만 전쟁은 결코 과거형이 아닌 현재진행형입니다. 정전협정으로 잠시 휴전하고 있을 뿐이지 한반도에 평화가 정착되고 있는 것은 아닙니다. 섣부른 평화협정의 위험성을 우리는 최근 북한의 대남비방과 무분별한 행동을 통해서 분명하게 목도하고 있습니다. 여러분들도 사관후보생으로서 안보에 대한 인식을 명확히 하고 여러분의 존재 의미를 되새겨 보기 바랍니다.

♣ 결정적인 단점은 보완해야…

세상에서 가장 완벽한 사람은 누구일까요? 모든 분야에 해박한 지식을 갖고, 좋은 직장과 많은 재산에, 키는 훤칠하고, 외모는 주말연속극 주연배우급이고, 운동도 잘하며, 유머러스하고, 거기에 성격까지 깔끔하면 완벽하다고 할 수 있을까요? 이렇게 단점이 없는 사람이 존재할까요? 아마도 없을 것이라고 생각합니다. 단장을 포함하여

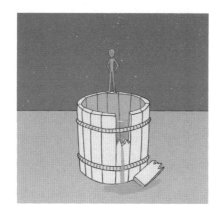

사람에게는 누구나 장점과 단점이 있습니다. 장점은 극대화하여 더욱 발전시키고, 단점은 보완하도록 노력하는 것이 일반적인 상식입니다. 옆의 사진은 장점과 단점의 의미를 가장 극명하게 보여 주는 사진입니다. 위의 사진과 같은 양동이에 물을 받는다고 하면 물 높이는 어떻게 될까요? 양동이가 100리터라고 한다면 아마 70리터쯤의 물을 담을 수 있을 것입니다. 이를 우리 모습에 비추어 봅시다. 만약 나의 여러 가지 모습이 위의 양동이와 같다고 할 때 나에게 결정적인 단점이 있다면 다른 사람들은 나를 몇 리터의 모습으로 인식할까요? 당연히 70리터를 담을 수 있는 사람으로 인식할 것입니다. 그래서 좀 더 많은 양의 물을 내게 담기 위해서는 반드시 양동이를 보완해야 합니다.

특히 내게 부족한 리더십 분야가 육군이 지양하는 독성 리더십 (Toxic Leadership)[28]의 하나라면 반드시 고쳐야 합니다. 왜냐하면 그 하나의 단점으로 인해 자칫 나의 진정한 모습과 장점을 보여 줄 수 있는 기회가 없어질 수도 있기 때문입니다. 여러분은 여러분의 장점과 단점을 정확하게 파악하고 있나요? 장점을 극대화하고, 단점

---

28) 독성 리더십은 부정적 리더십의 하나로 부하, 조직, 임무수행에 있어 역효과를 가져오는 자기 중심적 태도를 말한다. 부하 차별, 공격적 행동, 일을 쌓아 두기, 자신의 문제를 가지고 타인을 비난, 자신의 안위를 위해 부하를 소모품으로 인식, 욕설과 폭언, 인격모독 등의 생각과 행동을 한다면 독성 리더십으로 발전할 가능성이 많다.

을 보완하기 위해 치열한 노력을 하고 있습니까?

♣ SWOT 분석틀로 나를 되돌아보자

기업체에서는 내부환경과 외부환경을 분석하여 경영전략을 수립하는 기법 중 하나로 SWOT 분석틀을 사용하고 있습니다. SWOT는 강점(Strength), 약점(Weakness), 기회(Opportunity), 위협(Threat)을 말합니다. 당연히 자신의 강점은 살려 기회를 포착(SO)해야 하고, 약점을 보완하여 위협을 회피(WT)해야 할 것입니다. 그러나 강점을 살려 위협을 회피(ST)하고 약점을 보완하여 기회를 포착(WO)하는 방안도 있음을 간과해서는 안 됩니다. 또한 이것은 기업체에서만 적용되는 개념이 아니라는 것도 함께 인식해야 합니다. 몇 가지 사례를 통해서 SO-WT-ST-WO의 관계를 살펴보겠습니다.

먼저 SO의 사례입니다. 단장의 동기생인 손태국 대령은 2019년부터 카자흐스탄 국방무관으로 임무를 수행하고 있습니다. 그 동기생은 생도 시절부터 러시아어 공부를 위해 많은 시간과 노력을 투자했습니다. 지나가다가도 러시아 말이 들리면 뒤돌아 가서 그 사람과 짧은 말이라도 주고받기도 했고, 때로는 처음 만난 러시아 사람의 집까지 함께 가기도 하는 등 러시아어 습득을 위해 피나는 노력을 했습니다. 그래서 정보학교 러시아어 교관, 러시아 지참대 등을 거쳐 지금은 무관으로 그 역량을 발휘하고 있습니다. 자신이 잘하고 좋아하는 러시아어로 위탁교육과 국방무관이라는 기회를 잘 활용한 SO의 좋은 사례라고 생각합니다.

☆ 카자흐스탄 국방무관 손태국 대령과 무관 활동

두 번째는 WT의 사례입니다. 여름철이 되면 태풍으로 인한 군부대에서도 피해가 많이 발생합니다. 단장이 GOP 대대장을 한 곳이 강원도 양구지역인데 그곳은 급경사의 산악지형으로 형성되어 있어 산사태가 나거나 낙석으로 인해 도로가 유실되기도 하는 등 위협요소가 많습니다. 그래서 위험지역은 사전에 돌망태 작업을 하거나 천막으로 보완하여 유실 피해가 발생하지 않도록 만들곤 했습니다. 산사태에 취약한 약점을 예방작업을 통해 위협을 회피하고 감소시킨 사례라고 할 수 있습니다.

세 번째 ST의 사례는 명량해전입니다. 지난 5월에 이순신 학교장님의 교육을 통해서도 배웠지만 명량해전 당시 조선에는 배가 13척밖에 없었습니다. 그러나 울돌목이라는 지형적인 이점과 화포를 이용한 원거리 전투에서는 강점이 있었습니다. 따라서 그와 같은 강점으로 일본 수군의 위협을 무력화시킨 전형적인 사례라고 볼 수 있습니다.

마지막 WO의 사례는 포스트잇입니다. 지금은 없어서는 안 되는 사무용품으로 자리 잡은 포스트잇은 3M 직원의 실수에서 만들어진 산물입니다. 강력한 접착제를 발명하려고 하였으나 원하는 접착력을 얻지 못하게 되었습니다. 접착제로서 접착력이 약하다는 것은 치명적인 단점입니다. 그러나 붙였다가 떼어 내도 끈적거리지 않고 다시 쉽게 붙는 특징을 알아보고 이러한 단점을 책갈피로 만들면 좋겠다는 생각을 하게 됩니다. 그리고 그 후 메모지로 발전하게 되어 지금의 포스트잇이 된 것입니다. 약점을 기회로 삼은 사례입니다. WO의 사례는 미국의 유명한 팝가수 스티비 원더에게서도 찾을 수 있습니다. 스티비 원더는 미숙아로 태어나 시력을 잃은 장애인입니다. 학교를 다닐 때 친구들로부터 놀림을 당하기도 했지만, 선생님으로부터 청력이 상대적으로 뛰어나다는 칭찬을 듣고 자신감을 키워 나가 'I just called to say I love you' 등과 같은 주옥같은 노래를 작곡하고 노래하는 가수가 됩니다. 자신의 약점을 기회로 반전시킨 또 하나의 사례입니다.

이제 우리의 모습으로 돌아와 봅시다. 여러분들은 여러분의 장점과 단점을 어떻게 생각하고 분석하고 있습니까? 여러분 주변과 환경의 위협과 기회는 무엇이라고 생각하나요? 여러분들도 여러분들의 강점과 약점, 그리고 위협과 기회가 무엇인지 SWOT 분석틀을 활용하여 한번 분석해 보기 바랍니다. 그 분석을 통해 내게 적용할 수 있는 범주가 SO-WT-ST-WO 중 무엇인지, 그래서 어떠한 노력을 더 해야 하는지에 대한 답을 찾아가기 바랍니다. 그래서 여러분 양동이가 조금씩 보완되어 온전해져 가는 모습을 느껴 보기 바랍니다. 불과 6개월 전과 비교해 보면 일취월장하여 많은 성장을 보여 준 후보생들도 있고, 그렇지 못한 후보생들도 있습니다. 이제 곧 입영훈련이 시작되는데 훈련에 참석하는 후보생은 참석하는 대로, 훈련에 참석하지 않는 후보생은 2달간의 방학 기간을 어떻게 보내며 발전과 변화의 기회로 승화시킬 것인지 고민해 보기 바랍니다. 주변 동료들의 모습이 변해 가는 모습을 지켜보며 자신을 변화시켜 나가는 방법도 좋은 자극제가 될 것입니다.

8

고정관념 버리기도
고정관념?

♣ 기말시험 준비 격려, 방학 간 Plan 수립

이번 주까지 시험을 치르는 후보생들도 있지만 대부분 기말시험
이 종료되었습니다. 최선을 다한 모두에게 격려의 말을 전합니다.
이제 곧 입영훈련과 방학이 실시됩니다. 여러분 스스로 남은 학군단
생활을 어떻게 보낼 것인지에 대한 계획표를 꼼꼼히 작성하는 시간
을 갖기 바랍니다. 2학기 시작과 동시에 개인별로 학군단 생활 포트
폴리오를 발표하는 시간을 갖도록 하겠습니다.

♣ 편견과 고정관념의 틀을 깨는 반전

몇 가지 신조어 테스트를 하겠습니다. '롬곡', '#G', '혼바비언',
'오저치고' 등등… 단장은 앞의 두 개는 알고 있었는데, 뒤의 두 개
는 몰랐습니다. 글자를 180도 돌리거나 비슷한 발음으로 문자화하
고, 줄임말을 통해 의미를 소통하게 하면서 기존의 언어습관을 바꾸

게 하는 문화가 확산되고 있습니다. 또한 인기 프로그램 중에 복면가왕이 있습니다. 프로그램의 콘셉트는 여러분도 잘 알다시피 가면을 쓰고 노래를 부르는 것이고, 예상하지 못한 인물을 등장시켜 반전을 주는 것입니다. 가면을 벗었을 때 노래를 잘하지 못할 것 같은 아이돌 가수의 엄청난 가창력이나, 노래를 들어 본 적 없거나 잘할 것 같지 않았던 배우들의 모습이 보일 때의 전율과 감동은 방송을 통해서 보더라도 충분히 전해지고 있습니다. 이와 같은 신조어와 복면가왕 속의 도전자들을 보면서 우리가 얼마나 많은 편견과 고정관념 속에서 세상을 바라보며 살고 있는가를 새삼 깨닫게 됩니다.

♣ 고정관념 버리기?

우리가 흔히 고정관념을 버리자는 말을 많이 하는데 과연 고정관념은 무엇일가요? 고정관념의 사전적 의미는 "사람들의 행동을 결정하는 잘 변하지 않는 굳은 생각 또는 지나치게 당연한 것처럼 알려진 생각"입니다. 그래서 고정관념을 버리지 못하는 사람에게는 꼰대나 시대에 뒤처지는 사람이라는 오명을 씌우기도 합니다. 심한 경우 '왜 나는 고정관념을 버리지 못할까?'라며 자책을 하기도 합니다. 그럼 정말로 '고정관념'은 모두 버려야 하는 것인가요? 한번 '고정관념을 버리자'라는 고정관념을 비판해 보겠습니다.

단장은 욕설은 해서는 안 된다는 고정관념을 가지고 있습니다. 그렇다면 이것도 버려야 할 고정관념인가요? 상식의 기준에서 생각하면 되지 않느냐고 반문할 수 있겠지만 그렇다면 그 상식의 기준은 누가 정한 것인가요? 여러분과 단장의 상식의 기준이 다르고, 여러분 중에도 상식의 기준은 저마다 다른데 나에게는 버려야 할 고정관념이고 또 다른 사람에게는 버려서는 안 되는 고정관념이 있는 건가요? 단장은 모든 고정관념이 잘못된 것만은 아니라고 생각합니다. 우리가 시선의 융통성만 가지고 있다면, 그리고 개인마다 그 기준은 모두 다르지만 사회 통념적으로 받아들여질 수 있는 상식의 선을 넘지 않는다면 고정관념을 버리지 못하는 것에 대해 과도한 스트레스를 받을 필요는 없다고 봅니다. 그래서 '고정관념을 버리자'는 말을 '편견과 관행, 관습을 바꾸자'라고 여러분들에게 권해 봅니다. 자칫 줏대 없는 사람으로 비칠 수도 있지만 여기서 편견과 관행, 관습을 바꾸자는 의미는 과거에 집착하지 말고 입체적인 관점과 사고의 융통성을 갖자는 것을 말합니다. 과거에는 남녀 간의 역할에 대해서 '남자의 일', '여자의 일'을 구분하는 것이 자연스러웠습니다. 그러나 지금은 그 영역이 거의 허물어진 것이 현실입니다. 그래서 군에도 여군의 비율이 점차 높아지고 있는 것이고요. 다만 여군의 비율이 몇 % 이상이 되어서는 안 된다는 인식은 또 다른 의미의 고정관념이라고 생각합니다. 현시점에서는 어렵겠지만 시간이 더 흐르고, 군의 역할이 더 확대된다면 여군의 비율이 50%를 넘는 것이 자연스러울 수도 있을 것입니다.

증기기관차를 발명했던 영국에서 자동차 산업이 선도적으로 발전했어야 한다는 것은 상식적인 생각입니다. 그러나 여러분이 알고 있는 대로 오히려 독일에서 더욱 발전하게 됩니다. 당시 영국은 '빨간 깃발법'이라는 지금으로서는 이해하기 어려운 법을 시행했는데, 이는 마차가 주 운송수단이었던 당시에 마부들의 시위 등으로 인해 마차 산업을 포기할 수 없었기 때문입니다. 그래서 궁여지책으로 시행한 것이 '빨간 깃발법'이었습니다. 이 법에서는 자동차 55m 앞에 마차가 선도해야 했고, 최고속도는 6.4km/h로 제한을 하였습니다. 자동차가 제 속도를 내지 못하니 자동차 산업이 발전할 수 없는 것은 당연했습니다. 시대의 흐름을 읽고 운전을 배운 마부들은 운전기사라는 새로운 직업을 가지게 되었으나 시위를 하던 수많은 마부들은 일자리를 잃게 되었고, 영국은 자동차 산업도 후발 주자인 독일에 주도권을 넘겨주게 된 것입니다. 이는 우리가 관행과 관습에 빠져 시대의 흐름을 읽지 못하면 어떻게 되는지를 극명하게 보여 주는 사례라고 생각합니다.

단장이 '고정관념 버리기'에 대해 비판을 해 보겠다고 했지만 결국비판이라기보다는 편견과 관행, 관습에 대한 사고의 융통성을 갖자는 의미로 해석을 했습니다. 우리가 막연하게 4차 산업혁명 시대에 살고 있다는 생각만으로는 과거 영국의 빨간 깃발법과 같이 현실에 안주할 수밖에 없습니다. 당연함의 틀을 깨야 합니다. 상자 안에서만 생각(Thinking in the Box)하지 말고 상자 밖에서도 생각

Thinking Out of the Box!

(Thinking Out of the Box)해 보려는 인식의 전환이 필요한 시점입니다. 무조건적으로 모든 것을 관행과 관습으로 치부하고 바꾸라는 의미는 결코 아닙니다. 상자 안에서 상자 밖을 보기도 하고, 상자 밖에서 상자

안을 보기도 하며, 때로는 새로운 상자를 만들기도 해야 합니다. 어항 속의 물고기가 밖에서도 생존하기 위해서는 어항 밖에 또 다른 어항도 있어야 하기 때문입니다.

한 번쯤 '왜 그럴까?, 다른 방법은 없을까?'를 생각해 보고 그래도 기존 방식이 최선이라고 판단되면 그대로 시행하고, 아니라면 다른 방법을 시도해 보는 융통성 있는 우리 후보생들이 되어 주기를 바랍니다. 생각과 인식의 전환은 종이 한 장처럼 가벼울 수 있지만, 그 결과는 태산과 같이 무거울 수 있습니다. 하계 입영훈련과 방학 기간 동안 여러분 모두 사소한 것이라도 생각의 습관을 한번 바꿔 보고 전략적 사고와 시스템적 사고를 하려는 노력을 통해 한 단계 더 성장해 가기를 기대합니다.

9

도전과 응전,
그리고 창조적 소수

♣ 하계 입영훈련의 막바지 담금질

이제 하계 입영훈련도 막바지에 다다랐습니다. 장마가 끝나고 폭염이 지속되고 있지만 훈련에 임하는 우리의 열정을 사그라지게 만들지 못하고 있습니다. 여러분들은 지난 3주간의 담금질을 통해 후보생에서 장교로 성장하고 있으며, 한 발 더 다가가고 있습니다. 마음을 흐트러뜨리거나 방심하지 말고 '학군교가'의 가사를 되뇌어 보며 마지막까지 최선의 노력을 다해 주기를 당부합니다.

♣ 청어 이야기와 도도새의 법칙

역사학자인 아놀드 토인비는 그의 명저인 '역사의 연구'에서 인류문명의 역사과정을 발생-성장-쇠퇴-해체로 보면서 '도전과 응전'의 관계로 설명하였습니다. 그는 인류사에 등장하고 소멸했던 많은 문명의 인과관계를 인간과 자연과의 관계, 다른 집단 간의 관계, 내부적 도전 등에서 어떻게 대응하며 살아남았는가를 논리적으로 설명하였습니다. 그의 재미있는 논거 중 하나는 문명이 발생하고 생존하도록 만든 도전은 살기 좋은 환경이 아니라 살기 어려운 환경이라는 것입니다. 아이러니하게도 오히려 힘든 환경이 생존에 도움을 주었다는 것입니다.

그가 즐겨 하던 이야기 중에 '청어 이야기'가 있습니다. 북유럽에서 잡힌 청어를 런던까지 산 채로 운반하기가 쉽지 않았는데 한 어부만 잡힌 청어와 함께 메기를 넣음으로써 산 채로 이동시킬 수 있었습니다. 일부 청어들은 메기에게 잡아먹혔지만 배부른 메기가 있는 것만으로도 대부분의 청어들에게는 자극이 되어 잡아먹히지 않기 위해 계속 움직임으로써 역설적으로 살게 된 것입니다.

또한 도도새는 천적 없이 무인도인 인도양 모리셔스에 서식하던 새였습니다. 좋은 자연환경과 풍부한 먹이로 인해 도도새는 날아다닐 필요도 없게 되었는데 16세기에 포르투갈 사람들의 발길이 닿으면서 인간과 외부에서 들어온 동물들에 의해 불과 100년 만에 멸종되고 맙니다. 그래서 도도새와 같이 주어진 환경 속에서 변화 없이 안일하게 지내고 노력이나 자기개발을 하지 않으면 결국 도태되고 만다는 것을 '도도새의 법칙'이라고 말합니다. 청어 이야기와 도도새의 법칙 이야기를 통해서 우리가 배울 수 있는 것은 어려운 환경은 나를 성장시키는 극복의 디딤돌이 된다는 것이며, 현실에 안주하지 말고 변화를 두려워하지 않는 도전정신을 가져야 한다는 것입니다.

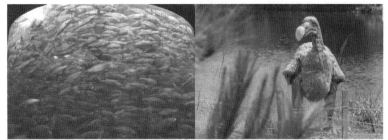

청어가 살아있는 이유?   도도새가 멸종한 이유?

♣ 창조적 소수가 되기 위한 절차탁마

언더독(Underdog) 효과란 객관적인 전력이 열세여서 경기나 싸움, 선거, 비즈니스 등에서 질 것 같은 사람이나 팀을 응원하게 되는 현상을 말합니다. 이러한 언더독을 기치로 탑독(Topdog)에 도전한 브랜드로 언더아머(Underarmour)가 있습니다. 언더아머는 이름에서도 나타나듯이 운동으로 땀에 젖은 셔츠가 불편해 스포츠용 이너웨어를 만든 것이 시작이었습니다. 선수들의 기량을 향상시켜 주는 기능성 운동복이라는 새로운 아이템으로서 선수들에게는 필수품으로 자리 잡게 됩니다. 또한 초기에 후원사를 찾지 못한 선수들을 지원하는 언더독 마케팅으로 크게 성공을 거두기도 합니다. 그래서 나이키를 능가하게 될 것이라는 기대와 함께 26분기 연속 20% 이상의 고속성장을 하였고, 2014~2015년에는 아디다스를 제치고 북미 스포츠웨어 2위를 달성하기도 하였습니다.

하지만 언더아머도 그들의 성공비결이 실패의 원인이 되는 아이러니한 실수를 범하게 됩니다. 소비자들은 애슬레저(운동+레저)로 스포츠를 일상으로 즐길 수 있도록 스포츠 패션에 대한 요구를 하였으나, 창업자인 케빈 플랭크는 패션보다는 성능이 우선이라는 인식의 한계를 벗어나지 못하였습니다. 또한 성능에 초점을 맞추다 보니 상대적으로 가격이 비쌌고, 유통회사를 거치게 되면서 온라인으로 직접 소비자에게 판매하는 트렌드인 D2C(Direct to Consumer)를 따라가지 못하였는데, 이는 결국 판매 부진으로 이어졌습니다. 급기야는 2019년 창업자였던 케빈 플랭크는 영업부진을 이유로 CEO에서 물러나야 했습니다. 나이키에 대한 담대한 도전과 일부 성공했던 언더아머가 현실의 변화에 대한 그릇된 판단과 현실 안주로 인해 내리막길을 걷고 있는 것입니다. 앞으로 언더아머가 어떠한 변화를 통해 생존해 나가는지를 관찰해 보는 것도 흥미로울 것입니다.

앞서 언급한 아놀드 토인비는 문명이 성장하려면 응전을 주도할 '창조적 소수(Creative Minorities)'가 있어야 하고, 창조적 소수는 지속적으로 창조적 역량을 발휘해야 한다고 강조하였습니다. 대부분의 대중들은 창조적 소수가 발전시킨 사회적 재산에 대한 모방을 통해 '자기 결정'을 하게 되는데 창조적 소수의 창안과 일반 대중에 의한 '자기 결정'이 주체성과 주도성을 가지고 조화를 이루어야 문명이 지속적으로 생존할 수 있다고 본 것입니다. 여러분들은 장교 후보생으로서, 그리고 미래 대한민국의 젊은 리더로서 모방을 하고 따라가는 일반 대중의 위치가 아니라 창조적 소수의 위치가 되어야 합니다. 우리 사회를 지속적으로 변화시키고 발전시켜 나가는 주역으로 성장하기 위해 끊임없는 절차탁마를 통해 자기개발을 하면서 역량을 키워 나가야 합니다. 그리고 절대로 현실에 안주하지 않도록 스스로의 마음을 가다듬어야 합니다. '이 정도면 되겠지'라는 안일함과 변화를 거부하는 인식에 사로잡혀 있다면 청어나 도도새와 같이 생존하기 어려울 것이며, 언더아머와 같이 지속적으로 성공을 유지하지 못할 것입니다.

역사는 과거와 현재의 끊임없는 대화라는 말처럼 우리가 인류의 역사를 통해 배울 수 있는 것은 현실에 대한 진단과 미래에 대한 방향성을 올바르게 하는 것입니다. 우리 인류는 자연이라는 장벽을 극복하는 도전을 통해 발전해 왔으며, 그곳에는 수많은 창조적 소수[29]가 있었습니다. 여러분들도 지금 당장의 괴로움과 어려움에 굴복하지 말고 과감히 극복하여, 미래의 우리 후배들이 여러분들을 창조적 소수로 기억할 수 있도록 노력을 게을리하지 맙시다.

---

29) 아놀드 토인비는 창조적 소수에 대비되는 개념으로 지배적 소수라는 말을 하기도 하였는데, 지배적 소수란 창조성을 상실한 창조적 소수가 종래의 리더십을 유지하기 위해 강제의 힘에 의해 의존하려 하는 것을 말한다. 창조적 소수가 지배적 소수가 됨으로써 대중으로부터 외면당하고 종국에는 군국주의로 빠지게 됨을 경고하였다.

<u>10</u>

호통이
아닌 소통

♣ 단장실 난(蘭)의 약속

전에 언급했었지만 단장은 '물
은 답을 알고 있다'에서와 같이
단장실에 있는 난에 물을 주면서
꾸준히 좋은 말을 해 주었습니
다. 8개월이 지나면서 난이 그
말을 알아들었는지 고맙게도 예
쁜 꽃으로 화답을 해 주었습니
다. 난에 핀 꽃을 보면서 좋은
말을 해야 할 이유를 한 번 더
깨닫게 되었습니다. 더욱이 태풍

☆ 단장실의 '마이삭'을 이긴 난

으로 인해 비록 크지는 않았지만 단장실에도 피해가 있었는데 그 위
험을 잘 피하고 꽃이 피어 더욱 의미가 있다고 생각합니다. 그래서
단장은 이번에 핀 꽃에 '태풍 마이삭을 이긴 난꽃'이라는 이름을 붙

여 주었습니다. 스톡데일의 역설이라는 말도 있지만 태풍 피해의 현실을 받아들이되, 그 어려움을 뚫고 꽃을 피워 냈으니 앞으로도 우리 학군단이 더욱 발전할 것이라는 기대감을 가져 봅니다.

♣ 소통의 중요성

몇 년 전 고속열차로 유명한 프랑스에서 어처구니없는 의사결정이 이루어져 신문에 소개된 적이 있습니다. 프랑스에서 약 21조 원을 들여 신형열차 2천 량을 대량으로 도입하였으나, 기차역 플랫폼 넓이를 착각하여 일부 기차역을 통과하지 못하게 된 것입니다. 이로 인해 전국 수백 곳의 기차역 플랫폼을 수리하느라 약 1,100억 원을 추가로 낭비하게 되었습니다. 그런데 1년 후 이번에는 기차역이 문제가 아니라 터널보다 높은 열차를 제작하면서 또다시 막대한 예산을 투입하여 보수를 해야 했습니다. 이는 단순한 행정착오라고 치부할 수도 있지만 누구 하나 문제의식을 가지고 이를 제기하지 않은 전형적인 의사소통의 부재에서 비롯된 문제였습니다.

다음과 같은 문제가 지금 발생한다면 기삿거리가 되겠지만 불과 10~20년 전만 해도 군에서 상급자로부터 호되게 질책을 받는 경우가 많았습니다. 심한 경우 욕설을 하는 상급자들이 있기도 했는데 부하들 입장에서는 일단 큰소리로 호통을 듣게 되면 업무의 잘잘못은 뒤로하고 머리가 하얗게 되어 어찌할 바를 모르는 경우가 대부분이었습니다. 그래서 정작 무엇을 보완해야 할지 몰라 나와서 오히려 불필요하게 긴 시간을 허비하기도 했습니다.

또한 지난번 우스갯소리로 말을 했지만 4학년 후보생들이 3학년 후보생들에게 알려 줄 때 한두 번 만에 알아듣지 못하고 반복해서 실수를 한다면 어떻게 해야 하겠습니까? 똑바로 하지 않는다고 감정을 섞어 소리를 지르고 호통을 친다고 해서 후배들이 원하는 대로 잘할 것이라고 생각합니까? 모르긴 몰라도 호통치는 사람의 자기만족으로 그칠 것입니다. 진정으로 후배의 행동이 변하기를 바란다면 다시 한번 알려 주고, 그래도 안 된다면 세 번, 네 번 알려 주어야 합니다. 이는 여러분들이 장교가 되어 부하들을 지도할 때도 마찬가지입니다. 우리가 젓가락을 가지고 양동이의 물을 한 방향으로 돌리려면 몇 번을 휘저어야 할까요? 여러분이 장교가 되고 더 높은 직위에 올라갈수록 여러분이 돌려야 할 양동이의 크기는 점점 커질 것입니다. 부하들이 한두 번의 휘저음으로 여러분들이 의도한 대로 따라와 줄 것이라는 착각은 버려야 합니다. 모 전문가는 중견 기업체를 기준으로 CEO의 의도가 정확하게 전달되기까지 500번을 반복해야 한다는 분석을 하였고, 미국의 경영학자였던 피터 드러커는 '모든 문제의 60%는 부실하거나 잘못된 소통의 결과다'라는 말을 하였습니다. 그만큼 소통은 말처럼 쉽지 않은 어려운 문제입니다.

단장은 조직문화를 활성화하는 윤활유는 소통이라고 생각합니다. 소통은 말 그대로 상급자의 의사가 하급자들에게 잘 전달되는 것이고, 하급자들의 의견이 상급자에게 거리낌 없이 잘 전달되는 것입니다. 이러한 조직이 있다면 소통이 원활하다고 말할 수 있을 것입니다. 현실적인 이야기를 좀 더 해 보겠습니다. 내무생활의 부조리를 파악하기 위한 마음의 편지라는 제도가 있습니다. A중대에서는 중대장의 마음의 편지를 예하 소대장이나 부소대장에게 용사들을 생활관에 분대별로 모아 놓고 작성해서 가져오도록 지시를 합니다. B중대에서는 중대장이 계급별 간담회를 하면서 종이를 나누어 주고 부하들이 적은 것을 본인이 직접 걷어 옵니다. 마음의 편지 접수 결과 A중대에서는 모두 부조리가 없다는 의견이 나왔고, B중대에서는 부조리가 있다는 내용이 일부 나왔습니다. 여러분은 A중대와 B중대 중 어느 중대에 문제가 있다고 판단하겠습니까? 물론 부대의 상황과 여건이 다른 가운데 단순 비교나 판단은 어렵겠지만 단장은 A, B중대에 모두 문제가 있다고 봅니다. A중대는 선임병들과 후임병들이 함께 있는 상황에서, 그리고 중대장에게 직접 전하는 것이 아닌 소대장이나 부소대장을 거쳐 간다는 것을 아는 후임병들로서는 솔직한 말을 할 수 있는 여건이 되지 않았다고 볼 수 있기 때문에 마음의 편지의 신뢰성에 문제가 있습니다. B중대의 경우는 신뢰성에는 문제가 없으나 결과적으로 부조리가 있었기 때문에 문제가 있습니다. 물론 A중대가 B중대와 같이 설문을 받았어도 부조리가 없다고 나올 수는 있습니다. 그러나 소통이라는 측면에서만 본다면 부조리를 말할 수 있는 B중대에 점수를 더 줄 수 있을 것입니다.

단장이 조금은 극단적인 예를 들었지만 이제는 소통의 의미도 많이 달라졌습니다. 단순하게 대화한다는 의미를 넘어서 가치관과 이념을 공유하고, 이심전심의 관계를 유지해야 진정한 소통이라고 할 수 있을 것입니다. MZ세대인 여러분들은 친구들과는 물론 상급자나 부하들과의 소통방식도 다르게 접근해야 합니다. 과거나 지금과 같은 마음의 편지, 이메일, 페이스북, 인스타그램, 카톡 등과 같은 단순한 방식으로 접근한다면 분명 한계가 있을 것입니다. 부하들과 면담을 하더라도 어떻게 하면 창의적인 방법으로 소통하고, 마음을 통할 수 있는가를 고민해야 합니다. 막연하게 한두 번의 대화나 통화로 소통이 잘되고 있다는 착각에 빠져서는 안 됩니다.

또한 여러분들이 조직생활을 해 나감에 있어 조심해야 할 부분은 레밍효과(Lemming Effect)입니다. 이는 아무 생각 없이 맹목적으로 남을 따라 하는 행동을 말합니다. 예를 들면 지휘관이 결정하면 비판 의식 없이 맹목적으로 따라가는 일종의 집단적 편승효과가 그것입니다. 넷플릭스 CEO인 리드 헤이스팅스도 초창기 자신의 실수를 인정했습니다. 2007년 DVD 임대와 스트리밍 서비스를 결합한 상품을 제공하고 있었는데, 스트리밍 서비스에 집중하고자 퀵스터라는 회사를 만들어 서비스를 분리하였습니다. 그런데 고객 입장에서는 신규 모델로 인해 비용도 더 들고 불편함이 더했던 것입니다. 결국 수백만 명의 구독자를 잃고 주가도 75%나 하락했습니다. 문제는 결과가 그렇게 나올 줄 알고 있었지만 부하 직원들은 '대표는 늘 옳은 결정을 해 왔었기 때문에 아무도 말을 하지 않았다'라고 실패하고 나서야 말을 했다는 것입니다. 그래서 넷플릭스에서는 그 실패를 거울삼아 이의 제기를 장려하는 문화를 만들었고, 유연한 조직으로 탈바꿈시킬 수 있었습니다.

지금도 많은 사회 조직이나 부대에서는 중요한 의사결정을 할 때에 반드시 레드팀을 운용하기도 합니다. 만약에 이렇다면 어떻게 할 것인가?(What if)에 대한 의도적인 비판을 통해 집단적 사고에 빠지는 것을 경계하고 대안을 제시하게 함으로써 오류를 최소화하려는 대표적인 소통 노력 중의 하나입니다. 이렇듯 소통도 여러분들의 의지와 방법, 그리고 노력에 따라 그 깊이와 맛이 달라질 수 있음을 명심해야 합니다.

♣ 합동성의 발현도 이해와 소통으로부터 출발

언론을 통해서 들어 보았을 합동참모본부(이하 합참)는 각 군 간부들이 모여 근무하고 있습니다.[30] 합참의 합동성을 상징하는 색상은 보라색인데 각 군을 대표하는 색을 섞으면 보라색이 되기 때문입니다. 합동성이란 육군, 해군, 공군의 군사력을 통합하여 시너지 효과를 높임으로써 전투력을 극대화하는 것을 말합니다. 한마디로 비빔밥 효과라고 표현할 수 있을 것입니다. 각개의 음식이 고유의 맛을 가지되, 섞임으로써 더욱 풍미가 깊어지는 비빔밥이 곧 합동성이라고 생각합니다. 여러분은 비록 후보생의 신분으로 육군의 기초적인 전기전술을 습득하는 단계이지만 합동성이라는 큰 개념 속에서 여러분의 역할을 찾는 그림을 지금부터 그려 나가야 합니다. 특히 장기복무를 희망하는 후보생들은 육군뿐만 아니라 해군과 공군, 그리고 해병대의 임무와 역할, 능력에 대한 이해가 있어야 육군의 올바른 발전을 도모할 수 있음을 간과해서는 안 됩니다.

조직 부서들이 서로 다른 부서와 담을 쌓고 내부 이익만을 추구하는 현상을 사일로(Silo)라고 합니다. 사일로는 원래 곡식이나 사료를 저장해 두는 굴뚝 모양의 창고를 말하는데 이를 조직 이기주의에 빗

---

30) 합참의장은 군령에 관하여 국방부장관을 보좌하고 각 군의 작전부대를 작전 지휘 및 감독하는 임무를 수행하고 있다.

대어 말하는 것입니다. 한때 사일로라는 각 군의 이기주의가 문제가 되기도 했습니다. 일례로 불과 10년 전 천안함 사태가 발생했을 때 초기에 지휘 계통이 아니라 각 군 계통으로 초동보고가 이루어져 문제가 되기도 했습니다. 또한 무기체계를 전력화하는 의사결정과정에서 육군은 육군대로, 해군과 공군, 해병대도 각자 나름대로의 논리만을 가지고 자군의 이익을 주장함으로써 오해를 낳기도 했고, 불필요한 예산의 낭비를 초래하기도 했습니다. 그러나 지금은 그러한 문제가 많이 해소되었고, 각 군에 대한 이해와 소통을 바탕으로 합리적으로 문제를 해결해 나가고 있습니다. 서로가 상대방에 대해 알려고 노력하고, 다름과 차이점을 인정하면서 오히려 합동성이 강화되고 비빔밥 문화가 정착되고 있는 것입니다. 각 군이 자군 발전을 위해 노력하는 것은 당연한 일이지만 타군을 이해하고 상생하는 문화를 만들어 가고 유지하는 것은 더욱 중요한 문제입니다.

여러분들은 대부분 육군장교로 임관하게 되고, 일부가 해병대 장교로 임관을 하겠지만 타군 이해의 중요성을 지금부터 인식해야 합니다. 내가 속한 군만이 무조건 우선시되어야 한다는 편협한 사고는 절대적으로 피해야 합니다. 해군, 공군, 해병대는 여러분이 경쟁하거나 배척해야 할 대상이 아니라 함께 가야 할 상생의 대상입니다.

11

창의성은
우리 주변에서부터

♣ 61기, 62기 면접시험

지난주부터 61, 62기 후보생 선발을 위한 면접시험이 진행되고 있습니다. 면접시험이 원활하게 진행되도록 개인 시간을 할애하여 봉사해 준 후보생들에게 고마운 마음을 전합니다. 아마도 지원자들은 여러분들의 모습을 보면서 학군사관후보생으로의 선발에 대한 간절함을 더욱 느꼈을 것이라 생각합니다. 자부심을 가져도 좋습니다. 단장이 면접을 하면서 느꼈던 확신은 우리 군과 사회의 미래는 밝을 것이라는 믿음입니다. 여러분들은 물론 지원자들과 같은 건전한 사고와 가치관을 가지고 기꺼이 장교로 복무하겠다는 의지를 지닌 젊은이들이 있는 한 우리 군과 사회의 미래는 밝다고 믿습니다. 단장은 여러분들이 걷고 있는 후보생의 길이라는 젊은 도전을 다시 한번 응원하고 격려합니다. 학군사관후보생은 '입학은 학생으로! 졸업은 장교로!' 변화하는 소중한 기회임을 재인식하기 바랍니다.

♣ 아이디어의 수용

짐 콜린스는 그의 경영철학에서 수용의 중요성을 강조하였습니다. 수용은 다양한 아이디어에 생명력과 실천력을 불어넣어 주는 것입니다. 새로운 생각을 한다는 것은 어려운 일이지만 더욱 어려운 일은 그 생각을 실제 행동으로 옮기는 것입니다. 문제는 다양한 아이디어를 수용하기까지 시간이 많이 걸린다는 것입니다. 조직에 몸을 담고 있다면 자신의 상관과 CEO까지 설득하고, 그 아이디어가 수용되어야 하기 때문입니다. 이러한 수용의 단계를 거쳐야만 실천할 수 있습니다. 회사에 어떠한 아이디어를 냈다고 하더라도 의사결정권자가 전혀 수용할 의사가 없다고 한다면 그 아이디어는 사장되고 말 것이기 때문입니다. 예를 들면 세계적인 그룹이었던 비틀즈의 음반에 대해 "음향이나 기타 치는 소리가 마음에 드는 게 하나도 없어"라며 취입을 거부한 레코드사가 있었고, 익일 배송 서비스를 연구하여 후에 페덱스를 설립한 프레스 스미스의 논문에 대해 실현 가능성이 없어 C학점도 주지 못한다고 말한 예일 대학 교수가 있었으며, 나이키 공동창업자인 빌 바우어만에게 재고할 가치조차 없으니 굳이 신발 제조법에 대해 말하지 말라고 한 대형 신발업체도 있었습니다. 이러한 예는 아이디어가 의사결정권자로부터 수용의 단계를 넘어서지 못한 사례입니다. 물론 모두 후에는 수용의 단계를 거쳐 성공하였습니다.

반면, 반대의 사례도 있습니다. 여러분들도 많이 이용하고 있는 배달 앱 '배달의 민족'을 운영하는 우아한 형제들의 김봉진 대표는 2010년 3,000만 원으로 창업해 지금은 4조 원이 넘는 회사로 키웠습니다. 2014년까지만 해도 식당에 온라인 주문 단말기가 일반화되어 있지 않아서 주문을 앱으로 받으면 식당 업주들에게 전화로 주문하는 조금은 원시적인 방법을 적용하고 있었습니다. 아이디어는 좋았으나 혁신이라는 이름을 붙이기는 뭔가 부족했고, 일부로부터는 무늬만 최첨단, 원시적 음식 배달 주문 앱이라는 비난을 받기도 했습니다. 당시만 해도 업계 최초로 1,000만이 넘는 다운로드를 달성하여 국민앱으로 등극하였지만 여기에 만족하지 않고 보다 빠르고 정확하게 전달할 수 있는 인프라 구축을 위해 고민했고, 업주용 단말기 설치 확대, 발품을 팔아 사용법을 알려 주고, 경영 효율성에 대한 설득 등 추가적인 아이디어를 수용의 단계로 올리는 노력을 지속적으로 하였습니다. 이제 배달의 민족은 푸드테크(Food-tech) 기업으로 발돋움하기 위해 드릴 로봇 개발, 글로벌 시장 도전 등 그 영역을 더욱 넓혀 가고 있습니다. 아이디어가 꼬리에 꼬리를 물고 수용을 거쳐 혁신의 방향으로 진행되고 있는 좋은 사례입니다.

♣ 아이디어의 출발은 우리 주변으로부터

아이디어가 수용의 단계로 이어지지 못한다고 하여 지레 겁을 먹고 포기할 필요는 없습니다. 위의 사례도 결국은 모두 수용 단계로까지 이어졌음을 우리는 볼 수 있습니다. 따라서 여러분들도 창의성을 발휘하기 위해서는 다양한 아이디어를 제시하는 노력을 꾸준히해야 합니다. 아이디어는 관심만 가지고 보면 도처에서 발견할 수있습니다. 여러분이 몸담고 있는 조직을 좀 더 혁신적으로 만드는것은 멀리 찾을 것도 없이 우리 주변에서부터 아이디어를 가져오면됩니다. 도처에 있는 창의적인 아이디어를 어떻게 수용하여 실현하고, 혁신으로 발전시키느냐는 전적으로 우리의 문제입니다.

인접한 동명대학교 학군단장인 류구열 중령은 거주지가 성남으로 되어 있습니다. 지자체에서는 주민참여 예산을 반영하여 주민들이 직접 아이디어를 내서 사업을 추진하는 정책을 추진하고 있는데 류구열 중령은 성남 시민으로서 다양한 아이디어를 성남시에 제안하였습니다. 예를 들어 공공 와이파이 설치 확대, 아름다운 교량 환경 조성, 24시간 무인 민원발급기 설치 등이 그것입니다. 단순한 생각에 그치지 않고 직접 정책을 제안한 것인데 그 결과 예산이 실제로 반영되어 정책이 시행되는 성과를 얻고 성남시로부터 감사패를 받기도 하였습니다. 또한 지금은 은퇴하였지만 단장이 알고 있던 모 지휘관은 지휘통제실의 우리나라 지도를 거꾸로 놓기도 하였습니다. 늘 우리가 보는 수세적인 입장이 아닌 적의 입장에서 지도를 보기 위함인데 이 역시 작은 아이디어이지만 우리 주변에서 찾은 발상의 전환이라고 할 수 있습니다.

우리 학군단에서도 작은 사례이지만 화상회의를 통한 임관식을 최초로 시행하였고, 이러한 아이디어를 바탕으로 교내 교육도 원격으로 실시하였습니다. 또한 여러분들의 입영 훈련을 계절학기 학점으로 인정받도록 학교규정을 보완[31]

☆ 부산외대 홍보용 디지털 보드

했으며, 연중 상시 홍보를 위해 학생들이 많이 다니는 푸드코트 입구에 홍보용 TV를 설치하여 학군단 생활과 육군 홍보영상을 상영하고 있습니다. 또한 육군 핵심가치와 학군단 구호를 새긴 목걸이를 제작하여 조직 가치에 대한 신념화와 일체감을 피부로 느끼도록 하였습니다. 그리고 관심 있는 후보생들에게는 국방일보에 기고하는 기회를 부여하여 성취감과 자신감을 갖도록 하였습니다.

이렇듯 창의성은 먼 곳에 있는 것이 아니라 우리 주변을 변화시키는 작은 것에서부터 찾을 수 있다고 생각합니다. 창의성은 결코 거창한 것이 아닙니다. 여러분들도 주변을 보면서 새로운 시각으로 바라보면 아이디어가 떠오를 것입니다. 이러한 생각을 마음속에만 담아 두지 말고 사진을 찍거나 메모를 하고, 동료들과 대화를 나누는 등의 실천을 통해 생명력을 불어넣을 수 있습니다. 단장을 포함한 학군단 간부들에게 언제라도 의견을 제시해 주기 바랍니다. 단장은 적극적인 수용의 자세가 있다고 자신 있게 말할 수 있습니다. 반복해서 하는 말이지만 콜럼버스의 달걀처럼 해 놓고 나면 누구나 할 수 있는 단순한 것이라고 하더라도 처음 아이디어를 내고 실천한다는 것은 관심이 없다면 결코 할

---

31) 경상대에서 최초로 시행하고, 부산외대에서 추진한 입영훈련의 계절학기 학점 인정은 학군교에서도 긍정적으로 평가하여 전국 학군단으로 확대 추진되었다.

수 없는 일입니다.

전에도 한 번 언급했지만 타화수분자(Cross Pollinator)는 겉으로 보기에 관련이 없어 보이는 아이디어나 개념을 연결시켜 새로운 지평을 여는 사람을 말합니다. 창의적인 아이디어는 완전히 새로운 것만을 의미하는 것은 아닙니다. 기존의 각각 다른 개념을 다른 시각에서 접목시키는 것도 훌륭한 창의적인 생각입니다. 앞 장에 있는 '내가 바로 파이형 인재' 편지를 다시 한번 읽어 보기 바랍니다.

P.S. 첨부하는 시는 단장이 연꽃으로 유명한 부여의 궁남지로 가족 여행을 하면서 활짝 핀 연꽃을 보며 쓴 시입니다. 국방부 병영 문학상에 응모하여 동상을 받기도 하였습니다.

궁남지의 아침

이용호

자욱한 안개비 돌담 사이로
수많은 연잎 나팔수들은 새벽을 깨운다.

이른 잠자리에 들었던 백련과 홍련도
조심스런 손놀림으로
수줍은 자리를 정돈하고 기지개를 켠다.

밤새 진흙에 담가둔 몸은
이슬로 쓸어내리며 청결함을 유지하고
환한 함박 웃음으로 아침을 맞이한다.

게으름을 피우는 왜개연에게는
서릿발 같은 물줄기로
1,300년을 이어온 군율의 엄함을 알린다.

조용한 아침
담백한 백련의 꼿꼿함 속에서
대장부의 올곧은 기상을 읽고
소박한 홍련의 단아한 자태를 보며
여인네 향기의 부드러움을 배운다.

저 건너 포룡정에서는
염화미소의 서동과 선화가
황톳배를 띄워 인사한다.

12

휴식력도
나의 능력

♣ 새로운 새해 아침을 맞이하여

경자년의 새로운 시작과 설 명절을 맞이하여 우리 후보생들도 모두 건강하고 가정에도 행복이 가득한 한 해가 되기를 기원합니다. 58기 후보생들은 졸업과 임관을 앞두고, 59기 후보생들은 최고 학년을 준비하는 알찬 방학을 보내면서, 60기 후보생들은 기초군사훈련의 피로를 풀면서 좋은 시간을 보내고 있으리라 믿어 의심치 않습니다. 오늘 아마도 차례를 지내거나 여행을 하면서 식구, 친척, 친구들과 유익한 시간을 보내고 있겠지요. 단장도 오랜만에 집안 어른들께 인사도 올리고 가족들과 함께 좋은 시간을 보내고 있습니다.

♣ 소확행과 휘게

'소소하지만 확실한 행복'을 의미하는 소확행은 일상에서 느낄 수 있는 작지만 확실한 행복을 통해 삶의 의미를 찾고자 하는 사람들의 마음을 대변해 주고 있습니다. 비슷한 의미로 욜로(YOLO: You Only Live Once)나 휘게(HYGGE)[32] 등도 있습니다. 이러한 용어가 인기를 얻고 이를 추구하는 사람들이 많아지면서 업무에 지친 많은 사람들에게 자신에게 맞는 다양한 취미활동이나 차 한잔, 차박 등을 하면서 일상의 피로를 풀고 행복감을 느끼게 하는 하나의 트렌드로 자리매김되고 있습니다.

♣ 휴식력(休息力)은 또 다른 나의 능력

아울러 요즈음은 휴식력, 또는 휴테크라는 말을 자주 하는데 잘 쉬는 것도 능력이라는 의미입니다. 주말과 연휴를 어떻게 보내느냐에 따라 월요일이 더욱 피곤해지거나 연휴 증후군에 시달리기도 합니다. 아무튼 더 피곤해지지 않으려면 당연한 말이겠지만 본인만의 생활리듬을 잃지 않도록 하는 것이 관건이 될 겁니다.

음악이 아름다운 이유는 쉼표가 있기 때문이라고 합니다. 우리 인생을 보다 아름답고 여유롭게 하기 위해서는 분명 쉼표가 있어야 합니다. 잠, TV나 영화 시청, 여행, 운동, 목욕, 식사, 산책, 명상, 독서, 커피 한잔이라는 이름으로 각자에게 맞는 휴식이 필요한 이유입니다. 휴식은 분명 길 위에 있는 정거장입니다. 다만 날짜를 정하거나 시간을 정할 필요가 없는 정거장입니다. 내가 필요하다고 생각하면 언제든지 정거장에 들러 재충전의 시간을 갖거나 몸이 요구하면 휴

---

32) 욜로는 현재의 행복을 중요하게 여기는 생활 방식을 의미하고, 휘게는 아늑하고 기분 좋은 상태를 말하는데 가까운 사람들과 함께하는 소박한 일상을 중시하는 덴마크와 노르웨이식 생활 방식을 의미한다.

식을 통해 쉬어 가야 합니다. 우리 몸이 아픈 이유는 몸이 나에게 보내는 휴식의 신호라고들 합니다. 하루, 이틀이면 회복될 몸이 무리를 하거나 관리를 하지 않으면 일 주가 되고 한 달이 될 수 있기 때문입니다.

잘 쉬는 것도 또다른 나의 능력!

단장도 개인적인 일이지만 무릎이 신호를 계속해서 보냈음에도 불구하고 무리하게 운동을 하다가 장기간의 치료를 요하게 되었습니다. 그래서 늦었지만 금년 초부터는 나름대로의 방법으로 발에 휴식을 주고 있습니다. 그동안 두 발에 너무도 무관심했음을 반성하기도 하면서 아울러 조금은 지저분한 말이지만 하루에 한 번은 무좀과 각질로 갈라진 발바닥을 어루만지며 재충전의 시간을 갖고 있습니다. 휴식은 아무 활동도 하지 않는 무활동이 아니라 활동하는 신체 기관을 바꾸어 주는 것입니다. 그래서 정신적인 스트레스가 많은 사람에게는 명상이나 산책, 음악감상, 운동이 좋은 약이 되고, 육체적 피로가 많았던 사람에게는 잠이나 따뜻한 목욕이 좋은 약이 되는 것입니다. 그래서 좋은 휴식은 건강, 업무 효율성 등으로 반드시 피드백이 되어 돌아옵니다.

여러분들은 어떠한 모습의 휴식을 하고 있습니까? 많은 시간을 TV 시청이나 휴대폰, 과음에 할애하면서 휴식이라는 이름을 붙여 주고 있지는 않나요? 그래서 충분히 많은 시간을 쉬었다고 생각했는데 오히려 몸은 더욱 피곤함을 느끼고 있지는 않습니까? 휴식은 분명 양보다는 질의 영역입니다.[33] 자신에게 맞는 휴식 방법을 찾아보고 잘 쉬는 휴식력의 근육을 길러 보는 연휴와 방학이 되었으면 합니다. 잘 쉬는 휴식력(休息力)은 또 다른 나의 능력입니다.

---

33) 넷플릭스의 CEO인 리드 헤이스팅스는 '휴식은 사고의 폭을 넓혀 주어 창의적으로 생각하게 만들고, 하던 일을 다른 각도에서 바라보게 해 준다. 일에만 매달려 있으면 신선한 눈으로 문제를 바라볼 수 없다'라고 하며 휴가 규정을 폐지하기도 했다.

13

야전에서 요구하는
간부 능력

♣ 동계 입영훈련 간부 집체교육

지난주에는 동계 입영훈련을 위해 간부들에 대한 집체교육이 있었습니다. 4학년 야전지휘자훈련과 새로 입단하게 될 2학년의 기초군사훈련이 동계에 실시되는 것은 처음으로 2개 학년이 4주씩 교육을 받게 됩니다.[34] 입영훈련의 특성상 코로나19 확진자가 발생한다면 여러 가지 제한 사항이 생기게 됩니다. 전국적으로 확진자 수가 급증하고 있는 현실 속에서 다음 주에 입소하게 되는 4학년들은 개인 위생 및 건강관리에 각별한 유의를 해 주기 바랍니다. 특히 금번 훈련은 코로나19로 인한 인원 분산 지침에 따라 우리 부산 · 경남, 호남지역 학군단은 전라도 장성에 위치한 보병학교에서 교육이 실시될 예정입니다. 새로운 환경에서 시작하는 만큼 몸과 마음의 준비를

---

34) 학군사관후보생들은 임관 전까지 총 12주간의 입영훈련을 받도록 되어 있다. 59, 60기는 동계 8주(4주, 2회), 하계 4주를 받도록 조정하였으나, 61기부터는 기존대로 동계 4주, 하계 8주(4주, 2회) 훈련을 실시하게 된다.

새롭게 해 주기를 당부합니다.

♣ 부산외대-육군본부 업무협약 체결

지난 12월 1일에는 부산외대와 육군본부 간에 업무협약식이 있었습니다. 코로나19로 인해 서면으로 진행되었는데, 양 기관의 합의에 따라 현역간부에 대한 정원 외 입학과 수업료 50%가 감면이 되고, 부산외대 학부과정 학생들이 병장으로 전역 시 군 복무 경험을 학점(사회봉사 1학점)으로 인정받게 됩니다. 협약식 체결까지 노력해 준 대학교 학사지원팀, 대외협력팀, 그리고 육군본부 인적자원개발과 실무자에게도 감사의 말을 전합니다. 여러분들도 일반 학생들에게 홍보하여 학생들이 혜택을 받도록 해 주기 바랍니다.

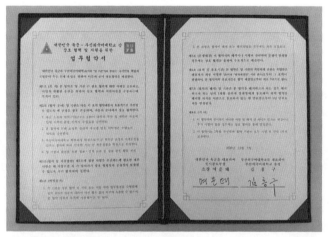

☆ 부산외대와 육군본부간 업무협약식('20. 12. 1.)은 코로나19로 인해 서면으로 실시되었다. 보다 많은 간부들과 학생들에게 홍보가 되어 혜택을 받기를 기대한다.

♣ 파레토 법칙과 롱테일 법칙

서로 상반되는 개념으로 파레토 법칙과 롱테일 법칙이 있습니다. 파레토 법칙은 80:20법칙으로 잘 알려져 있습니다.[35] 통상 마케팅에서 상위 20%의 매출을 차지하는 상품이 전체 매출액의 80%를 차지한다는 것으로 상위 20%의 VIP 고객에 집중해야 한다는 의미로 사용되고 있습니다. 반대로 롱테일 법칙은 결과물의 80%는 조직의 20%에 의해 생산된다는 앞의 파레토 법칙과는 다르게 80%의 사소한 다수가 20%의 핵심 소수보다 뛰어난 가치를 창출한다는 의미입니다. 이는 인터넷이 발달하면서 생긴 변화로 사소한 상품도 장기간 꾸준한 매출로 이어지고, 이에 따라 단기 인기 상품의 가치를 넘어서게 된다는 것입니다. 우리가 주목해야 할 점은 앞의 20%가 중요한가, 아니면 뒤의 80%에 집중해야 하는가의 여부가 아닙니다. 고객이 상품을 구매하기까지 상품 자체에 대한 매력이 있어야 하며, 실제로 그만한 가치를 지니고 있어야 합니다. 여러분들이 상품이라고 가정한다면 여러분은 어떠한 매력이 있어야 한다고 생각하나요? 그리고 어떠한 능력을 갖추어야 한다고 생각합니까?

♣ 軍에서 요구하는 ESG

최근에 사회에서 관심을 받고 있는 투자 지표로 'ESG'[36]가 있습

---

35) 우리 생활 속에서 찾을 수 있는 80:20의 법칙으로는 통화한 사람 중 20%가 전체 통화량의 80% 차지, 수신되는 이메일의 20%만 필요하고 80%는 스팸메일, 성과의 80%는 집중한 20% 시간에서 나온다. 등이 있다.

36) ESG는 2004년 코피 아난 전 유엔 사무총장이 세계 주요 금융기관 CEO들에게 보낸 편지에서 출발했다. 과거에는 SRI(Social Responsible Investment)라는 사회적인 책임투자라는 개념 속에 주로 기업의 윤리적인 문제에 중점을 두고 이익보다는 사회적인 책임과 가치를 더 고려하여 투자하였다면 ESG는 여기서 한 발 더 나아간 개념이다.

니다. 이는 환경(Environment), 사회(Social), 지배구조(Governance)의 약자입니다. 과거에는 많은 투자자들이 기업의 재무제표만을 보고 투자를 결심했지만 지금은 ESG를 중요한 투자 기준으로 삼는 분위기로 변화되고 있습니다. ESG는 한마디로 말하면 기업의 비(非)재무적 정보를 의미합니다. 투자자들은 사업의 친환경성, 임직원 처우, 기업 운영 투명성 등을 고려하여 어떤 기업에 투자할 것인가를 결정한다는 것입니다. 그래서 각 기업들은 ESG에서 우수한 평가를 받기 위한 전략을 새롭게 수립하고 있는 추세입니다. 단순하게 돈을 잘 버는 것이 목적이 아니라 어떻게 잘 벌고 유지하는가로 투자 트렌드가 바뀌고 있다고 볼 수 있습니다.

단장은 이러한 투자의 ESG 개념을 우리 군에도 접목시킬 수 있다고 생각합니다. 우리 군도 과거에는 일만 잘하는 사람을 능력이 있다고 판단하여 좋은 보직과 진급의 우선권을 주기도 하였습니다. 그러나 그것이 곧 군에서 요구하는 능력을 갖추었다고 말하기에는 뭔가 부족한 면이 있습니다. 기업의 우수성을 단순하게 재무제표만으로 평가하지 않듯 우리 군에서도 한 개인과 집단의 우수성을 업무능력만으로 판단하지 않습니다. 자질 면에서 올바른 인성이 요구되고 있는 것입니다. 그래서 단장은 여러분들이 군인으로서 우수한 평가를 받기 위해 투자해야 할 군의 ESG를 성실(Earnestness), 희생과 봉사(Sacrifice and Service), 진솔함(Genuineness)으로 재정의합니다. 성실은 일회성의 이벤트가 아니라 오랜 시간 동안 몸에 밴 꾸준함을 대변하며, 강한 책임감을 나타내는 말입니다. 또한 자신의 생명까지도 기꺼이 던질 수 있는 희생정신과 자신의 몸을 돌보지 않고 헌신하는 봉사정신은 조직생활에 꼭 필요한 이타심과 상대방을 배려하고 존중하는 마음이 바탕이 되지 않으면 갖추기 어려운 필수 인성의 하나입니다. 그리고 진솔함은 거짓 없이 솔직하며, 자신의 잘못이 있을 때에도 숨기거나 속이지 않고 진실을 말하며 인정하는 자신감과 용기가 바탕이 되어야 비로소 나타나게 됩니다. 여러분들이 군장교로서 기본적인 업무능력은 물론 이와 같은 비능력적 요소인 성실, 희생과 봉사, 진솔함의 인성을 갖춘다면 많은 군의 투자자들이 우수하게 평가할 것이며, 고민 없이 여러분들을 선택할 것이라고 확신합니다.

다른 사람에게 선한 영향력을 주는 리더의 모습

1. 문제를 바라보는 시선을 왜(Why)라는 물음과 함께 하고,
   그 답을 열정의 옷을 입고 목표와 비전에서 찾는다면,
   성공하는 리더로 성장할 수 있다.

2. 실패는 성공으로 가기 위한 작은 시련에 불과하다.
   젊음이라는 가치를 나의 장단점에 맞추어 분석하고
   도전적으로 활용하는 사람만이 창조적 소수가 될 수 있다.

3. 눈에 보이는 작은 이익을 추구하기보다는
   보다 큰 관점에서 자신과 조직의 미래를 고민하고,
   대응과 복구보다는 예방과 대비에 무게를 두고
   위기를 관리할 줄 아는 리더가 되어야 한다.

4. 단 한 번의 휘저음으로 물통의 물을 한 방향으로 돌릴 수
   있다고 믿는다면 소통은 아직 남의 이야기일 뿐이다.

5. 사회나 군에서 요구하는 리더의 모습은 다르지 않다.
   업무능력은 기본이고, ESG도 갖춘 리더가 되어야 한다.

"푸른 전투복을 기꺼이 입는 이유"

군인으로서의 준비

Chapter

4

1

여러분 스스로
찾아야 할 가치

♣ 동계 입영훈련 2주 차를 보낸 단상

마음의 부담을 안고 입소 버스에 탑승하던 모습이 엊그제 같은데 벌써 2주간의 훈련을 훌륭히 마치고 좀 더 의젓해진 모습을 보여 주고 있는 여러분들에게 먼저 대견하다는 말을 해 주고 싶습니다. 생각보다 힘들게 느끼는 후보생도 있을 것이고, 견딜 만한 후보생, 비교적 수월하다고 생각하는 후보생 등 개인별 차이는 있을 것입니다. 중요한 점은 여러분 모두 어려운 과정을 잘 견뎌내고 있으며 한 뼘씩 성장하고 있다는 것입니다.

우리가 콩나물을 키울 때 물을 부으면 다 흘러내려 가는 것 같지만 알게 모르게 영양분이 되어 잘 자라는 것을 볼 수 있습니다. 여러분들에게 훈육요원들과 교관들이 교육하는 하나하나가, 학과출장을 위해 땀을 흘리며 한 시간 남짓 걷는 것도, 그리고 매일 실시하는 체력단련이 때로는 귀찮기도 하고, 불필요하다고 느낄 수도 있을 것입니다. 그러나 시나브로 여러분들을 보이지 않게 성장의 길로 안내하고 있다고 믿습니다. 그리고 여러분들은 분명 성장하고 있으며 훈련을 거듭하고 하루하루가 지나갈수록 자신감 있는 모습을 보여 주고 있습니다. 특히 이번 주는 궂은 날씨로 인해 각개전투 등 육체적으로 더욱 힘들었음에도 불구하고 동기생들 간에 서로 절차탁마하며 열정을 발휘하는 모습을 볼 수 있어 단장으로서도 고맙게 생각합니다. 지금과 같은 성실한 모습을 보여 주기 바랍니다.

♣ 체력단련의 필요성을 느꼈나요?

여러분들도 체력측정[37])을 하면서 느꼈겠지만 아직은 부족한 것이 현실입니다. 체력수준은 결코 하루아침에 높아지지 않고 또 유지하기도 쉽지 않습니다. 단장도 지금까지 체력측정에서 매번 특급을 받았지만 지금은 2급 수준도 장담하기 어렵다고 고백하지 않을 수 없습니다. 꾸준한 노력이 필요한 이유입니다. 지금 한 개 두 개를 더하고 덜 하고가 중요한 것이 아니라 강한 체력이 왜 필요한지에 대한 이유를 여러분 스스로 느끼는 것이 중요합니다. 단장이 원하는 것은 체력측정 자체와 특급이라는 결과가 아닙니다. 체력단련이 단순히 등급이나 점수를 받기 위한 수단과 목표가 아니라 여러분 스스로 필요성에 대한 의미를 깨닫고, 보다 다른 의미를 부여하기를 기대합니다. 그렇게 한다면 입영훈련 뿐만 아니라 평소 교내교육시에도 여러분들이 체력단련에 임하는 자세와 마음가짐도 달라질 것이고, 성과도 높아질 것이기 때문입니다.

---

37) 2020년부터 후보생 선발 시 국민체력100에서 시행하는 체력테스트를 적용하고 있으며 3급 이상을 받으면 만점을 부여하고 있다.

우리는 흔히 인생을 마라톤에 비유하곤 합니다. 인생은 길게 봐야한다는 의미입니다. 단장은 거기에 마라톤은 결코 요행이 없다는 의미를 더하고 싶습니다. 왜냐하면 준비하지 않은 채로 결코 완주할수 없기 때문입니다. 단장은 개인적으로 30대 후반에 풀코스 마라톤을 2회 완주하였습니다. 당시 완주를 위해 월 200km 이상의 훈련을소화하면서 6개월 이상 준비를 했었던 것으로 기억됩니다. 체력측정자체가 목적이었다면 굳이 마라톤까지 할 필요성은 없었을 겁니다.단장은 군인으로서 또 군인이기 이전에 한 조직의 리더로서 나름대로 체력단련의 의미를 부여하고 유지하려고 노력하였는데, 마라톤은그중 하나였습니다. 단장 스스로가 체력적으로 준비가 되지 않은 상태라면 부하들을 지휘하거나 현장을 확인하지 못할 것이라는 인식이 강하게 있었기 때문입니다. 그 결과 체력측정을 위한 체력단련준비를 별도로 하지 않아도 체력 특급은 자연스럽게 따라온다는 것을 경험하였습니다. 여러분들도 체력단련에 대한 의미를 다시 한번생각해 보고 자신만의 의미를 새롭게 부여해 보기를 권합니다.

☆ 입영훈련과 교내 교육 시 주요 과목 중 하나는 체력단련이다. 특히 교내 교육 시에도
  각 대학교에서는 자율적인 아침 체력단련을 통해 수준 향상을 위해 노력하고 있다.

♣ 나는 왜 장교가 되려고 하는가?

오늘은 '가치'에 대한 이야기를 해 볼까 합니다. 우리는 흔히 '가치' 있는 일이라는 표현을 쓰는데 말 그대로 '쓸모'를 말합니다. 내가 한 사물에 대해 느끼는 '의미'라고도 말할 수 있겠네요. 그래서 내가 어떠한 의미를 부여하느냐에 따라 나의 가치관과 행동도 달라지게 됩니다. 만약 내가 '돈'에 대해 '부'라는 가치를 부여한다면 나의 가치관은 돈을 벌거나 예금, 투자 등에 초점이 맞추어질 것이고, '나눔'이라는 가치를 부여한다면 나의 가치관은 기부나 봉사에 좀 더 가까울 것입니다. 무엇이 옳고 그른 것이 아니라 어떤 가치를 부여하느냐에 따라 여러분들의 행동방식이나 생활패턴은 크게 달라질 수 있다는 의미입니다.

여러분들이 장교가 되려는 이유는 무엇입니까? 개인별로 모두 다르겠지만 일부는 병역문제를 해결하기 위해서, 좋은 직장을 얻기 위해서, 경제적인 문제로, 장군이 되기 위해서, 리더십을 키우고 싶어

☆ 부산외대 안보협의회(총장, 예비군연대장, 안보학 교수)의
동계 기초군사훈련시 학생군사학교 방문 기념 사진촬영

서, 부모님이 원하셔서 등 다양할 것입니다. 여러분 스스로 생각하는 장교에 대한 '의미'와 '가치'는 무엇인지 진지하게 고민해 보기 바랍니다. 이는 하루 이틀 고민한다고 답을 찾을 수 있는 문제는 아니므로 '생각'과 '사유'의 시간을 많이 갖도록 노력하되, 다만 시선이 조금만 미래를 향하도록 합시다. 우리 주변에 가치를 부여할 대상은 무궁무진합니다. 내가 가치를 부여할 대상을 찾고 그 대상에 어떠한 의미를 부여할 것인가는 전적으로 여러분들의 몫입니다. 마침 훈련 기간에 휴대폰도 통제되어 있으니 이번 기회에 '검색'보다는 '사색'에 시간을 좀 더 투자합시다. 이번 주도 수고 많았고, 다음 주도 힘차게 출발합시다! 한 뼘 더 성장하는 우리 후보생들을 기대하며….

2

육군 핵심가치의
신념화와 행동화

♣ 꽃샘추위

지난 4일이 입춘이었는데 겨울이 그냥 가기가 아쉬운 듯 꽃샘추위로 심술을 부려 제법 쌀쌀한 한 주였습니다. 단장은 최근 몇 년간 강원도지역에 주로 근무해서 추위에는 나름 강하다고 생각했는데 부산으로 전입 온 지 얼마 되지 않아도 몸이 벌써 적응을 했는지 한겨울 한파가 아니었음에도 추위를 많이 느꼈습니다. 역시 사람은 적응의 동물이라는 말이 맞는 것 같습니다. 그래도 정월 대보름을 맞아 날씨가 조금은 풀려 다행입니다. 정월 대보름은 오곡밥 등의 음식을 먹고, 부럼 깨물기나 귀밝이술 마시기를 하면서 한 해의 풍년과 건강을 기원하는 날이니 코로나19로 인해 어수선하지만 우리 후보생들도 여유로운 주말을 보내면서 각자의 소원을 한번 빌어보기 바랍니다. 이번 주도 건강하고 활기차게 보내며 꽃샘추위를 이겨내는 우리 후보생들이 되어 주기를 기대합니다.

♣ 육군 핵심가치와 의미

오늘은 우리 후보생들과 육군의 핵심가치에 대해 이야기하고자 합니다. 육군은 지난 2002년 '충성, 용기, 책임, 존중, 창의'라는 5대 가치관을 정립하였고, 이를 실천하기 위해 노력해 왔습니다. 그러나 시간이 지나면서 장병들의 이해와 신념화가 부족하고, 사회의 변화와 구성원들의 의식변화를 모두 반영하지 못한다는 한계가 있었습니다. 이에 따라 육군에서는 2018년부터 많은 전문가들의 연구와 설문 등을 통해 2019년 7월 1일부로 육군의 핵심가치를 '위국헌신', '책임완수', '상호존중'으로 재정립하였습니다. 그리고 2020년도에는 이 핵심가치를 신념화하고 행동화하도록 요구하고 있으며, 각 부대별로 선포식을 개최하는 등 붐 조성에 노력하고 있습니다.

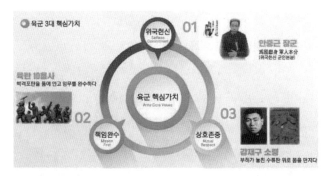

☆ 출처: 국방일보('20. 5. 11.)

새롭게 정립된 육군 핵심가치는 ① 군인기본법에 내재된 가치 포괄, ② 육군 5대 가치관의 발전적 진화, ③ 올바르고 유능하며 헌신하는 육군 리더십 기반, ④ 육군 복무신조 모체, ⑤ 육군 내적 가치

함양교육 연계 등 법과 기존 가치관에 내재되었던 가치들을 포함하고 있으며, 육군의 리더십 및 정신, 신조 등의 모체가 됨으로써 육군 숲 구성원들의 사고와 행동의 기준이 된다는 의미를 가지고 있습니다. 이를 통해 육군이 동일한 목표를 향해 한 방향으로 나아가고 건전한 사고와 올바른 행동 방향을 결정해 주는 길잡이 역할을 하며, 어떠한 상황에서도 옳고 그름을 판단할 수 있도록 함으로써, 육군 전 구성원을 하나로 묶는 매개체 역할을 할 것으로 기대하고 있습니다. 다만 여기서 중요한 것은 이러한 핵심가치는 한두 번의 교육과 경험으로 내면화되는 것이 아니기 때문에 반복 및 생활화를 통해 구성원들 모두 신념화하고 행동화해야 한다는 것입니다. 이를 통해 육군 핵심가치가 진정한 軍의 문화로 자리 잡도록 해야 합니다. 구성원들이 한 목소리(One Voice), 그리고 하나의 방향성(One Direction)을 가져야 하기 때문입니다.

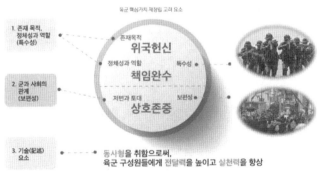

☆ 출처: 국방일보('20. 5. 8.)

기억하는 후보생들도 있겠지만 지난 2015년에는 폭스바겐 스캔들이 있었습니다. 당시 폭스바겐은 '인류와 환경에 대한 책임감'이라는 이념 아래 클린 디젤을 사용한다고 대대적인 광고를 하였습니다. 그러나 폭스바겐 회사에서 환경기준치를 맞추기 위해 주행시험으로 판단될 때만 배기가스 저감장치가 작동하도록 배기가스 소프트웨어를 조작한 것이 폭로되면서 많은 국가로부터 소송이 제기되었고, 최근까지도 폭스바겐은 각 국가에 벌금과 과징금을 거의 39조 원이나 지불하고 있습니다. 한 기업의 문제이지만 이는 가치나 신념이 문화화되지 못했기 때문에 나타난 결과이며, 그 후유증을 회복하기 위해 많은 시간과 노력이 필요할 것입니다. 보다 가까운 예로 우리가 음식점에 갔을 때 주인이 아무리 친절과 봉사를 강조하고 음식이 맛있더라도 종업원 한 명으로부터 불친절을 경험하게 되면 다시는 그 음식점을 찾지 않게 되고 심한 경우 문을 닫기도 함을 보았을 것입니다.

이렇듯 어떠한 가치를 지향한다는 것은 그 자체도 어렵지만 더욱 어려운 것은 구성원 모두가 그 가치를 행동화하고 내면화하는 것입니다. 육군에서 아무리 훌륭한 가치를 지향한다고 해도 그 구성원인 우리들이 행동화하지 못하고 문화로 승화시키지 못한다면 육군 핵심가치라는 말은 공염불에 그치고 말 것입니다. 여러분들이 육군 핵심가치를 잘 이해하고 실천해야 할 이유입니다. 마침 학생군사학교에서도 육군 핵심가치를 신념화시키고, 행동화할 수 있도록 다양한 프로그램을 준비하고 있으니 여러분들도 잘 따라와 주기를 바랍니다. 59, 60기는 학기 초 인성교육 시간을 통해 보다 자세하게 설명해 줄 예정이니 우선은 육군 핵심가치가 무엇인지부터 이해하고 받아들일 마음의 준비를 해 주기 바랍니다. 임관을 앞둔 58기도 야전 각급 부대에서 금년도에 신념화와 행동화를 위해 많이 강조되고 있고, 또 이제는 부하들을 교육해야 하므로 잘 참고해서 적용하기 바랍니다.

 단장이 늘 이러한 가치, 신념 등을 반복해서 강조하고 여러분들에게 이야기하는 것은 결국 방향성(Direction)과 연결되기 때문입니다. 여러분들이 희망하거나 지향하는 인생의 성공을 위해서, 보다 의미 있는 삶을 위해서 가치를 고민하고 그 가치에 대한 나의 가치관을 정립한다면, 그리고 그것을 실천해 나간다면 한 걸음 더 가까이 갈 수 있다고 믿습니다. 육군의 핵심가치도 앞서 언급했던 가치들과 그 궤를 분명 같이하고 있습니다. 머릿속에서만 맴도는 의미가 퇴색된 가치가 아닌 내면에 살아 있는 가치가 되도록 행동화와 신념화를 어떻게 할 것인가에 대해 우리 함께 진지하게 고민해 봅시다. 방전된 배터리를 충전하듯 육군 핵심가치의 행동화와 신념화를 위해 다같이 노력합시다.

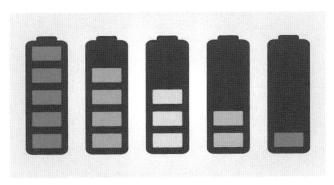

☆ 핵심가치에 대한 나의 인식과 신념화 수준은?

육군 핵심가치

1. 위국헌신   "우리는 국가와 국민에 헌신한다."

위국헌신은 군인의 본분으로서, 국가와 국민을
위해 최선을 다해 봉사하고 희생하는 것이다.
육군은 '국가와 국민을 위한다'는 최고의 가치를
위해 존재하며, 그 구성원들은 육군의 존재 목적을
위해 항상 최선을 다해 봉사하고 희생할 준비가
되어 있어야 한다. 이에 우리는 개인의 이익이나
안위를 추구하기 전에, 먼저 헌법적 가치와 육군,
자신의 부대와 전우를 위해야 하며, 전장에서는
전우와 함께 끝까지 싸우고, 자신의 생명까지
조국에 명예롭게 바칠 수 있어야 한다.

2. 책임완수   "우리는 책임을 완수한다."

책임완수는 우리에게 부여되는 임무를 올바르게
그리고 탁월하게 수행하여 조국수호에 이바지하는
것이다. 육군에게 부여된 임무는 지상전에 승리하기
위해 무력을 관리하고 사용하는 것이며,
그 구성원들은 이러한 임무를 수행하는 데 필요한
무력을 최상의 상태로 잘 준비하여야 한다.

3. 상호존중   "우리는 서로 존중한다."

상호존중은 모든 사람이 갖는 인간으로서의
존엄성과 그 존재 가치를 서로 동등하게 인정
하고 지켜주는 것이다.

육군은 신뢰기반의 단결과 화합이 필수적으로
요구되는 인간 중심의 조직이며, 구성원들은
대한민국의 시민이면서 존엄한 인간이다.

그 구성원들이 하나로 뭉칠 수 있는 가장 핵심
적인 요소는 서로에 대한 존중이다.

이에 우리는 계급과 임무, 역할의 구조적 특성에
따른 권한과 책임의 차이는 인정하되,
인간의 존엄성에 있어서는 계급, 신분, 나이,
성별, 출신, 인종, 종교, 가정환경 등에 따른
차별 없이 서로 동등하게 존중해야 한다.

☆ 출처: 육본 핵심가치 교육자료

3

『육군비전 2050』 소개

♣ 오랜만의 헌혈

학군단 역사관 사진첩에 있는 여러분들의 학교 선배(50기)이면서 단장이 작년에 2군단에서 근무를 함께 한 이창엽 대위는 2주에 한 번씩 정기적으로 헌혈을 하고 있습니다. 지금까지 헌혈을 무려 150여 회나 했다고 하니 그 정성과 봉사정신에 찬사를 보냅니다. 최근 코로나19로 인해 혈액이 많이 부족하고 특히 O형의 혈액 보유가 17일 기준으로 4.4일로 가장 적다는 언론보도를 보면서 한동안 잊고 있었던 헌혈을 하자는 생각에 오랜만에 헌혈의 집을 찾았습니다. 이번이 24번째였는데 최근에 헌혈을 한 것이 대대장 시절이었으니 무려 6년 전이었습니다. 흔히 헌혈을 1초의 찡그림으로 나누는 사랑이라고 하는데 작은 힘이나마 도움이 되면 좋겠다고 생각을 했습니다. 대부분 부대에서 헌혈을 하다 보니 주로 생활관이나 헌혈 버스에서 했는데, 오랜만에 헌혈의 집에서 헌혈을 한 느낌은 아늑하다는 것이었습니다. 젊은 여학생들이 헌혈하는 모습을 보기도 했는데, 평일에는 30~50명, 주말에는 100명 내외로 헌혈을 한다고 하네요. 어려운

시기임에도 마음을 나누는 이들을 볼 수 있어 날씨는 싸늘했지만 가
슴은 따뜻한 한 주였습니다.

♣ 육군의 장기전략 개념서인 『육군비전 2050』 소개[38]

오늘은 『육군비전 2050』을 소개
하고자 합니다. 지난해 말 육군에
서는 미래 전쟁 패러다임의 대변
혁에 대비하여 30년 후 육군이 도
달 하고자 하는 개념군(Conceptual
Army)의 모습을 그린 비전서이자
장기전략 개념서인 『육군비전 2050:
시간과 공간을 주도하는 초일류육
군』을 발간하였습니다. 『육군비전

☆ 출처: 국방일보('20. 2. 3.)

2030』이 10~15년 후인 근 미래에 대해 육군의 기본 정책서로서 육
군 정책의 기초를 제공한다면, 『육군비전 2050』은 이러한 기획의
방향을 제시하는 개념서라고 할 수 있습니다.

먼저 '육군비전 2030'은 앞으로 우리 육군이 가고자 하는 미래 군
(Future Army)의 모습을 가시화한 것으로 육군 전략서와 중·장기
계획의 논리적 기반을 제공해 주고 있습니다. 그러나 미래를 대비하
는데 필요한 시간과 무기체계의 수명 주기 등을 고려할 때 10~15
년은 매우 짧은 기간이기 때문에 미래를 보다 체계적으로 준비하기

---

38) 제4차 산업혁명을 넘어서는 육군의 장기전략 육군비전 2050(2019. 12. 31.), 육군본부.

위해서는 가까운 미래에 대한 전략 구상과 병행하여 30년 정도의 먼 미래에 대한 예측과 이에 대한 대비도 필요하게 되었습니다. 이에 따라 육군 장병들의 상상력과 희망을 담아 30년 후의 육군의 모습을 개념화함으로써 '육군비전 2050'을 작성하였고, 육군 장병들의 노력을 한 방향으로 이끌어 가는 역할을 해 줄 것으로 기대하고 있습니다.

'육군비전 2050'의 세부 내용을 다 언급할 수는 없지만 간단하게 요약하면 크게 4가지 분야로 구분하여 노력을 지향한다는 것입니다. ① 싸우는 방법 측면에서는 다양한 임무수행이 가능한 적응적 능력을 갖춘 육군(능력에 기초한 공세적 군사전략 수립 등 7개 과제), ② 무기체계 분야에서는 초연결 네트워크 기반의 지능형 무기체계 구축(인간의 한계를 뛰어넘는 트랜스 슈퍼 솔저 등 8개 과제), ③ 육군구조는 적응적이고 기민한 슬림형 육군구조 구축(전문 인력 위주의 정예화된 병력 구조 등 3개 과제), ④ 육군경영 면에서는 새로운 가치를 창조(국제 군사협력 네트워크를 통한 활동 영역의 확대 등 5개 과제)가 그것입니다.

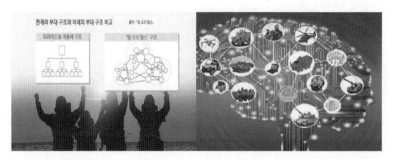

☆ 출처: 국방일보('20. 1. 31, 2. 3.)

물론 비전서에 제시된 내용은 실현 가능성보다는 미래에 대한 희망과 바람이 담긴 낙관적 상상력을 바탕으로 제시되어 있습니다. 또한 과학기술의 발전에 중점을 두고 지금 시점에서 바라본 모습이므로 분명 한계가 있을 것이며, 보완이 필요한 부분도 있을 것입니다. 그래서 육군도 '육군비전 2050'이 고정된 개념이 아니라 인문 사회학적 분야의 보완 등 매년 내용의 수정은 물론 5년 단위로 신규 작성하여 지속적으로 그 모습을 발전 및 진화시켜 나갈 계획입니다. 다만 지난번에도 말을 했지만 여러분들도 육군의 구성원으로서 육군의 핵심가치와 같이 한 목소리(One Voice), 그리고 하나의 방향성(One Direction)을 갖도록 함께 노력해야 합니다. 서욱 前 참모총장님(현 국방부 장관)께서는 "우리 후배들에게 물려줄 가슴 뛰는 육군의 청사진을 '육군비전 2050'에 담았고, 미래 육군 건설을 위한 우리 모두의 노력을 한 방향으로 결집하고 안내하는 길잡이가 될 것"이라고 강조하기도 하였습니다. 여러분들에게는 다소 생소하고 이해가 안 되는 용어가 많겠지만 세부 내용보다는 육군이 '육군비전 2030', '육군비전 2050'과 같은 큰 그림 속에서 발전해 가고 있구나 하는 정도만 인식해도 충분한 성과가 있다는 측면에서 소개했습니다.

♣ 역설계 기법(Backward Planning)의 함의

여러분들도 30년 후 자신의 모습이 어떻게 변화하게 될 것인지를 판단하기란 쉽지 않을 것입니다. 육군에게도 30년 후의 모습을 예측하고 준비한다는 것은 매우 어려운 일입니다. 다만 인공지능(AI), 사물인터넷(IoT) 등 신기술에 의한 미래 변화는 국제 질서와 판도를 다시 한번 뒤흔들게 될 것이므로 치열하게 준비해야 생존할 수 있을 것이라는 점에는 동의할 것입니다.

한 가지 특징적인 사항으로 금번 '육군비전 2050'은 기존의 육군의 미래 발전 전략을 '역설계(Backward Planning)' 하는 큰 틀 속에서 작성되었습니다. 현재의 시점에서 미래의 위협을 예측 및 분석하여 이에 적절히 대응함으로써 대상 기간 내에 목표를 달성하고자 하는 것이 전통적인 미래 설계 기법이라고 한다면, 역설계 기법은 기존의 방식과는 반대로 미래의 특정 모습이 되기 위해서 무엇을 해야 하는가 하는 식으로 미래로부터 현재로 거슬러 내려오는 방식을 의미합니다.

사실 이 역설계 방식은 단장이 처음 여러분들에게 이야기했던 화살이 퍼펙트 골드에 꽂힌 상태와 맥을 같이합니다. 퍼펙트 골드존에 화살을 먼저 꽂아 놓고 화살이 날아간 경로, 그리고 활을 어떻게 조준했는가를 역추적 하는 방식으로 우리의 꿈과 비전을 역설계 해 나가면 우리의 꿈은 실현될 것이라는 이야기를 했습니다. 인천공항에서 미국 LA로 가는 항공기의 95%가 계획된 항로를 이탈하지만 그 비행기는 큰 이변이 없는 한 LA공항에 정상적으로 착륙한다고 합니다. 망망대해에서 비치는 한 줄기 등대 불빛은 수많은 선박의 이정표 역할을 해 줍니다. 이처럼 방향성은 목표를 향해 감에 있어 무엇보다 중요한 역할을 합니다. 육군도 미래의 청사진을 미리 그려 놓고 그 과정을 역추적 해 가는 역설계 기법을 통해 미래비전을 준비하였다는 점에 착안해서 우리 후보생들도 비슷한 방법으로 여러분들의 인생을 설계하고 준비한다면 육군의 미래와 같이 여러분들의 미래도 밝을 것이라고 확신합니다. 육군의 미래도 여러분의 미래도 주체는 결국 '사람'이며, 여러분 자신입니다. 여러분 스스로 자신의 미래에 대해 '육군비전 2050'과 같은 가슴 뛰는 청사진을 한번 그려 보면 어떨까요? 미래를 예측하는 가장 확실한 방법은 미래를 창조하여 만들어 가는 것임을 결코 잊지 맙시다.

※ 2050 분야별 미래 전망

구분	㉮ 대혁신으로 도약 (Transformation)	㉯ 현 추세의 가속화 (Grow)	㉰ 긴장의 수평 (Discipline)	㉱ 대혼란기로 전환 (Collapse)
국제 질서	• 미·중 협력 강화 • 북한 비핵화 및 평화 협정 • 북한 개혁·개방	• 미·중 경쟁 지속 • 세계적 양극화 • 남북간 긴장완화 한반도 대화국면	• 미·중 신냉전 • 북한 핵무기 및 미사일 고도화 • 남북간 긴장 악화	• 미·중 무력충돌 • 세계 문명의 충돌 • 남북간 무력충돌 • 북한 급변사태
과학 기술	• 기술적 특이점 (Singularity) 도래 • 정신문명의 시작 • 군사 첨단기술의 전면적 발전·확산	• 제4차 산업혁명 신기술 확산 • 첨단 군사기술의 부분적 발전	• 제4차 산업혁명 신기술 성숙 및 확산 지연 • 군사 첨단기술의 개발 미흡	• 한국 제4차 산업 혁명 실패 및 기술 낙후 • 로봇/AI 군사화에 대한 부정적 인식
사회 및 자연 환경	• 육군의 비군사적 안보 전담 조직화 • 비군사적 위협 감소	• 육군의 비군사적 안보 기능 강화 • 비군사적 위협 안정적 관리	• 비군사적 안보 위협 증가 • 병역자원 부족	• 사이버 침해· 폭동·테러 급증 • 인구절벽 심화 • 기후피해 극심

☆ 출처: 국방일보('20. 1. 31.)

※ '육군비전 2030'과 '육군비전 2050' 비교

구분	육군비전 2030	육군비전 2050
대상 시기	향후 10~15년 * 15년 이내의 미래 기술발전과 사회변화 등을 예측	향후 20~30년 * 향후 20년 이후 기술적 특이점이 도래한 시대의 기술발전과 사회 변화 등을 전망
내용의 성격	현실적 여건과 미래의 실현 가능성에 기초한 추진방향 (미래의 불확실성 최소화)	미래의 낙관적 상상력과 희망에 기초한 이상적인 혁신 아이디어 (미래의 불확실성 인정)
구체화 정도	비교적 구체적	담론적·개념적
활용목적	• 육군전략서 및 중기계획 등 작성의 기초를 제공 • 육군 近미래 정책과제 도출	• 육군기본정책서, 지상작전기본 개념서 등 작성의 지향점 역할 • 육군 장기미래 연구과제 도출 • 미래소요 창출의 출발점
문서 성격	기획문서	기획참고문서

☆ 출처: 육군 비전 2050('19. 12. 31.), 육군본부

<u>4</u>

자율과 책임,
그리고 명예

♣ 자치지휘근무자 및 명예위원 임명

코로나19로 인해 전국이 혼란스러운 어려운 여건 속에서 드디어 오프라인 수업이 시작됩니다. 대학교의 오프라인 수업과 연계하여 늦게나마 우리 학군단에서도 자치지휘근무자 및 명예위원들에 대한 임명장 수여식을 할 예정입니다. 이미 선발되어 활동을 하고 있었지만 다시 한번 축하하고, 봉사한다는 자세로 성실하게 임무를 수행해

☆ 오프라인 수업기념 축구와 코로나19로 조금 늦은 자치위원 임명식

줄 것을 당부합니다. 단장이 임명식을 통해서도 강조를 하겠지만 자치지휘근무와 명예위원들의 활동에 대한 단장의 작은 생각을 이야기하고자 합니다.

♣ 포스트 코로나 시대 육군 병영문화 발전과 접목

먼저 육군은 사회 변화와 국민의 눈높이를 고려한 '자율과 책임'의 병영문화를 정착하고, 이를 통해서 軍에 대한 국민들의 신뢰를 얻기 위한 노력을 경주하고 있습니다. 이에 이번 코로나19 대응 및 극복과정에서 보여 주었던 한국민의 '성숙한 민주 시민의식' 사례를 식별하여, 이를 병영문화에 접목하고 행동화하여 실천하는 문화로 확산시키고자 하고 있습니다. 세계가 주목한 우리 대한민국의 성숙한 민주 시민의식은 크게 4가지입니다. ① 자발적 참여의식, ② 공동체 책임의식, ③ 절제력과 응집력, ④ 질서유지, 협조자세가 그것입니다. 이러한 시민의식 속에 우리 육군의 역할도 작지 않았는데 주요 사례는 다음과 같습니다. 역대 최대 자발적 성금 모금(7.6억 원, 용사 2천여 명 참여), 헌혈 캠페인에 7만여 명 참여(총 3만 cc, 국가 1일 혈액 보유량 기준 13일 치), 특별재난지역 장병·군인가족의 타 지역 방문 자제 등 민간보다 강화된 예방활동에 적극 동참, 부대별 인근 식당 도시락 구매 등 지역경제 활성화 기여, 임관 즉시 간호장교들의 대구지역 파견 및 헌신적 의료지원, 출타통제 기간 영외간부들의 숙소대기 개념의 외부활동 자제 등 수없이 많은 모범사례가 있습니다. 이러한 성숙함은 우리 군이 가지고 있는 장점의 하나이며 앞으로도 더욱 발전시켜 나가야 할 DNA라고 생각합니다.

이에 따라 육군에서도 세계에서 인정한 ① 자발적 참여의식은 주인의식을 가지고 문제를 스스로 해결하는 '자율 참여문화'와 '문제해결문화'로, ② 공동체 책임의식은 상호존중과 군과 지역사회가 Win-Win하는 '공감문화'와 '상생문화'로, ③ 절제력과 응집력은 개인보다 조직을 우선하는 '절제문화'와 '학습문화'로, ④ 질서유지, 협조 자세는 법규를 준수하고 공공질서에 동참하는 '준법문화'와 '협업문화'와 접목하여 발전시켜 나감으로써 자율과 책임의 병영문화를 정착시키고자 하고 있습니다. 여러분들도 이러한 DNA를 가지고 있고 이미 실천하고 있으므로 자부심을 가지고 더욱 노력해 주기 바랍니다. 이러한 인식을 지난번에 이야기한 육군 핵심가치와 연계하여 생각하는 후보생이 있다면 A+ 학점을 줄 수 있을 것입니다.

♣ 자율성과 책임은 정비례

지난해 4월 용사들의 일과 후 개인 휴대전화 사용이 전면 허용되었습니다. 과거에 간부들도 카메라가 달린 휴대전화를 구입하면 카메라 기능을 제거해야 반입할 수 있었던 시절을 생각하면 정말 격세지감을 느끼게 됩니다. 휴대전화 사용이 허용되면서 나타나는 긍정적인 효과는 사회와의 단절감 해소, 심리적 안정, 소통 등을 통해 무단이탈이나 자살 등의 사고가 현저히 줄어들었다는 것입니다. 반면 부정적인 영향도 나타나고 있는데 사이버 도박, 보안 문제와 아울러 개인주의가 증대되고 있다는 것입니다. 개인주의가 나쁜 것만은 아니라고 하더라도 집단생활과 상명하복의 질서 속에 조직생활이 유지되어야 하는 군대의 특성상 지나친 개인주의의 팽배는 부작용을 일으키기도 합니다.

집단 속에서 참여하는 개인의 수가 늘어날수록 성과에 대한 1인 당 공헌도가 떨어지는 현상을 '링겔만 효과'라고 합니다. 쉬운 예를 들면 우리가 줄다리기를 할 때 2명이 할 때보다 10명이 할 때 개인 이 발휘하는 힘의 크기가 작아진다는 것인데, 이는 줄다리기를 하는 인원수가 많아지면 많아질수록 개인이 발휘하는 힘은 더 작아진다 는 것입니다. 즉, 개인의 능력이 100이라고 할 때 혼자 할 경우에는 100의 능력을 모두 발휘하지만 집단 속에서는 80~90%의 능력만 발휘한다는 것인데, 알게 모르게 '나 하나쯤이야' 하는 마음이 있기 때문입니다. 그래서 자율과 책임의 자세가 중요합니다.

자율성이라는 것은 말 그대로 스스로 규율과 규칙을 정하고, 구성 원 스스로의 통제 속에서 해야 할 업무를 하는 것을 말합니다. 우리 는 어려서부터 통제에 익숙한 것이 현실입니다. 부모님께서 다니라 는 학원과 독서실로, 고등학교까지 학교의 짜인 커리큘럼대로 생활 하면서 자연스럽게 누군가로부터 통제되는 것에 익숙해 있습니다. 그래서 자율을 말하면서도 마음 한구석에는 통제된 삶에 대한 막연 한 기대감이 있는 것이 사실이고요. 다만, 여러분들은 대학생활과 학군사관후보생 생활을 하면서 수강신청, 기숙사 생활, 자취, 여행, 입영훈련 등의 경험을 통해 조금씩 자율성을 키워 나가고 있습니다. 자율성을 갖는다는 것은 생각보다 쉽지 않습니다. 여러분들은 후보 생 생활을 하면서 부모님이나 단장의 통제보다는 보다 많은 자율성 을 갖기를 희망할 것입니다. 또 여러분은 앞서 언급한 자율성을 요 구하는 용사들을 지휘해야 할 위치에 곧 서게 됩니다. 단장은 여러 분들에게 최소한의 통제와 최대한의 자율성을 부여하도록 노력할 것입니다. 자치지휘근무자들을 중심으로 통제를 할 것이고, 상벌점제도 적용할 것입니다. 중요한 것은 이러한 제도와 규칙 그 자체가 아니라 여러분들이 가지는 인식입니다.

　지휘근무자는 지휘근무자대로 책임감을 가지고 역할을 수행해야하고, 구성원은 구성원으로서의 역할을 수행해 주어야 합니다. 자율성은 구성원 모두가 주인의식과 책임감을 갖고 있어야 그 빛을 발할수 있습니다. '나는 자치지휘근무자가 아니니까…', '이번 달은 상점을 많이 받았으니까 적당히…' 등과 같은 안일한 마음을 단 한 명이라도 가지고 있다면 자율성의 의미는 퇴색될 수밖에 없습니다. 상점을 받기 위해서, 벌점을 받지 않기 위해서 하는 행동에 '자율'이라는이름을 붙이고 싶지 않습니다. 또한 체력단련도 여러분들에게 자율성을 많이 부여하겠지만 단언하건대 임관종합평가 기준이 3급이니까그 정도의 수준을 목표로 하겠다고 생각하고 있는 후보생이 있다면결코 단장과 함께할 수 없으며, 원하는 만큼의 자율을 얻지 못할 것입니다. 자율성을 갖기 위해서는 그에 따르는 책임감이 커진다는 것을 인식하기 바랍니다. 여러분 스스로 자율성을 키워 가야 합니다. 단장은 여러분들이 자율성을 함양하고 방향을 잃지 않도록 하는 역할을 할 것입니다. 그리고 그에 따른 책임도 여러분에게 부여할 것입니다. 자율성과 책임감을 갖는다면 1+1+1=3이 아닌, 1+1+1=2는 더더욱 아닌 4 이상의 시너지를 발휘할 수 있습니다. 그런데 그 답은의외로 쉬운 곳에서 찾을 수 있습니다. 앞서 포스트 코로나19 시대육군 병영문화 발전에서도 언급한 자율과 책임의식은 아주 작은 인식에서 출발합니다. 바로 '나 하나 바뀐다고 되겠어?'가 아니라 '나 하나 때문에 바뀌지 않는다'라는 인식입니다. 나부터 바뀔 때 우리 문화는 분명히 바뀔 수 있으며 자율성과 책임의식은 높아질 것입니다.

♣ 명예는 내면의 양심

명예는 '세상에서 훌륭하다고 인정되는 이름이나 자랑, 또는 그런 존엄이나 품위'로 정의됩니다. 육군학생군사학교에서 처음으로 적용하는 명예위원 제도는 군뿐만 아니라 사회에서도 많이 활용되고 있는 제도이기도 합니다. 단장은 명예를 한마디로 표현하라고 하면 '겉으로 드러나는 내면의 양심'이라고 정의하겠습니다. 내 스스로에게 부끄럽지 않은 마음, 내 양심에 거리낌이 없는 자신감이 곧 명예라고 생각합니다. 따라서 명예위원장을 중심으로 여러 활동들을 하겠지만 궁극적으로는 여러분 모두가 명예위원이 되어야 합니다. 내가 그 직책을 수행할 때에만 적용되고 실천하는 것이 아니라 생활 속에서 자연스럽게 드러나고 몸에 배도록 해야 온전한 명예라고 할 수 있을 것입니다.

앞에서 언급한 링겔만 효과는 구성원들이 자율과 책임, 명예에 대해 인식하는 인식지수에 따라 그 결과가 달라진다고 확신합니다. 학군단은 보물창고입니다. 짧게는 1년, 길게는 2년의 학군단 생활을 통해 어떠한 보물을 캐내 갈 것인가는 여러분 자율에 맡기겠습니다. 리더십, 인성, 장학금, 교우관계, 조직문화, 군사지식, 체력, 독서, 지휘능력 등 무궁무진한 보물을 여러분들의 자율성이라는 자루 속에 마음껏 담아 가기를 기대합니다.

5

VUCA 시대,
클라우제비츠가 전하는 해답

♣ 일일 체력단련 관련

아침에 일일 체력단련을 모여서 실시한 지 1주일이 지났습니다. 생각보다 잘 따라와 주고 있어 고맙게 생각합니다. 59기 후보생들은 자체 체력측정을 통해서, 60기 후보생들은 체력단련 프로그램을 소화하면서 개인적으로 부족한 부분이 무엇인지 깨달았으리라 생각합니다. 누누이 강조하는 말이지만 체력수준은 하루아침에 향상되지 않습니다. 무엇보다 꾸준하게 그리고 목적의식을 가지고 해야 합니다. 여러분들에게 제시한 프로그램은 코어 근육은 물론 순발력과 지구력을 향상시킬 수 있도록 구성한 것입니다. 여러분들이 프로그램대로 잘 따라와 준다면 그 수준에 맞도록 보완해서 실시할 예정입니다. 다만 아침에 하는 운동만으로는 결코 원하는 수준으로 나아가지 못합니다. 학교에서 실시하는 후보생들은 현장에서, 자가에서 실시하는 후보생들은 보다 책임감을 가지고 개인 능력에 맞도록 스스로 노력해 주기 바랍니다. 또한 우리 학군단이라는 일체감과 소속감 배

☆ 부산외대 학군단 구호에는 우리 후보생들이 '미래의 리더'가 될 것이라는
강한 의지를 담고 있다.

양을 위해 구호를 하나 제정하였습니다. 함께 땀 흘리고 함께 외치
며 자신감과 호연지기를 키워 나가도록 합시다.

'누가! 우리가! Künftig Führer! 199 부산외대! 파이팅(×3)!'

♣ VUCA 시대 갖추어야 할 능력은?

요즈음은 VUCA 시대라고 합니다. VUCA는 변동적이며(Volatile),
불확실하며(Uncertain), 복잡하고(Complex), 모호한(Ambiguous) 상
황을 말합니다. 이 VUCA 시대를 살아가고, 생존하기 위해 유용린
교수는 X-ability를 갖추어야 한다고 강조합니다. X-ability의 X는
'있, 잘났, 할 수 있, Collabor, Digital, Human, 건강관리, 지공재기,
코칭, Imagine, 칭찬, Agile' 등 다양하게 해석이 됩니다. 내가 가지고
있는 능력을 그대로 보여 주는 '있-ability', 더 나은 모습을 위해 더
욱 노력하는 '잘났-ability', 내 꿈을 이루어 낼 수 있다는 '할 수 있

-ability', 타인과 함께 하는 'Collabor-ability', 4차 산업시대 Digital맹
이 되지 않는 'Digital-ability', 같은 인격체로 살아가기 위해 인성과
지성을 갖추는 'Human-ability', 건강한 삶을 위해 기본체력을 갖추
는 '건강관리-ability', 내 지식과 경험을 공유하고 재능을 기부할 수
있는 '지능재기-ability', 개인과 조직의 성과를 극대화하는 '코칭-ability',
미래의 목표를 이루기 위해 비전을 가지고 실천하는 'Imagine-ability',
감사와 칭찬을 통해 긍정적인 삶을 사는 '칭찬-ability', 편견에 빠지
지 않고 다양한 가능성을 받아들이는 유연성을 갖추는 'Agile-ability'
가 그것입니다.

  그런데 자세히 살펴보면 유용린 교수가 갖추어야 한다고 말하는
X-ability의 X는 육군이 군 간부들에게 요구하고 있는 변화에 대한
적응력(adaptive)과 유연성(flexible), 지적 수용력(intellectual capacity)과
일맥상통함을 알 수 있습니다. 또한 '사피엔스'의 저자 유발 하라리가
미래를 위한 교육의 중점으로 강조한 비판적 사고(critical thinking)와
의사소통(communication), 협력(collaboration), 창의성(creativity) 등
4C와도 그 맥을 같이한다고 생각합니다.

  단장은 전문가들의 이러한 분석과 육군의 리더십 교육 방향성을
보면서 우리 후보생들이, 그리고 군 간부들이 VUCA 시대에 최적화
된 조건을 갖추고 있다고 생각했습니다. 우리가 후보생으로서 학군단
에서 학습하고 실천하고 있는 모든 것들이 조금씩 이름은 다르지만
전문가들이 말하고 요구하는 X-ability에 녹아들어 있습니다. 후보생
모두 학군단의 커리큘럼을 보다 성실하게 실천하고, X능력을 갖추기
위해 스스로 더욱 노력해야 할 이유를 여기에서 찾아보기 바랍니다.

♣ VUCA 시대, 클라우제비츠가 전하는 해답

☆ 클라우제비츠 (출처: 전쟁론)

여러분들이 군인으로서 그 이름에 익숙해져야 할 클라우제비츠는 '전쟁론'에서 전쟁의 본질을 ① 원초적 폭력, 증오, 적개심, ② 우연성, 개연성, 불확실성, 창조적 정신의 자유 여지, ③ 합리성, 이성, 정치적 종속성 등 소위 삼위일체론으로 해석하였습니다. 이 세 가지 요소 중 전장의 불확실성과 우연성을 '안개(fog of war)'라고 표현하였고, 전쟁이 주는 고통과 혼란, 공포와 피로 등을 포함하여 '마찰(friction)'로 보았습니다.

여기서 대부분의 사람들이 불확실성과 우연성을 제거하거나 마찰을 완화시키려는 방법을 수동적으로 접근한 반면 클라우제비츠는 오히려 주도권 장악이나 승리를 위한 '기회'로 생각하였습니다. 많은 사람들이 불확실성의 원인을 지형이나 기후, 병력, 무기 등 외부환경에서 찾은 반면 클라우제비츠는 인간의 심리나 정신력 등 내부적 환경에서 그 원인을 찾은 것입니다. 우리가 VUCA 시대를 맞이하여 대비하는 자세 또한 클라우제비츠가 전쟁을 바라보았던 시각과 다르지 않다고 생각합니다. 변동적이고, 불확실하고, 복잡하고, 모호한 우리 현실은 전쟁과 그 모습이 같습니다. 이러한 현실 속에서 보다 확실하고 단순하게 승리하는 방법은 무엇일까요? 시험점수, 스펙, 대기업 취업, 돈 등 외부환경에서 그 답을 찾기보다는 우리들의 지적·정신적

역량, 자신감, 열정, 충성심, 용기, 열정 등과 같은 인간의 본성에서
그 답을 찾아야 한다고 생각합니다. 여러분들에게는 고전적인 의미의
성공이 아닌 다양한 의미의 성공 기회가 주어져 있습니다. 각자의 개
성이 인정되는 다양한 방법을 찾을 수 있습니다. 승자는 게임의 규칙
을 아는 사람이 아니라 창의성을 발휘하여 게임의 규칙을 만들어 내
는 사람이듯 그 성공의 모습도 다양할 것입니다. 변화를 두려워하지
말고, 현실에 안주하려 하지 말고 과감하게 떨치고 일어서야 합니다.

　VUCA 시대 성공의 방정식은 눈에 보이지 않으며 불확실합니다.
이를 시각화하여 확실하게 하는 것은 결국 여러분들의 의지와 능력
입니다. 불확실하다는 이유로 현실에 안주하거나 포기해 버린다면
여러분은 끝까지 안개 속에서 길을 잃고 방황하게 될 것입니다. 인
생의 성공이 법칙이나 규칙, 레시피로 결정되는 과학적 게임이라면
얼마나 재미없고 무기력하겠습니까? 그러나 VUCA 시대 인생의 성
공은 우리의 노력과 의지 여하에 따라서 다양한 방정식의 모습으로
나타날 것입니다. 그리고 문제를 해결하는 방법은 모호함만큼이나
다양하게 열려 있습니다. 능력의 개인차는 많아도 5배가 나지 않지
만 의식의 개인차는 100배 이상이 된다고 합니다. 적어도 여러분들
이 장교가 되고, 미래의 리더(Künftig Führer)가 되고자 한다면, 여러
분의 생활태도가 게으름이나 무력감, 안일함으로 빠지지 않도록 해
야 합니다. 그래서 여러분들의 인생이 과학적 게임으로 귀결되지 않
도록 만들어야 합니다. 이것이 클라우제비츠가 시대를 거슬러 우리
에게 전해 주는 해답입니다. VUCA 시대의 안개는 우리에게 위기이
자 곧 기회입니다.

6

진정성으로 만들어 가는
나의 이미지

♣ 부산외대 총장 취임식

☆ 김홍구 총장 취임사(출처: 부산외대)

지난 10일 대학교 10대 총장으로 김홍구 박사님께서 새롭게 취임하셨습니다. 총장님께서는 취임 일성으로 교직원과 학생들에게 격의 없이 좀 더 다가갈 것이라고 강조하였습니다. 단장은 총장님께 학군단 업무보고를 하면서 학군단의 미래에 대한 학교 차원의 공감대 형성과 필요성을 보고 드렸고, 후보생 지원율, 입영훈련 학점인정, 학군협약 추진 등 우리 학군단이 선도적으로 추진하고 있는 사항들을 말씀드렸습니다. 또한 여러분들도 목에 걸고 있는 육군 핵심가치와 학군단 구호가 새겨진 목걸이를 드리기도 하였는데, 신임 총장님께서도 학군단에 대한 지속적인 관심과 애정을 주시리라 믿습니다. 여러분들은 지금처럼 학군사관후보생이라는 자긍심을 가지고 입영훈련을 비롯한 후보생 생활을 성실하게 해 줄 것을 당부합니다.

♣ 이미지가 주는 힘

예비군을 폄훼하려는 의도는 없지만 여러분은 예비군 하면 떠오르는 이미지가 무엇입니까? 아마 앞을 풀어 헤친 전투복과 전투화, 손에 쥐거나 어깨에 끼운 베레모 또는 한껏 치켜 쓴 전투모 등 단장이 머릿속에 그리고 있는 모습과 별반 다르지 않을 것입니다. 누가 가르쳐 준 것도 아닌데 예비군은 그래야 하고 그것이 멋이라고 생각하고 있고, 어느 사이에 그러한 모습을 당연하게 받아들이고 있습니다. 그러나 우리가 강군이라고 말하는 이스라엘군에게 있어 예비군의 모습과 이미지는 우리와는 사뭇 다릅니다. 무엇이 이러한 차이를 가져오게 한 것일까요?

타조는 영어로 'Ostrich'라고 합니다. 그런데 또 다른 의미로 '문제를 회피하는 사람'이라는 의미도 있습니다. 이는 타조의 습성에서 비롯되었다고 합니다. 타조는 머리를 땅이나 모래에 박고 숨는 모습

을 보이곤 하는데, 이는 먹이를 찾거나, 알을 돌보거나, 체온을 유지하기 위한 행동이라고 합니다. 그러나 사람들은 이를 보고 큰 덩치는 생각하지 않고 자신의 머리만 숨기는 단순한 동물이라는 이미지

를 갖게 되었고, 위험이 닥쳤음에도 대처하지 않고 책임을 회피하려는 뜻을 가지고 있는 '타조 효과'라는 말까지 만들어 냈습니다. 타조로서는 억울하기 짝이 없는 상황입니다. 이렇듯 이미지의 힘은 대단히 강력합니다. 앞서 예비군의 이미지를 언급했지만 부정적인 이미지를 바꾸기란 쉽지 않습니다. 아무리 생각이 올곧은 예비군이 올바른 복장과 행동을 한다고 해도 다른 사람들에게 비치는 이미지를 바꾸기 위해서는 정말 더 많은 노력과 시간이 필요할 것입니다.

♣ 진정성으로 만들어 가는 나만의 이미지

☆ 사진 출처: 육군본부

여러분은 사관후보생에 대한 이미지를, 그리고 장교와 군에 대한 이미지를 어떻게 그려 나가고 있습니까? 긍정과 부정의 이미지가 공존하고 있을 것입니다. 중요한 것은 여러분만의 후보생에 대한 이미지와 장교, 그리고 군에 대한 이미지를 그려 나가야 한다는 것 입니다. 다만 여러분이 어떠한 모습을 그려 나가더라도 바탕이 되는 한 가지가 있습니다. 그것은 바로 진정성입니다. 여러분이 그려 나가는 이미지와 행동은 눈에 보이지 않는 것 같지만 분명히 보이고 있습니다. 단장의 눈에, 동료들과 후배들의 눈에, 그리고 여러분 스스로의 눈에 뚜렷하게 보입니다. 가식적인 태도, 순간을 모면하려는 거짓말은 당장은 눈에 보이지 않는 것 같지만 결국은 드러나게 되어 있습니다. 그래서 모든 사람들이 알게 됩니다. 그리고 그것은 곧 여러분들의 이미지가 됩니다. 이렇듯 여러분들은 여러분들의 이미지를 위해서 겉으로 보이는 이미지뿐만 아니라 올곧은 내면의 이미지를 만들어 가도록 내공을 쌓아 가야 합니다. 내면의 이미지를 통해 겉으로 보이는 이미지가 드러나기 때문입니다.

손자병법에 '병자(兵者)는 궤도야(詭道也)'라는 말이 있습니다. 여기서 궤(詭)는 '속이다'라는 의미로 '전쟁은 속이는 것이다'라는 뜻입니다. 전쟁을 할 때에는 나의 의도를 감추고, 나의 능력도 감추고 적을 속이는 전략과 전술로서 승리를 달성해야 한다는 의미입니다. 그러나 우리 인생과 군 복무 자세로는 바람직한 자세가 아니라고 생각합니다. 내 성공을 위해 나를 속이고 상대방을 속여서는 안 되며, 진솔하게 인생을 살아가고 군 복무를 하는 자세가 필요합니다. 그래서 단장은 여러분 모두가 스스로의 미래를 '인생(人生)은 궤도야(詭道也)'로 만들지 않기를 바랍니다. 인생은 나와 남을 속이는 대상이 아니기 때문입니다. 단장도 사실 조심스럽습니다. 여러분들에게 군에 대해 무조건 좋은 이미지만을 강요할 수도 없고, 그렇다고 좋지 않은 부분을 억지로 언급할 필요는 더더욱 없고… 중용을 유지한 가운데 여러분들이 흰 도화지에 여러분만의 군에 대한 이미지를 그려 나가도록 해야 하는데 그리 녹록하지는 않습니다.

단장이 매주 여러분들에게 편지를 보내고 있지만 읽고 있는 후보생들도 있고, 그렇지 않은 후보생들도 있을 것입니다. 단장은 여러분들 중에 단 한 명에게 단 한 통이라도, 아니 단 한 줄, 단어 하나라도 작은 자극을 줄 수 있기를 희망하며 편지를 보내고 있습니다. 우리 모두가 참모총장이 되고, CEO가 되고, 교수가 될 수는 없습니다. 또 꼭 되어야 할 이유도 없습니다. 그러나 여러분 모두는 바른 인성을 갖춘 미래의 리더로 성장해 나가야 합니다. 그 첫 발걸음은 여러분이 후보생 과정을 잘 마치고 초급장교가 되어 여러분 스스로 군에 대한 이미지를 잘 그리고, 여러분 부하들에게도 군에 대한 이미지를 긍정적으로 만들도록 하는 것입니다. 편지 속에 담긴 언외의 뜻을 잘 이해하고(read between the lines) 여러분 스스로 잘 취사선택해서 여러분만의 군과 인생의 그림을 그려 나가기를 바랍니다. 긍정의 이미지는 지속 발전시켜 나가되 부정적인 이미지는 여러분들이 그 모습을 바꾸어 가야 합니다. 당연히 그 바탕에는 진솔함과 진정성이 있어야 할 것입니다. 진정성이 묻어 있는 이미지에는 쉽게 부러지지 않는 강한 힘이 있으며, 상대방에게 믿음과 신뢰를 주는 긍정 신호의 비타민이 녹아 있다는 것을 잊지 맙시다.

7

상하동욕자 승(上下同欲者 勝)

♣ 하계 입영훈련 A조의 반환점을 돌면서

하계 입영훈련도 어느덧 절반이 지났습니다. 장마와 폭염이 반복되는 극한 환경 속에서도 묵묵하게 최선을 다해 주고 있는 여러분들에게 고마운 마음을 전합니다. 여러분들이 흘리고 있는 굵은 땀과 그을린 피부는 여러분 모두의 미래를 위해 담금질을 하는 소중한 시간임을 말해 주고 있습니다. 학교에서도 입영훈련의 질적 향상을 위해서 교관과 훈육관들이 다양한 노력을 하고 있습니다. 반환점을 돌았다고 방심하지 말고 건전한 긴장감을 유지한 가운데 지금처럼 성실하고 건강하게 훈련에 임해 주기를 당부합니다. 여러분은 분명 한 뼘 더 성장하고 있습니다.

♣ 베트남 전쟁 시 미군의 패배 이유

수십 년 전 베트남 전쟁은 공산당인 베트콩의 승리로 막을 내립니다. 미국까지 참전했던 전쟁에서 베트남이 패망한 이유는 여러 가지로 분석되고 있습니다. 그중 부대 단결력이라는 신뢰와 군기 문제도

무시하지 못하는 하나의 원인이었습니다. 한 통계에 의하면 베트남 전쟁 당시 베트콩 한 명을 잡는 데 33만 달러, 포탄 1,000발, 비행기 폭탄 100톤이 들었다고 합니다. 병사들 중 일부는 당시 최신 M-16 소총을 휴대하고도 적을 보고 사격을 하지 않고 하늘을 향하거나 아무 곳에 무조건 사격을 하여 탄약 부족에 시달렸으며, 군장이 무겁다고 버리거나 덥다고 전투복을 자르는 등 기본자세마저 흐트러지기도 했습니다. 또한 헬기 조종사가 조종 중에 술을 마시기도 하였고, 마약 문제로 입원한 환자가 2만 명이 넘었으며, 병사들이 신임 소대장을 집단 따돌림시키거나 상관을 살해 협박하여 83명의 장교가 사망하기도 했습니다. 이렇게 군기가 문란한 가운데 치러진 전투에서 승리하기란 어려운 문제였을 것으로 생각합니다. 한마디로 기본적인 군기가 흐트러졌고 특히 상급자에 대한 하극상이 있었다는 것은 상하 간의 신뢰와 믿음이 무너졌음을 보여 주는 사례입니다.

♣ 상하동욕자 승(上下同欲者 勝)

우리는 스포츠에서도 감독과 선수들 간의 불협화음으로 개개인의 능력은 우수한 팀이 승리하지 못하는 경우를 보곤 합니다. 최근에는 철인 3종 경기 실업팀의 폭력 문제로 인해 선수가 극단적인 선택을 하는 안타까운 일이 있기도 하였는데 그와 같은 분위기에서 제 실력을 발휘하기는 쉽지 않았을 것이라고 생각합니다. 반면, 실력은 다소 부족하나 한 팀으로 똘똘 뭉쳐 승리하는 정반대의 경우를 보기도 합니다. 지난 2018년 러시아 월드컵에서 세계 최강이었던 독일을 2:0으로 물리친 대한민국 축구대표팀과 2019년 미국 메이저리그 우승 확률 9%에서 월드시리즈 우승까지 차지한 워싱턴 내셔널스의 사례 등이 그것입니다. 이는 상하가 어떠한 목표와 비전, 마음가짐을 가지고 한 방향, 한 목소리를 내느냐에 따라 그 결과가 전혀 달라질 수 있음을 보여 주고 있습니다.

지난번 이봉수 이순신 학교장님께서 강의를 해 주시면서 하셨던 말씀 중에 이순신 장군의 불패신화의 밑바탕에는 애민정신과 인간존중이 녹아 있었다는 말씀이 기억납니다. 부하들을 내 자식과 같이 아끼고 사랑한다면 죽음까지도 함께 할 수 있을 것이라는(視卒如愛子, 可與之俱死) 손자병법의 말을 언급하지 않더라도 조직 내에서 상급자와 하급자가 같은 마음으로 목표를 향해 나아간다면, 그리고 결국 목표를 이루어 냈을 때 느끼는 성취감은 그 무엇보다 클 것입니다. 설사 목표를 다 이루지 못했다고 해도 그 과정에서 함께 노력하며 땀을 흘렸다면 기꺼이 서로에게 격려의 박수를 보낼 수 있을 것입니다. 하지만 상급자가 하급자를 불신의 시선으로 바라보고, 하급자는 상급자에게 감시자라는 인식을 가지고 있다면 그 조직의 전투력은 알고도 남을 것입니다. 한마음으로 목표를 향해 함께 노력해도 달성하기 어려울 텐데 서로 다른 곳을 바라보고 있다면 목표 근처에도 가지 못할 것임은 자명한 일입니다. 물론 그만큼 상급자와 하급자가 한마음을 갖는 것이 어려운 문제이기도 합니다.

지난 2012년 프로야구 코리안시리즈에서 우승한 삼성라이온즈의 류중일 감독은 더그아웃에 '상하동욕자 승(上下同欲者 勝)'이라는 글을 붙여 놓기도 하였습니다. 이는 손자병법에 나오는 전쟁에서 승리하기 위한 다섯 가지 방법 중의 하나로 상급자와 하급자가 같은 마음, 즉 신뢰와 믿음을 가져야 전쟁에서 승리할 수 있음을 강조한 말입니다. 스포츠에서도 감독과 코치, 선수가 같은 마음을 가져야 승리할 수 있음을 인식한 것입니다. 또한 손자병법에는 '솔연(率然)'이라는 말도 있는데, 솔연은 중국 상산에 사는 뱀을 말합니다. 이 뱀은 머리가 공격을 받으면 꼬리가 와서 도와주고, 꼬리가 공격을 받으면 머리가 도와주며, 몸통이 공격을 받으면 머리와 꼬리가 함께 달려들어 도와준다고 합니다. 단장은 조직 구성원들이 모두 이와 같은 마음을 가지고 함께한다면 그 조직은 어떠한 임무가 부여되더라도 반드시 이루어 낼 것이라고 생각합니다. 상하가 같은 생각과 마음을 갖기 위해서는 상급자는 상급자로서 조직의 비전을 제시하고 리더십을 발휘해야 하며, 하급자도 그에 맞는 팔로워십[39]을 갖추어야 합니다. 특히 여러분들은 장교 후보생으로서 피동적인 팔로워십이 아닌 능동적이고 긍정적인 팔로워십을 갖추고 이를 바탕으로 리더십을 갖추어 나가야 합니다. 입영훈련을 하면서 교관과 훈육관의 눈을 피하려 하고, 자치지휘를 하는 동료들의 지시를 무시하는 등의 행동을 한다면 올바른 팔로워십을 갖추었다고 말할 수 없을 것이며, 이러한 인식을 하고 행동하는 후보생들은 부하를 지휘할 올바른 리더십도 갖추기 어려울 것입니다. 여러분이 속해 있는 가정, 학군단, 입영훈련 대대, 학과, 동아리의 모습은 어떻습니까? 한마음을 가지고 한 방향으로 지향하고 있다고 생각하나요? 적어도 우리 학군단 모든 간부와 후보생들은 위와 같은 리더십과 팔로워십을 갖추도록 노력하고 한마음으로 하나가 되도록 함께 노력합시다. 이렇게 서로의 신

---

39) 올바른 팔로워십이란 리더의 지시를 무조건적으로 따르는 것이 아니라 자신의 의견을 제시하여 리더를 보완해 주고, 대안을 제시하며, 적극적으로 리더를 지원하는 파트너로서의 역할을 수행하는 것을 의미한다.

뢰와 믿음을 쌓아 간다면 우리에게 그 어떠한 임무가 주어지고, 그 어떤 어려움이 있더라도 극복해 내고 결과를 만들어 낼 수 있을 것이라고 확신합니다. 찬밥 되어 물에 말더라도 제 몸만 불리지 않고 갓 지어 냈을 때의 끈적임이 지속되는 밥알이 되도록 노력합시다.

밥알

이재무

갓 지어낼 적엔
서로가 서로에게
끈적이던 사랑이더니
평등이더니
찬밥 되어 물에 말리니
서로 흩어져 끈기도 잃고
제 몸만 불리는구나

☆ 출처: 몸에 피는 꽃

TEAM

上下同欲者, 勝

<u>8</u>

초급간부로서
갖추어야 할 리더십

♣ 하계 입영훈련 B조 1주 차를 보낸 단상

장마와 태풍으로 인해 전국적으로 많은 인명과 재산피해가 발생하고 있습니다. 이곳 괴산에도 잦은 비가 내리고 있어 여러분들도 훈련을 받으며 어려움이 있으리라 생각합니다. 생각합니다. 여러분들의 야외훈련 시 단장이 어느 생활관에 들어가 보니 달력에 X표시가 되어 있는 것을 보았습니다.

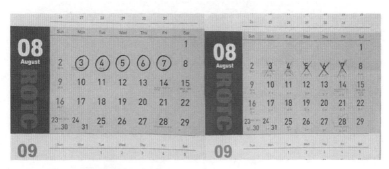

☆ 누군가는 ○로, 누군가는 ×로

한편으로는 그 마음을 이해합니다. 그러나 내가 입영훈련의 하루 하루를 지워 나가고 있을 때, 다른 누군가는 하루하루를 알차게 채워 나가고 있습니다. 여러분들은 여러분의 젊음과 인생을 지워 나가고 있습니까? 아니면 채워 나가고 있습니까? 여러분들이 푸른 전투복을 기꺼이 입고 있는 이유를 생각해 보며, 지금의 어려움을 극복해 내는 지혜를 얻기 바랍니다.

♣ 육군이 요구하는 리더상[40]

육군이 요구하는 리더상은 '올바르고 유능하며 헌신하는 전사(Warrior)'입니다. 이 'Warrior모형'은 6개의 범주와 21개의 핵심요소로 구성되어 있습니다. 아래 그림에서 보면 W 자로 형상화가 되어 있는데 그 의미는 'Warrior'와 'Win'을 의미합니다. 먼저 6개의

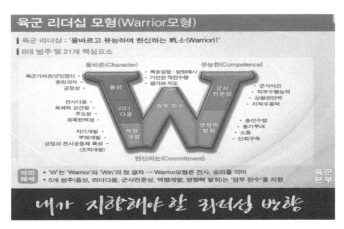

☆ 출처: 초급간부 자기개발서 리더십

---

40) 초급간부 자기개발서 리더십(육군본부, 2018).

범주는 올바른 전사에게 요구되는 ① 품성과 ② 리더다움, 유능한 전사에 필요한 ③ 군사전문성, 그리고 헌신하는 전사가 갖추어야 할 ④ 역량개발, ⑤ 영향력발휘, ⑥ 임무완수가 그것입니다. 그리고 각각의 범주에서 구성원들이 갖추어야 할 핵심요소로 육군 가치관, 전사다움, 군사식견, 솔선수범, 자기개발, 목표설정 등 21가지로 설정하였습니다.

다만 계급과 직책에 관계없이 구성원들이 모두 핵심요소를 갖추어야 하지만 계급과 직책, 근무하는 제대와 조직의 규모에 따라서 각각의 핵심요소에 대한 상대적인 중요도와 비중, 구체적 실천 방안은 조금씩 차이가 있습니다. 우리가 군 리더십을 말할 때 크게 3가지로 구분을 합니다. 행동리더십과 조직리더십, 전략리더십이 그것입니다. 이는 계급과 직책, 제대와 규모에 따라 조금씩 다르게 적용되어야 한다는 의미가 있습니다. 행동리더십은 리더가 현장에서 구성원들과 직접 접촉하면서 행동 위주로 발휘하는 리더십을 말합니다. 조직리더십은 리더가 부대의 제 기능과 가용자원을 조정 통제하

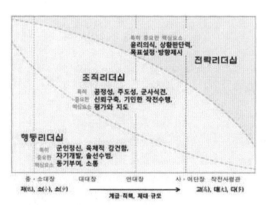

☆ 초급간부로서 행동리더십에 중점을 두고 역량을 개발해야 한다.(출처: 초급간부 자기개발서 리더십)

여 상호 기능이 통합되도록 발휘하는 리더십을 말합니다. 그리고 전략리더십은 리더가 국가와 군사전략 목표를 달성하기 위해 장기적이고 미래 지향적으로 정책을 계획하고 임무를 수행하는 데 발휘하는 리더십을 말합니다. 여러분은 예비 초급장교의 입장에서 행동리더십에 중점을 두고 역량개발을 해야 합니다. 그리고 계급이 올라갈수록 조직리더십과 전략리더십을 갖추도록 지속적으로 노력해야 합니다.

♣ 초급간부로서 필요한 행동리더십

우리가 통상 10년 이하의 경력을 가진 간부들을 초급간부라고 말합니다. 아직 경험이 부족하고 가치관에 대한 신념화가 미흡한 시기이기 때문에 성장해 가는 시기라고 할 수 있습니다. 또한 초급간부들에게는 상대적으로 책임은 많지만 권한은 작은 경우가 많습니다. 그리고 창끝부대에서 대부분 역할을 수행하면서 용사들과 직접적으로 접촉을 많이 함으로써 소통이 잘 되기도 하지만 반대로 갈등을 빚기도 합니다. 이러한 어려움을 해소하기 위해서는 올바른 행동리더십을 갖추고 발휘해야 합니다. 그렇다면 초급간부들에게 필요한 행동리더십을 위해 위에서 언급한 21가지의 핵심요소 중에서 무엇에 중점을 두어야 할까요? 특정 임무와 상황에서는 조직·전략리더십의 핵심요소도 중요하게 요구되고 필요하지만, 행동리더십 수준에서는 군인 정신, 육체적 강건함, 자기개발, 솔선수범, 동기부여, 소통 등의 핵심요소가 더욱 중요한 의미를 갖는 요소라고 육군은 강조하고 있습니다. 그래서 단장이 여러분들에게 이와 같은 요소를 여러분들 스스로 갖추어 나가도록 지속적으로 강조하고 있는 것입니다. 물론 조직리더십과 전략리더십에서 필요한 윤리의식, 공정성, 군사식견, 상황판단력, 목표설정·방향제시가 불필요하다는 의미는 결코 아니며 상대적인 의미로서 이해해 주기를 바랍니다.

행동리더십의 핵심요소를 하나씩 살펴봅시다. 먼저 군인 정신은 한마디로 말하면 육군 핵심가치인 위국헌신, 책임완수, 상호존중을 내면화하고 실천하는 것입니다. 일회성 구호나 행사로 치부되어서는 안 되며 여러분들의 몸에 배어 행동으로 나타나는 조직 문화가 되어야 합니다. 여러분 목에 걸려 있는 목걸이를 다시 한번 꺼내 보고 마음속에 되새겨 보면서 실천하도록 노력해야 합니다. 육체적 강건함은 두말할 필요 없이 여러분들이 임무를 수행하고 부하들을 통솔하기 위해 기본적으로 갖추어야 할 체력적인 요소입니다. 승급과 임관을 위한 체력등급 3급은 최종 목표가 아니라 최소한의 기준이라는 것을 잊어서는 안 됩니다. 체력적으로 부하들을 이끌고 가르칠 수 있는 능력을 갖추어야 합니다. 또한 학과수업은 물론 군사학수업과 독서노트 작성, 각종 자격증 취득 등 잠재역량 향상을 통한 자기개발 노력과, 부하들을 마음으로 감화시키고 한 방향으로 나아가기 위한 솔선수범과 상급자와 하급자, 동료들과의 원활하고 격의 없는 소통, 본인 스스로 열정을 잃지 않고 부하들에게도 영향력을 주는 동기부여 등이 초급간부들에게 상대적으로 강조되는 요소들임을 인식해야 할 것입니다. 이는 새로운 개념이나 요소가 아니라 지금까지 여러분들이 생각하고 배우고, 실천해 오고 있는 내용들로서 육군의 리더십 개발이라는 큰 틀 속에서 교과과정에, 교내 교육과 입영훈련 커리큘럼에, 그리고 우리 일상생활에 녹아져 있음을 이해하고 함께 더욱 정진하도록 노력합시다.

<u>9</u>

우문현답…
발바닥 리더십

♣ 하계 입영훈련 2주 차의 무게

올해는 유난히도 장마 기간이 길어 여러분들의 훈련을 방해하고 있지만 우리의 앞길을 막을 수는 없습니다. 이제는 훈련도 반환점을 돌아섰고 여러분들의 정신적·육체적 신체리듬도 충분히 적응이 되었으리라 생각합니다. 아픈 허리와 무릎의 통증을 참아 가며 먼 거리의 학과출장을 하고, 이를 악물고 뜀걸음을 하며 한계를 뛰어넘고 있는 후보생들의 모습을 보면서 미래에 대한 희망을 엿볼 수 있습니다. 여러분들이 지금 쏟고 있는 땀은 미래를 위한 가장 든든한 자산이며 확실한 투자입니다. 혼자라면 포기했을지도 모르겠지만 동기들과 함께하기에 견뎌낼 수 있고, 극복해 내고 있습니다. 지금처럼 서로에게 힘이 되는 상생의 노력을 남은 2주간의 훈련에도 지속해 주기를 당부합니다.

♣ 솔선수범의 또 다른 이름

초급장교에게 요구되는 리더십은 지난번에 말한 대로 행동리더십에 중점을 두어야 하되 그 요소는 다양합니다. 만약 단장에게 그 요소들 중 하나를 콕 집어서 말하라고 한다면 주저 없이 솔선수범이라고 대답할 것입니다. 솔선수범은 말 그대로 먼저 나서서 모범을 보이는 것입니다. 솔선수범의 본질은 현장 감각이며, 행동을 통해 마음을 교감하는 것입니다. 중요한 것은 내가 꼭 잘해서 나선다는 의미가 아닙니다. 물론 내가 잘해서 모범이 된다면 금상첨화겠지만 우리가 모든 것을 다 잘할 수는 없습니다. 내가 웨이트 트레이닝은 잘하지만 축구나 농구는 잘하지 못할 수도 있습니다. 축구를 잘 못한다고 하여 소대원과 운동을 할 때 심판만 본다거나 밖에서 잘하라고 소리만 지른다면 소대원들과 진정한 소통과 일체감은 형성되지 못할 것입니다. 여러분이 소대장으로서 사소한 작업을 할 때에도 내가 비록 삽질은 잘하지 못하지만 함께 땀 흘리며 노력하는 모습을 보인다면 소대원들에게 감화를 주고 일체감을 느낄 수 있습니다. 여러분들이 초급장교로서 부하들을 지휘하려 할 때 필요한 자세와 마인드가 바로 이와 같은 발바닥 리더십이라고 생각합니다.

행동으로 솔선수범하기 위해서는 여러분 스스로가 체력적으로 몸이 만들어져 있어야 합니다. 내가 체력적으로 문제가 있는데 솔선수범하기란 쉽지 않습니다. 예하 분대원의 진지가 1km 떨어져 있는데 다리가 아파서, 허리가 아파서 가 보지 못하고 무전으로 보고만 받는다면 진지 위치는 적당한지, 전투 준비가 제대로 되어 있는지 알수 없습니다. 현장을 보지 않은 상태에서 솔선수범한다는 말을 할 수가 없는 것입니다. 그래서 우스갯소리로 '우문현답'이라는 말이 있습니다. '우리의 문제는 현장에 답이 있다'는 말을 줄인 것인데 현장 중심의 솔선수범을 강조한 말입니다. 초급간부는 부하로부터 보고를 받고 상급자에게 재보고하는 자리가 아니라 현장을 직접 눈으로 본 결과를 상급자에게 보고하는 위치입니다.

예를 들어 여러분이 독립중대 소대장으로서 중대장으로부터 주둔지 울타리의 취약점을 확인해서 보고하라는 지시를 받았다고 합시다. 그와 같은 임무를 받으면 반드시 내 스스로 발로 밟아 보고 현장을 확인한 후에 보고를 해야 합니다. 더욱 부지런한 소대장이라면 최소한 낮과 밤에 각각 현장을 돌아보며 취약점을 찾고 대안을 제시해야 할 것입니다. 그러나 현장을 보지 않은 상태로 분대장을 시켜 사진이나 찍어서 오라고 지시를 하고 그 결과를 가지고 중대장에게 보고한다면 어떻게 되겠습니까? 물론 시간이 부족하고, 분대장에게 명확한 지침을 준다면, 그리고 문제의식과 해결능력을 가지고 있는 분대장이라면 같은 결과를 얻을 수도 있겠지만 단장은 결코 상급자로부터 지시를 받은 소대장의 바람직한 자세는 아니라고 단언합니다. 초급지휘자일수록 힘들고 어려운 현장에서 부하들과 함께하는 솔선수범을 행동화하고 몸에 배도록 해야 합니다. 그리고 이를 통해 여러분 스스로가 현장에 대한 자신감을 가져야 합니다. 그 자신감은 내 눈으로 보고, 내 발로 밟아 보았을 때 비로소 생기게 됩니다. 여러분 스스로 현장을 가보지 않고 현장을 알지 못한다면 결코 자신감은 생기지 않습니다.

♣ 마음으로 전달되는 발바닥 리더십

　지금은 은퇴하였지만 축구와 스케이트에서 국가대표를 역임한 박지성과 이상화 선수의 발을 보면 많은 것을 생각하게 합니다. 그들의 발은 축구화와 스케이트에 짓눌려 굳은살이 박인 모습을 하고 있는데, 그 상처가 생기고 아물기가 수없이 반복되는 고통을 참아 내며 세계 최고의 선수가 된 것입니다. 축구장과 스케이트장이 두 선수에게는 현장이었으며, 그 누구보다 확실한 현장 감각을 가지고 있었고, 경기에서 충분히 발바닥 리더십을 발휘했다고 생각합니다. 아마도 박지성과 이상화 선수에게 있어 발의 상처는 훈장과도 같은 느낌이라고 생각합니다. 두 선수와 성격은 다르고 비교가 될지 모르겠지만 단장은 물론 대부분의 군인들이 발에 무좀이 있는 것도 같은 맥락이라고 생각합니다. 단장도 초급장교 시절 임무완수를 위해 며칠씩 전투화를 벗지 못했던 기억이 있고, 그것으로 인해 무좀이라는 훈장을 얻게 되었는데 돌이켜 보더라도 부끄럽기보다는 자랑스럽다고 생각합니다.

　솔선수범에서 가장 중요한 요소는 마음의 진정성입니다. 앞서 행동으로 먼저 나서서 해야 한다고 이야기를 했지만 부하들은 상급자에 대해 말은 하지 않아도 모두 나름대로의 평가를 하고 있습니다. '우리 소대장이 우리를 위해서 진정으로 노력하고 있구나', '우리 소대를 위해서 진심을 가지고 솔선수범을 하고 있구나'라는 것을 표현하지는 않지만 가슴으로 느끼고 있습니다. 여러분들이 부하들을 진심으로 대하고 친동생을 돌보듯 따뜻한 마음가짐으로 대하고 교육을 한다면 그 마음은 반드시 전달됩니다. 때로는 심하게 질책을 하더라도 부하들은 그 마음을 받아들일 것입니다. 그렇다고 '내가 이렇게 하면 부하들이 알아주겠지?', '내가 이 정도 하는데 이젠 반응이 오겠지?'와 같은 기대감을 갖거나 그것을 위해 보여 주기식의 솔선수범을 할 필요는 없습니다. 그러한 기대감을 가지고 접근한다면, 그리고 마음에서 우러나지 않은 솔선수범은 여러분 스스로를 지치게 할 것이기 때문입니다. 의무감이 아닌 진심으로 부하들에게 다가가고 솔선수범하는, 그래서 마음으로 전달되는 현장 중심의 발바닥 리더십을 발휘하는 장교로 성장하기를 기대합니다.

작은 변화를
감지하는 통찰력

나의 첫 공수훈련

정한별 학군사관후보생
육군학생군사학교
부산외국어대학교 학군단

분투와 인성을 겸비한 대한민국의 자랑스러운 장교가 되기 위해 노력하고 있는 히 근사관 후보생이 내게 소중한 기회가 찾아왔다. 학군사관 후보생 최초로 공수기분 841기로 입소하게 뒤 것이다. 훈련 입소는 올해 학군단청남의 조언을 받아 교비교육 시 실시하던 제대학년 프로그램보다 강도를 높여 컵비하였고, 다치내 자율이라는 두려움과 새로운 도전이라는 기대감으로 특수전학교에 입소하였다. 그곳에서 일선 근육창교처럼을 비롯해 해사 중교, 육사 상토, 특전봉사, 그리고 학군사관 후보생이라는 다양한 신분의 여러분으로 모였지만 공수기분 841기라는 이름으로 하나가 되어 훈련에 임신했다. 훈련 중 기상이 좋지 않아 조선님들과 교육생들의 피로는 하루가 나날게 쌓였고 공수훈련의 어려움을 피부로 느꼈다. 그럼에도 우리들을 지도해주신 교관님들이 한계 쉽 줄리게 질차리버에 교육 용기를 있어서 계획된 훈련 프로그램을 하나씩 이수해 나갈 수 있었다.

첫 번째 강하를 하던 날, 300m 높이가 두렵지 않았다면 거짓이겠지만 올라가는 동안 "최고의 순간은 두려움 뒤에 존재한다"라는 영상을 봤던 기억을 되뇌고, 두려움 뒤에 있을 최고의 순간을 생각하면서 뛰어내렸다. 3초 동안 지상에서 얼어있던 나를 구해낸 봄에 익혔것에 모든 것을 맡겨 없어 자신 있게 뛸 수 있었다. 바뀌 그 순간 내려믿 뒤에는 낙하산이 하나가 가슴 터지게 말하이보내 벌저저 있었다. 그렇게 4번의 강하를 마치고 어느새 수료식을 위해 내가대체 육관에 서 있는 나를 발견할 수 있었다.

훈련을 마친 지금 나는 그 짧은 순간의 두려움을 이겨낸 경치려 또 다른 어려움 앞이 내게 다가더라도 극복하며 도전할 수 있다는 자신감을 얻게 되었다. 그 훈련 아니라 혼자서오면 하지 못했을 공수훈련을 함께 끝낸 동료와 공감해으로써 긴건한 동기애의 중요성도 알게 되었다. 함께 흘린 땀을 동해 담은 길고 바신 땀의 값어치라는 것도 새삼 인식할 수 있었다. 어떤 상태든 고통을 센걸이 나지만 그 고통을 이겨낸 후에 느낄 수 있는 성취감과 자신감은 원천 납니다는 것을 다시 한 번 깨닫게 될 것이다. 공수카뉴 해주생이 "뜨겁고 고통스러운 시간은 쉽게 느껴지지만 지나고 보면 가장 짧은 시간이다. 기억하고 추억하길 바랍다" 낱이 가여세가는데 무척 갔니고 생각되었던 3주간의 훈련을 막상 끝나고 보니 정말된 고통은 잘나었고, 성취감은 그 이상으로 메지되었다.

아놀드 토인비가 도전과 응전을 통해 역사는 발전해 왔고, 그 가운데 창조적 소수가 있었음을 강조된 것처럼 내젝 작은 공수마크이지만 새로운 도전을 통해 한 단계 성장한 만큼 질물한 강교가 되어 창조적 리더가 되도록 노력하겠다는 다짐을 해본다.

☆ 학군사관의 첫 공수훈련 소감을 국방일보에 담은 부산외대 정한별 후보생

♣ 하계 입영훈련의 성공적인
　수료

　하계 입영훈련이 성공리에 마무리되었습니다. A, B조로 참가한 모든 후보생들과 공수훈련을 수료한 정한별 후보생에게 격려의 말을 전합니다. 또한 금번부터 입영훈련을 수료한 후보생들은 계절학기로 1학점을 취득하게 된 것도 축하합니다. 우리 학교가 선제적으로 추진하여 타 학군단에서도 내년부터 적용하기 위해 추진하고 있음도 양지하고 자부심을 갖기 바랍니다. 입영훈련을 마친 후보생들에게 말을 했지만

이제부터가 중요한 시점입니다. 전과확대(Exploitation)란 전투에서 달성한 부분적인 성공을 신속히 확대하는 공격작전의 한 형태를 말합니다. 여러분들은 1년 반, 반년의 후보생 생활을 통해서, 그리고 입영훈련을 통해서 부분적인 성공을 달성하였습니다. 그러나 이에 만족하여 멈춘다면 더 이상의 전진과 성장은 없을 것입니다. 2학기가 시작되었으니 체력, 군사학, 학과수업, 동아리 활동, 자격증 취득, 자기개발 등 여러분들이 열정을 발휘할 그 어떤 분야라도 가능성을 열어 두고 한 발 더 전진하도록 해야 합니다. 자신감과 동기부여가 충만한 지금이 바로 전과를 확대해야 할 최적의 시점입니다.

♣ 하인리히 법칙과 예단의 어려움

군에서의 각종 사건사고는 지속되고 있고, 때로는 대형 사고로 이어져 언론에 대서특필되기도 합니다. 그래서 각 부대에서는 사고 예방을 위한 다양한 노력을 하고 있으며, 사전에 사고를 예방하는 것이 중요함을 강조하고 있습니다. 우리가 사고 예방을 말할 때 자주 언급하는 것이 하인리히 법칙입니다. 이는 1:29:300의 법칙이라고도 하는데 1건의 대형 사고가 발생하기 전에는 29번의 중형 사고가, 그리고 300건의 사소한 징후가 있다는 것을 말합니다. 그래서 대형 사고로 이어지지 않도록 사소한 문제들을 간과하지 말고 사전에 필요한 조치를 해야 함을 강조한 말입니다.

그런데 이것을 가만히 살펴보면 결과론적인 말입니다. 대형 사고가 일어나서 복기를 해 보니 그 사소함이 사소한 것이 아니었구나를 인식하게 된다는 것입니다. 그래서 소 잃고 외양간을 고치는 경우가 많은 것입니다. 우리에게 필요한 것은 이러한 분석이 아니라 1번의 대형 사고가 아니라 300번의 사소한 징후 속에서 중형 사고, 대형 사고로 이어지지 않도록 사전에 확인하고 예방하는 능력을 갖추는 것입니다. 그러나 대부분의 경우는 대형 사고를 경험하고서야 후회를 합니다. 그만큼 사소함에서 더 큰 변화의 징후를 읽고 예단하여 대비하는 것이 매우 어려운 일임을 인식해야 합니다.

♣ 복잡함 속의 단순함, 단순함 속의 복잡함

알래스카는 본래 러시아 제국의 땅이었습니다. 그러나 크림전쟁으로 재정적으로 어려웠던 당시 러시아 제국은 1867년 미국에 720만 달러(현재 한화 약 1조 9천억 원 가치)라는 헐값에 매각을 합니다. 당시 미국 의회에서도 매입에 대한 반대의견이 만만치 않았는데 결국 매입을 결정하게 됩니다. 여러분들도 잘 알다시피 알래스카가 가진 엄청난 지하자원을 고려한다면 러시아로서는 땅을 치고 후회할 일입니다. 미래를 내다보지 못한 당시 러시아의 의사결정권자들은 비판받을 만하다고 생각합니다.

또한 스포츠에서 잠재력 있는 어린 선수의 스카우트를 통해 선수 가치를 향상시키기도 하지만 반대로 실패하는 경우도 많습니다. 특히 NBA 스카우터들이 선수들을 선발할 때에는 해당 선수에 대한 철저한 분석을 합니다. 선수의 현재 실력뿐만 아니라 잠재력까지 판단해야 하기 때문입니다. 그래서 NBA에서 15년 이상 성과 코치로 활약하여 코비 브라이언트, 스테판 커리, 케빈 듀란트 등의 선수들과 호흡을 맞추었던 앨런 스테닌 주니어는 선수들을 스카우트할 때

선수의 체격, 숏 선택, 풋워크만 보는 것이 아니라 다른 사람의 말을 듣는 경청 능력, 동기부여 정도, 다른 사람을 배려하는 이타심 등 무형의 특징도 철저하게 확인했다고 합니다. 이를 통해서 눈에 보이지 않는 선수의 능력을 보려고 한 것입니다. 이렇게 철저하게 분석하고 선발함에도 잘못된 결정으로 스카우트에 실패하기도 합니다. 앞서 말한 대로 그만큼 미래를 본다는 것은 어려운 일입니다.

위에서 언급한 러시아의 알래스카 매각이나 NBA 스카우터의 선수 선발이라는 두 가지 사례는 한마디로 견소왈명(見小曰明) 하는 능력이 있는가 없는가의 문제라고 할 수 있습니다. 견소왈명은 노자의 도덕경에 나오는 말로 '작은 것의 의미를 볼 줄 알면 밝아진다'는 뜻으로 사소한 것을 보고도 미묘한 변화를 감지해 낼 수 있는 통찰력(Insight)을 일컫는 말입니다. 정치, 경제, 사회, 문화, 스포츠 등 모든 분야에서 리더들의 통찰력은 조직의 성패를 좌우하는 중요한 핵심요소 중 하나입니다. 여러분은 부하들의 생사를 책임져야 할 지휘자와 지휘관이 되기 위해 준비하는 후보생의 신분입니다. 앞서 말한 이와 같은 통찰력을 갖추지 못한 채 현상에 대한 단편적인 시각을 가지고 있다면 종합적인 판단력과 안목을 갖지 못할 것입니다. 당연히 부하들을 올바른 방향으로 지휘하기 어려울 것입니다. 그리고 실수를 하거나 대형 사고를 겪고 나서야 '그때 이렇게 했어야 했는데', '여기에 이런 문제가 있었구나'라는 후회를 하게 될 것입니다. 후회는 아무리 빨라도 늦는 법입니다.

그래서 전에 언급했던 클라우제비츠는 명장의 요건으로 꾸데유

(Coup d'oeil: 혜안, 군사 안, 통찰력)를 강조하였습니다. 레오나르도 다빈치도 '단순함은 궁극의 복잡함이다'라는 말을 하기도 했는데, 복잡함 속의 단순함을 알아내고 단순함 속의 복잡함을 깨닫는다는 것은 하루아침에 기를 수 있는 능력은 결코 아닙니다. 사실 문제의 핵심을 꿰뚫고 맥을 짚는 통찰력을 갖춘다는 것은 말처럼 쉽지가 않습니다. 그렇기 때문에 여러분들은 지금부터라도 작은 움직임 속에서도 미래 변화의 폭을 예측하고 대비하는 역량을 갖추도록 끊임없이 노력해야 합니다. 천천히 그러나 분명한 목표의식을 가지고 접근해야 합니다.

그렇다고 막연히 크고 거창한 것만 생각할 이유는 없으며, 주변의 사소한 것부터 출발하면 됩니다. 예를 들어 다음 주에 2박 3일 자전거 하이킹을 해야 하는데 날씨를 검색한 결과 우천이 예보되어 있다고 가정해 봅시다. 비가 온다는 예보에 대한 단순한 대응은 계획을 순연하거나 취소하는 것입니다. 그러나 악천후에도 반드시 실시해야 한다면 상황이 복잡해집니다. 이에 따른 예상되는 문제점을 염두 판단해 보고 대책이 무엇이 있을까를 고민해 보는 것은 통찰력을 향상시키기 위한 좋은 훈련입니다. 출발시간 변경과 하이킹 코스 조정하기, 숙박 장소나 방법 재검토, 휴식 장소의 재선정, 식사메뉴의 조정, 우비 준비, 여벌의 신발이나 옷 준비, 자전거에 충분한 기름칠과 응급공구 준비, 추가 안전대책 등을 머릿속에 떠올리고 방법을 찾아본다면 통찰력을 기르는 훈련으로서 충분하다고 생각합니다. 이러한 작은 훈련을 통해 생각의 크기를 넓혀 가는 것이며, 사고의 폭을 깊게 하는 것입니다. 미래의 젊은 리더로 성장하기 위해 남들이 보지 못하는 것을 볼 수 있는 통찰력을 기르도록 내 주변의 작은 것부터 찾아보고 노력합시다.

11

임무형 지휘

♣ 대학 총장님 편지

추석 연휴 잘들 보냈나요? 단장도 오랜만에 가족들과 좋은 시간을 보냈습니다. 지난 연휴 전에 김홍구 총장님께서 여러분들에게 전한 편지를 읽어 보지 않은 후보생들이 있을 것 같아 잠시 언급하겠습니다. 대학 총장님께서는 여러분들의 '건강과 안전'이 최우선이라고 말씀하시면서 코로나19로 인해 비정상적인 수업과 관련하여 최고의 조건에서 여러분들의 수업이 진행될 수 있도록 노력하고 있음을 강조하셨습니다. 일부 수업은 다음 주부터 대면수업을 병행하는 방안도 검토 중입니다.

또한 대면수업 재개와는 별개로 코로나19 이후의 변화는 새로운 표준이 될 수밖에 없음을 인식하고 함께 노력해 나가자는 말씀도 하셨는데, 비대면수업의 표준을 만들어 나가는 데에도 우리 학교가 선도적으로 노력하고 있음을 양지하기 바랍니다. 좀 더 상황이 호전된다면 우리 학군단 수업도 예정보다 빠른 시일 내에 대면수업을 할 수 있을 것으로 판단되는데 우리 후보생들도 대학 총장님의 말씀처럼 건강과 안전을 최우선으로 한 가운데 새로운 표준에도 잘 적응하는 차세대 글로벌 리더가 되도록 함께 노력합시다.

♣ 임무형 지휘의 의미

임무형 전술(Auftragstaktik)은 독일군들이 가장 자랑스러워하는 전통 중 하나입니다. 임무형 전술이라는 용어는 임무(Auftrag)와 전술(Taktik)을 합성한 단어로 풀어쓰면 임무로의 지휘(Führen mit Auftrag), 또는 임무를 통한 지휘(Führen durch Auftrag)로 사용하기도 합니다. 임무형 전술의 기원은 정확하지는 않으나, 1806년 예나전투에서 나폴레옹의 프랑스에게 패배한 프러시아의 군사개혁의 일환으로 태동했다는 것이 일반적인 견해입니다.[41] 그 이후 제1차 세계대전 시 탄넨베르크전투 등에서 검증되었고, 제2차 세계대전에서는 전격전을 통해서 그 진가를 발휘하였습니다. 독일에서는 1956년 독일 연방군 창설 시 최상위 지휘 원칙으로 설정

---

41) 독일에서는 프리드리히 대왕과 샤른호르스트, 대몰트케를 가장 중요한 인물로 소개하고 있다. 프리드리히 대왕의 지휘철학을 샤른호르스트가 계승 발전시켰고, 이후 1870년 보불전쟁에서 승리하면서 독일군의 지휘철학으로 자리 잡았다는 의견이 일반적이다. 즉, 어느 한순간 갑자기 나타난 것은 아니며, 독일의 역사 속에서 장기간에 걸쳐 철학과 문화로 자리 잡았다고 할 수 있다. 임무형 지휘에 대한 보다 자세한 내용은 '임무형 전술의 어제와 오늘'이라는 책을 통해 확인할 수 있다.

되었고, 독일군의 국방백서와 부대지휘 교범 등에서 지속적으로 그 중요성과 역할이 강조되고 있습니다. 실제로 현재 독일 연방군은 전술 및 교육훈련, 부대관리 등의 제반 분야에 임무형 지휘를 잘 활용하고 있다고 평가되고 있습니다. 단장은 2013년에 독일 육군 장교학교[42])를 방문할 기회가 있었는데 당시 관련 토의를 통해서도 현역 독일군 장교들이 임무형 전술에 대해 가지고 있는 자부심을 피부로 느낄 수 있었습니다.

우리나라 군에서도 독일의 이러한 개념을 적용하여 1999년 임무형 전술을 임무형 지휘라는 이름으로 의역하여 육군의 지휘개념으로 적용해 오고 있습니다. 우리 군에서는 임무형 지휘를 "부여된 과업을 효과적으로 달성하기 위하여 상급 지휘관은 예하부대에 명확한 지휘관 의도와 과업을 제시하고 가용자원을 제공하며, 예하부대는 상급 지휘관 의도와 임무에 기초하여 자율적이고 창의적으로 임무를 수행하는 것"이라고 정의하고 있습니다.[43]) 그러나 기대만큼 임무형 지휘가 잘 적용되고 있지 않은 것도 현실입니다.

♣ 임무형 지휘의 성공 요소

20년 이상 육군의 지휘 개념으로 제시되고 있는 임무형 지휘가 독일만큼 뿌리를 내리지 못하고 있는 것은 아직 우리 군이 문화로써 받아들일 준비가 되어 있지 않기 때문입니다. 초창기에는 정확한 개

---

42) 독일 육군 사관학교는 1994년에 폐교되었으며, 현재는 육군 장교학교에서 사관후보생 제도로서 육군 장교를 선발 및 양성하고 있다.

43) 육군 교범 "지휘통제", 육군본부(2018).

념조차 공유가 되지 않은 가운데 시행이 되다 보니 상급 지휘관은 부하들이 알아서 하면 되는 것이라는 인식이 있었고, 하급 지휘관 입장에서는 정확하지 않은 모호한 지시를 받았는데 어떻게 하라는 것인지 모르겠다는 불평도 있었습니다. 임무형 지휘에 대한 개념의 몰이해에서 나온 문제였습니다.

물론 지금은 많이 정착되어 가고 있지만 임무형 지휘가 성공하기 위해서는 몇 가지 조건이 있습니다. 첫째, 공통된 전술관입니다. 우리가 군사용어를 배우고 교범을 통해 토의를 하는 것은 공통된 전술관을 갖기 위한 기초를 다지는 것입니다. 공식이 없는 전장 상황에서 상하 구성원 간에 종·횡적으로 공통된 가치관과 사고의 인식을 가져야 임무형 지휘는 성공할 수 있습니다. 하급자의 입장에서 지휘의 재량권을 가지려면 상급자의 의도를 정확하게 파악하고 있어야 하기 때문입니다.

둘째, 상호 신뢰입니다. 상급자와 하급자 간에는 상명하복이라는 지휘체계가 생명이지만 상호 대등하고 보완하는 관계입니다. 상급자는 부하가 자신의 의도에 맞게 행동할 것이라고 믿어야 하고, 부하는 상황이 급변하거나 상급자와 연락이 두절된 상황에서도 상급자의 의도대로 행동한다는 상호 신뢰가 있어야 합니다. 상호 신뢰는 평소의 원활한 의사소통을 통해서 쌓을 수 있습니다.

셋째, 하급자의 능력입니다. 하급자의 입장에서는 시시콜콜하게 상급자가 간섭한다고 불만을 표하기도 합니다. 그러나 상급자의 입장에서는 하급자가 지휘의도를 정확하게 인식하지 못하고 있다고 생각하여 명령형 지시를 주로 하는 경우가 있습니다. 이러한 오해와 인식을 불식시키기 위해서는 하급자가 충분한 능력을 갖추고 있어야 합니다. 그래서 그러한 능력을 갖춘 부하들에게는 임무형 지휘의 비중을 높이고, 능력이 부족한 부하들에게는 능력을 갖출 때까지 명령형 지휘의 비중을 높이는 리더십을 발휘해야 합니다. 그리고 이러한 세 가지 요소는 한두 번의 교육으로 얻어지는 것이 아니라 문화로 뿌리내릴 수 있도록 조직 구성원 개개인에게 신념화가 되어야 합니다.

♣ 내가 속한 조직에서 임무형 지휘 실천

조직 구성원들의 조직이 추구하고 있는 비전에 대한 인식에 대한 설문조사 결과가 있습니다. CEO들은 84%가 알고 있을 것이라고 생각하고 있지만, 구성원들은 단 2%만이 자신이 속한 조직의 비전을 알고 있다는 것입니다. 여러분들은 크게는 육군의 일원으로서 작게는 학군단의 일원으로서 여러분들이 속한 조직의 비전에 대해서 얼마나 알고 있습니까? 육군의 비전 2050이 무엇인지는 알지 못하더라도 학생군사학교에서 제시하고 우리 학군단에서 제시하고 있는 비전과 목표가 무엇인지는 알고 있습니까? 여러분들도 후보생 생활을 하면서 여러분이 속한 조직의 비전과 임무를 생각해 보면서 임무형 지휘를 스스로 실천해 보기를 권합니다. 비전에 대한 공통된 인식이 전제되어야 임무형 지휘의 적용이 가능합니다.

가능하다면 학생군사학교와 학군단에서 제시하는 방향성을 우선 적용해 보되 반드시 군사학이나 학군단 업무와 관련된 것이 아니어도 관계없습니다. 여러분 학과에서 동아리에서, 혹은 아르바이트를 하면서 교수님이나 학과 선배, 사장님이 상급 지휘관이라고 생각하고 그분들의 비전과 목표는 무엇이며 어떻게 하는 것이 그분들의 의도인지를 우선 파악해 봅시다. 그리고 그 의도에 맞추어 자율적이고 창의적으로 나의 임무를 수행하면 됩니다. 이런 생각을 하면서 행동을 한다면 하급자로서 우리 주변에서 임무형 지휘를 실천하기로는 충분하다고 생각합니다. 늘 강조하지만 변화를 위한 실천은 거창한 것이 아니라 내 주변에서부터, 작은 것부터 시작하는 것입니다. 이러한 작은 경험과 실천을 통해서 여러분들이 미래의 군 간부로서 임무형 지휘를 적용할 수 있을 것이며, 사회 조직의 일원으로서도 적용할 수 있을 것입니다.

12

기본과 기초…
본립도생

♣ 연평도 포격도발 10주기

2010년 11월 23일 북한에 의한 연평도 포격도발이 발발한 지 10년이 되었습니다. 단장은 당시 청와대 국가위기관리실 안보상황 담당으로 근무하고 있었는데 청와대와 국방부, 합참의 상황 조치를 생생하게 기억하고 있습니다. 대응 조치의 잘잘못을 떠나서 같은 해 3월 26일 천안함 피격사건에 이은 우리 영토에 대한 북한의 도발행

☆ 연평도 포격도발과 대응사격 장면(사진 출처: flickr)

위를 결코 잊어서는 안 될 것이며, 여러분 스스로도 안보의식을 굳건히 하는 자세를 가져야 합니다.

♣ 61기 정시, 62기 사전 선발 최종 합격자 발표

코로나19로 지연되었던 선발시험의 61기와 62기 최종 합격자 명단이 발표되었습니다. 우리 학군단은 61기 정시 15명(남후보생 11명, 여후보생 4명), 62기 사전 선발 18명(남후보생 18명)이 최종 합격자로 선정되었습니다. 61기 사전 선발 인원까지 포함하면 내년 3학년 후보생은 총 29명으로 우리 대학교 학군단 창설 이래 가장 많은 후보생들이 함께하게 됩니다. 특히 여후보생이 최종적으로 5명 합격한 것은 처음 있는 사례로 이번 성과가 좋은 전통이 되어 앞으로도 이어갈 수 있도록 노력해야 하겠습니다. 합격한 학생들 모두에게 축하를 전하며, 학군단 홍보를 위해 노력해 준 간부들, 그리고 후보생들에게 다시 한번 고마운 마음을 전합니다. 그리고 아쉽게도 최종 합격에서 탈락한 학생들에게도 심심한 위로의 말을 전하며, 그 도전정신에 경의를 표합니다. 다만 합격 인원이 많다는 것에 만족하지 않고 다음 달에 시행할 모교 방문 등 연중 지속적인 홍보가 되도록 앞으로도 마음과 지혜를 모아 주기 바랍니다.

♣ 미 프로야구의 불문율은 규칙인가?

미국 프로야구에는 많은 불문율이 있습니다. 혹자는 야구 규정보다도 불문율이 많다고까지 말을 하기도 합니다. 예를 들면 점수가 많이 나면 번트나 도루를 하지 않는다거나 투수 마운드를 밟지 않는다, 홈런을 치고 나서 배트를 던지지 않는다(일명 빠던), 투수가 퍼펙트나 노히트 게임 중일 때는 번트를 대지 않는다, 큰 스코어 차이로 이기고 있을 경우 3볼에서는 스윙을 하지 않는다, 등이 그것입니다. 선수들은 이 불문율이 지켜지지 않았을 경우 투수의 보복구를 받거나 벤치클리어링이 벌어지기도 합니다. 이와 같은 불문율을 만들어 놓은 이유는 동업자 정신 차원에서 선수들 간의 매너를 지키고 배려하자는 의도였습니다. 그러나 엄밀하게 말하면 이는 규칙이나 원칙은 아닙니다. 그래서 이러한 불문율에 대해 불필요하다는 의견도 점점 힘을 얻고 있습니다.

♣ 기본과 기초를 지키는 본립도생

우리 학군단에도 차량을 운전하는 후보생이 일부 있는데 얼마 전 주차위반 스티커가 부착되어 있는 것을 보았습니다. 학교에 주차 공간이 다소 부족하다 보니 주차 장소가 아닌 곳에 주차를 한 것인데 앞으로는 주차위반을 하는 일이 없도록 해 주기를 바랍니다. 사실 단장도 약 2개월 전에 어린이 보호구역에서 교통신호를 위반하여 범칙금을 물었습니다. 신호와 주차 질서를 지키는 것은 앞서 미 프로야구에서의 불문율이 아닌 반드시 지켜야 하는 기본과 기초에 해당합니다. 단장부터 앞으로는 신호를 준수할 것을 여러분들에게 약속합니다. 기본과 기초란 누가 보든 보지 않든 하도록 되어 있는 것을 하고, 하지 말아야 할 것은 하지 않는 것을 말합니다. 기본과 기초가 바로 선 후보생이 되어야 바로 선 장교가 될 수 있으며, 여러분들의 부대를 바로 선 부대로 만들어 갈 수 있습니다.

진주만 기습 시 미군 레이더 관측병들은 레이더에 나타난 광점을 식별하고 보고는 하였으나 레이더에 나타난 광점의 크기나 비행기 대수 등을 누락했고, 보고받은 간부는 이를 정상적으로 상급자에게 보고하지 않음으로써 미군의 초기대응 실패를 가져왔습니다. 야전에서 발생할 수 있는 사례를 하나 더 들겠습니다. GOP 경계와 해안 경계가 과학화되었다고는 하나 감시 카메라를 모니터링하는 감시병이 근무시간에 졸고 있다면 경계태세에는 구멍이 생기게 될 것입니다. 그리고 GP에서 발전기가 고장이 났으나 보고도 하지 않고, 귀찮다고 정비를 하지 않는다면 갑작스럽게 발생한 정전에 적절히 대비하지 못하게 됩니다. 모두 기본과 기초가 무너진 사례입니다. 이처럼 기본과 기초를 지킨다는 것은 사소한 것일 수 있으나 실천하지 않았을 때 나타나는 결과는 감당하기 어려울 수도 있습니다.

남영신 참모총장님은 취임사를 비롯한 각종 훈시에서 '본립도생'을 강조하고 있습니다. 본립도생은 기본과 기초가 바로 서면 나아갈 길이 생긴다는 뜻으로 기본에 충실해야 함을 강조한 말입니다. 앞서 말한 대로 기본과 기초란 하도록 되어 있는 것을 하고, 하지 않도록 되어 있는 것은 하지 않는 것입니다. 아마도 참모총장님께서도 기본과 기초가 바로 서지 않고서 육군의 발전을 이룰 수 없다는 절박함에서 강조하고 있다고 생각합니다. 단장도 본립도생 측면에서 본다면 앞서 언급한 신호위반을 비롯하여 반성할 일이 많습니다. 자칫 융통성이라는 미명하에 기본과 기초가 흐트러졌던 일은 없었는지 되돌아보게 되었습니다. 우리 후보생들도 자신을 뒤돌아보는 시간을 가져 보기 바랍니다. 고르디아스의 매듭처럼 잘못된 것이 있었다면 과감하게 끊어 버리고 본립도생 하는 생활태도를 견지해 나가도록 함께 노력합시다.

♣ 승급심사, 임관종합평가도 기본과 기초

3학년 후보생들에 대한 승급심사가 있었고, 4학년 후보생들의 임관종합평가[44]가 2주 앞으로 다가왔습니다. 열심히 준비하고 있는 여러분들의 모습을 보면서 고마운 마음이 들었습니다. 그러나 승급심사와 임관종합평가에서 기준 점수를 받지 못한 후보생들은 유급이 되거나 임관을 하지 못할 수밖에 없습니다. 이것은 육군학생군사학교, 육군본부, 국방부의 원칙이고 규칙입니다. 승급심사와 임관종합평가라는 테스트를 통과해야 후보생으로서, 그리고 장교로서의 기본과 기초를 갖추어 가는 것입니다.

축구 국가대표 출신의 해설가인 이영표는 지난 2014년 브라질 월드컵 당시 국가대표의 경기를 보면서 선수들에게 월드컵은 경험하는 자리가 아니라 증명하는 자리라는 쓴소리를 하였습니다. 단장은 승급심사나 임관종합평가 역시 경험하는 자리가 아니라 여러분의 1년, 2년간의 후보생 생활을 증명하는 자리라고 생각합니다. 그동안의 노력이 부족했던 후보생도 있고, 의도하지 않게 부상을 입은 후보생도 있어 기준 수준에 아직 도달하지 못하고 있는 후보생들이 있습니다. 이미 몇 개월 전부터 일정이 정해져 있는 상태에서 최상의

---

44) 임관종합평가는 후보생들이 임관할 수 있는 자질을 갖추었는지를 판단하기 위해 실시하는 평가로 입영훈련 시 개인화기, 분대전투, 독도법을, 교내교육 시 정신전력, 제식, 체력을 평가하고 있다.

몸 상태를 갖추지 못한 것은 전적으로 본인의 부족함과 책임이라고 생각합니다. 앞으로 남은 시간을 잘 활용하고 최선의 노력을 다해 모두가 합격하는 성과를 달성하기를 기대합니다.

☆ 부산외대 학군단만의 향기가 나는 좋은 문화와 전통을 이어 주기를 기대한다.

단장은 벽돌공장에서 동일한 모양의 벽돌을 찍어 내듯 무색무취의 모습으로 여러분들을 임관시키고 싶지는 않습니다. 학군사관만의 특색 있는 유연함을 갖춘, 그리고 부산외대 후보생만의 향기가 배어 있는 장교로 만들어 나가도록 노력할 것입니다. 그 하나의 과정이 승급심사, 임관종합평가 결과이며, 종착점은 임관이 될 것입니다. 그래서 단장은 조금 아쉽더라도 읍참마속의 심정으로 기본과 기초가 갖추어지지 않은 후보생은 과감하게 도태되도록 할 것입니다.[45] 틀을 맞추기 위해 억지로 고무망치로 두드려 가면서까지 여러분들을 그 틀 속으로 집어넣을 생각은 없습니다. 혹여 나태하거나 안일한 생각을 하고 있는 후보생이 있다면 마음을 새롭게 하고, 집중하는 모습을 보여 주기 바랍니다. 지금은 초집중해야 할 시기임을 인식합시다.

---

45) 임관종합평가를 통과하지 못한 후보생들은 장교로 임관하지 못하며, 임관유예가 되어 수준유지훈련 및 임관종합평가 재평가를 통해 다음 해에 장교로 임관하거나 제적된다.

13

군 기강 확립이
필요한 이유

♣ 학군단 대상 민원 접수

얼마 전 우리 학군단을 대상으로 2번의 민원이 제기되었습니다. 주요 내용은 후보생들의 군 기본자세가 불량하며, 대적관에 대한 인식이 다소 부족하다는 것이었습니다. 단장이 관련 내용을 접수하고 사실관계를 확인하면서 느낀 감정은 우리 학군단에 대한 외부의 시선과 제복에 대한 기대감이 높다는 것입니다. 여러분들도 분명 제복을 입은 공인의 입장입니다. 여러분들의 일거수일투족은 누군가에게는 일반 학생들과는 다른 모습을 기대하는 기준이 되기도 함을 인식해야 합니다. 통상 군인의 생활을 어항 속의 물고기와 같다고 합니다. 다른 사람의 인식을 의식하며 통제되고 제한되는 생활을 하라는 것은 아니지만 공인으로서의 몸가짐과 마음가짐을 바로 할 필요성이 있습니다. 여러분들의 사소한 행동 하나와 말 한마디가 학군사관후보생, 군에 대한 이미지를 흐트러트릴 수 있기 때문입니다. 제복을 입는 만큼 용모와 복장도 깔끔하게 하고, 행동과 말 한마디의 무게감도 느끼며 여러분 스스로가 공인이라는, 그리고 대표선수라는 인식을 새롭게 해 주기 바랍니다.

♣ 육성지휘능력도 중요한 리더십의 하나

여러분들이 입영훈련 시 자치지휘근무를 경험해 보고, 분대전투를 하면서 분대원을 육성으로 지휘한다는 것이 쉽지 않다는 것을 느꼈을 것입니다. 또한 교내 교육 시 제식훈련을 통해서 내 구령대로 부대를 움직이는 것이 쉽지 않다는 것을 경험했을 것입니다. 지휘자의 잘못된 지휘 하나가 내 분대와 소대를 엉뚱한 방향으로 보낼 수 있습니다. 육성 지휘 시 중요한 것은 목소리의 힘과 자신감입니다. 그래서 단장은 아침에 체력단련을 하면서도 여러분들에게 구령조정하는 방법을 조금 다르게 요구해 왔습니다. 예령과 동령의 구분, 제대 구성원 수에 따라 달리해야 할 목소리 성량과 방법을 요구한 것입니다.[46]

또한 뜀걸음을 하며 끊임없이 군가를 요구한 것도 여러분들을 힘들게 하려는 것이 아니라 목소리가 트이고, 어려움을 극복하면서 근성을 기르기를 바라는 마음으로 강조했던 것입니다. 여러분들은 앞으로 녹색 견장을 단 지휘자가 될 것입니다. 그러나 단 10명에게도

---

[46] 손자병법 군쟁편에는 '언불상문(言不相聞) 고위금고(故爲金鼓) 시불상견(視不相見) 고위정기(故爲旌旗) 부금고정기자(夫金鼓旌旗者) 소이일인지이목야(所以一人之耳目也)'라는 말이 나온다. 이는 '목소리가 들리지 않기 때문에 징과 북을 만들었고, 눈으로 볼 수 없기 때문에 깃발을 만들었다. 징, 북, 깃발 등의 통제수단을 쓰는 것은 병사들의 눈과 귀를 하나같이 통일시키기 위함이다'라는 의미이다. 이는 지휘통제의 중요성을 말하는 것으로 대부대를 육성으로 지휘할 수 없지만 여러분들에게는 임관 후 소대장으로서의 임무수행에 필요한 육성지휘를 강조하는 것이다.

들리지 않을 만큼의 작은 목소리로는 20~30명의 소대원을 지휘할 수 없을 것이며, 더 나아가 중대원을 지휘하지 못할 것입니다. 목소리에서 보이는 리더십 또한 무시하지 못하는 중요한 요소입니다. 그래서 많은 군 선배들도 산이나 계곡에서 소리를 크게 내며 자신감을 배양하기 위해 노력했으며, 호연지기를 키워 나갔습니다. 그리고 결코 하루 이틀의 노력으로 달성되지 않는다는 것을 인식해야 합니다. 가슴을 펴고, 턱을 당기고, 입을 크게 벌려 자신감 있는 목소리를 내어야 부하를 지휘할 수 있습니다. 아침 체력단련 집합 시 개인별로 주어지는 지휘의 기회를 잘 활용하고, 주변에 방해가 되지 않는다면 개인 운동을 하면서 육성지휘 연습도 병행하기를 권합니다. 4학년 후보생들은 임관종합평가 시 육성지휘도 제식 평가의 중요한 요소 중 하나이므로 더욱 노력해 주기를 당부합니다.

♣ 군기가 바로 선 부대의 모습

입영훈련 시 유독 여러분들에게 강조했던 제식은 차렷 자세였습니다. 차렷은 움직여서는 안되는 부동자세입니다. 줄이 맞지 않는다고 고개를 숙이거나 발을 움직이고, 베레모를 잘못 썼다고 손을 대거나 땀을 닦는 행위 등은 올바른 차렷 자세가 아닙니다. 그럼에도 불구하고 차렷 시에 꼼지락거리거나 움직이는 모습을 많이 보여 지적을 하였습니다. 부동자세에서 움직인다면 결코 군기가 있는 부대라고 할 수 없습니다. 한 부대의 군기 상태를 가늠하는 두 가지 방법이 있습니다. 하나는 차렷 자세를 보는 것이며, 다른 하나는 행군하는 수준을 보는 것입니다.

☆ 사진 출처: 국방부, 육군학생군사학교

훈련이 잘되고, 정신적인 대비가 잘되어 있는 부대의 차렷 자세와 행군 모습에서는 서릿발 같은 군율을 느낄 수 있습니다. 반대로 군기가 바로 서지 않은 부대의 차렷 자세와 행군 모습은 그야말로 오합지졸의 모습을 보입니다.

또한 사소할 수도 있지만 악수를 할 때의 요령은 절대로 허리를 굽히지 말고, 허리를 꼿꼿하게 펴며, 상대방의 눈을 마주치면서 해야 합니다. 이것은 곧 자신감의 표현입니다. 외적 자세가 바로 선 이후에야 올바른 내적 군기도 갖추어 갈 수 있다는 것이 단장의 생각입니다. 단장실이나 훈육관실에 들어올 때도 자신감 없는 목소리와 허리를 구부정한 자세를 해서는 안 됩니다. 평소 생활에서부터 외적인 자세를 바로 하고 내적인 군기를 바로 세워 주기를 바랍니다.

♣ 군 기강 확립이 필요한 이유

언론에는 군의 기강과 관련된 사고가 발생할 때마다 비판하는 기사가 많이 나오고 있습니다. 얼마 전에도 군에서는 다양한 사건사고가 있었는데 부하가 상관을 폭행하고, 상급자가 자신의 부하를 성추행하고, 사회적 거리 두기로 인해 사적인 모임을 금지하였음에도 음주운전을 하다가 적발되기도 하였습니다. 또한 영내에 민간인이 들어왔음에도 대응이 늦어 경계에 실패한 사례도 있었습니다. 이러한 문제가 일부 장병들의 일탈행위와 1회성의 실수라고 치부할 수도 있지만 전반적인 기강해이로 볼 수도 있습니다. 더 큰 문제는 문제 의식을 느끼지 못하는 무감각입니다. 앞서 우리 학군단의 민원을 언급하기도 했지만 단장은 전반적인 여러분들의 기강해이가 나타난 문제라고 생각합니다. 비슷한 유형의 민원과 군 기강 관련 사고사례도 반복된다면 분명 군 기강에 심각한 문제가 있는 것입니다. 우리가 군 기강을 확립해야 하는 이유는 유사시 생명을 담보로 극한 상황 속에서 적과 싸워야 하기 때문입니다. 그러한 극한 상황을 극복해 내는 기본은 바로 군 기강에서부터 출발합니다. 군 기강이 확립된 부대만이 지휘관의 명령이 제대로 수명 될 것이며, 일사분란한 모습을 보일 것입니다. 또한 어려움에 처했을 때 버텨 낼 수 있는 정신적 자세도 갖추게 됩니다. 또 하나의 이유는 국가와 국민에 대한 헌신과 봉사라는 다른 집단과 차별되는 군대만의 독특한 도덕성이 요구되기 때문입니다. 국민의 군대가 되기 위해서는 위에서 언급된 민원과 사고 사례와 같은 일이 발생되면 안 됩니다.

프랑스의 드 삭스 장군은 '군대가 조직된 후 가장 먼저 선결해야 할 문제는 군기이다. 군기는 곧 군대의 영혼이다. 군기가 결여된 부대는 경멸의 대상인 무장폭도에 지나지 않으며, 적보다 더 위험한 존재이다. 가장 위대한 행동은 항상 엄정한 군기를 바탕으로 하여 생긴다'라고 하였습니다. 기강을 바로잡는다는 것은 기본과 기초에 충실하다는 의미입니다. 늘 강조하는 말이지만 하도록 되어 있는 것은 누가 보든 보지 않든 하고, 하지 말아야 할 것은 하지 않는 것이 군 기강의 모습입니다. 과거의 관행처럼 단장이 여러분들에게, 그리고 4학년 후보생들이 3학년 후보생들에게 고압적인 태도와 언성을 통해 기본과 기초를 요구한다면 그것은 군 기강을 확립하는 것이 아님을 명확하게 인식하기 바랍니다. 학군단은 결코 동아리 활동이 아닙니다. 여러분 스스로 제복에 대한, 그리고 기강 확립에 대한 인식을 새롭게 하면서 스스로의 언행에 유의하고 행동으로 실천하기를 당부합니다.

군기(軍紀)

군기는 군대의 기율(紀律)이며 생명과 같다.
군기를 세우는 목적은 지휘체계를 확립하고
질서를 유지하며
일정한 방침에 일률적으로 따르게 하여
전투력을 보존·발휘하는 데 있다.
그러므로 군대는 항상 엄정한 군기를 세워야 한다.
군기를 세우는 으뜸은
법규와 명령에 대한 자발적인 준수와 복종이다.
따라서 군인은 정성을 다하여 상관에게 복종하고
법규와 명령을 지키는 습성을 길러야 한다.

☆ 출처: 군인의 지위 및 복무에 관한 기본법 시행령

14

약속···
그리고 새로운 시작

♣ 초코파이 약속

대대장 시절 용사들이 부대로 전입을 오게 되면 면담을 하면서 초코파이를 하나씩 주었습니다. 그리고 전역할 때 반드시 갚아야 한다는 약속을 하면서 다음과 같은 세 가지 조건을 제시했습니다.

첫째, 기한을 엄수해야 한다. 예정된 전역일을 기준으로 하루라도 늦으면 안 된다.[47]
둘째, 이자는 받지 않겠다. 1개씩이면 된다.
셋째, 후배들에게 도움이 될 만한 글귀를 포스트잇에 하나씩 적어서 가져와야 한다.

작은 초코파이 하나였지만 이제 막 군 복무를 시작하며, 낯선 곳

---

47) 이는 복무 기간 중에 징계 등 사고로 인해 전역일이 늦어지는 일이 없도록 성실하게 복무하라는 의미의 조건이었다.

으로 오는 신병들의 마음의 부담을 조금이라도 덜어 주기 위한 하나의 의식(?)이었습니다. 물론 약속을 지키지 못한 용사들도 있었지만 대대장 이임식 날 대대장이 먼저 떠나니 미리 약속을 지키겠다며 손에 초코파이를 쥐어 주던 부하들의 모습을 잊지 못합니다.

사실 지금까지 살아오면서 약속을 지키지 못했던 기억이 많이 있습니다. 결혼을 하면서 아내의 손에 물을 적시게 하지 않겠다, 새해가 되면 금주를 하겠다, 등등 지키지 못할 약속을 많이 하였습니다. 2019년 연말에 학군단장으로 부임하면서 단장은 또 하나의 약속을 스스로에게 하였습니다. 여러분들에게 1년간 편지를 쓰겠다는 내 자신과의 약속이었습니다. 오늘의 편지가 53번째로 그 마지막이 되었습니다. 처음 시작했을 때 여기까지 오리라고는 생각하지 못했습니다. 우선 여러분들에게 고마운 마음을 전합니다. 단장의 부족한 생각을 이해해 주고, 실천해 주는 여러분들의 모습을 볼 수 있어 지속할 수 있었기 때문입니다.

♣ 마지막 편지… 그리고 새로운 시작

여러분들은 인생의 그릇에 무엇을 채우고 싶은가요? 여러분 인생의 그릇에 무엇을 채울 것인가는 전적으로 본인의 몫입니다. 톨스토이의 소설 '안나 카레니나'에 나오는 첫 문장은 "행복한 가정은 모두 엇비슷하고 불행한 가정은 불행한 이유가 제각기 다르다"입니다. 결혼생활이 행복해지려면 돈, 자녀, 종교, 성격 등 수많은 성공적인 요소들이 있어야 한다는 의미입니다. 이것을 우리 군 생활과 인생에 대입시켜 보면 "성공한 사람은 모두 비슷하고, 실패한 사람의 실패한 이유는 제각기 다르다"라고 할 수 있습니다. 우리는 흔히 성공을 말하면서 어느 한 가지 요소만으로 설명하려고 합니다. 그러나 실제로 성공을 거두기 위해서는 수많은 실패 요인들을 극복해 내야 합니다. 다만 여러분 스스로 인지부조화와 자기합리화로 실패의 이유를 찾지 않기를 바랍니다. 시련이 있다고 하여 '나는 원래 관심이 없었어', '어차피 안 되는 일이었어'라는 패배주의적 사고를 갖지 않기를 바랍니다. 그리고 여러분들의 능력과 역량을 믿고 과감하게 도전하고 이루어 나가야 합니다.

매 편지마다 세잎클로버가 있습니다. 네잎클로버는 행운을 뜻하지만 세잎클로버의 꽃말은 행복입니다. 단장은 여러분이 행운보다는 행복하기를 기원하는 의미에서 매주 세잎클로버를 배달했습니다. 행운을 좇기 위해 수없이 많은 행복을 그냥 지나쳐 버리거나 뜯어 버리는 우를 범하지 않기를 바라는 마음을 전달하기 위해서 였습니다. 여러분에게 보낸 첫 편지에서 말한 대로 지금 여러분들의 모습은 과거 여러분들이 했던 생각과 사유, 그리고 행동의 결과임을 잊지 않기를 바랍니다. 지금 어떠한 생각과 행동을 하느냐에 따라 여러분

미래의 모습은 분명 달라질 것입니다. 단장은 여러분들이 미래 대한민국을 짊어질 젊은 리더로서 지속적으로 성장하기를 기대하며 리더가 될 것이라는 약속을 단장에게 해 주기를 기대합니다. 그래서 먼 훗날 단장을 다시 만날 기회가 있거든 초

☆ 미래 대한민국의 젊은 리더로 성장할 것이라는 약속을 반드시 지켜 주리라 믿는다.

코파이 하나 웃으며 건네주면 좋겠습니다.

　학군사관후보생 과정은 2년간의 성장드라마를 써 내려가는 긴 과정입니다. 지금처럼 잘 성장해 가고 있는 여러분들이 자랑스럽고, 여러분들의 밝은 미래가 단장은 벌써부터 기대가 됩니다. 여러분들은 분명 미래 대한민국의 젊은 리더입니다(Künftig Führer). 빅터 프랭클[48]은 죽음의 수용소라는 책에서 '인간은 행복을 찾는 존재가 아니라 의미의 실현을 통해서 행복할 이유를 찾는 존재'라고 말하였습니다. 지금 여러분들이 겪고 있는 고통, 시련, 스트레스, 흘리고 있는 땀이 당장은 아무 의미가 없는 것처럼 보일지 모르지만 여러분 인생 전체의 스펙트럼을 통해서 보면 마치 영화의 한 컷 한 컷처럼 마지막에는 소중한 의미가 있음을 깨닫게 될 것입니다. 여러분들의 인생을 빅 히스토리[49]라는 대범주 속에서 의미를 찾고 여러분만의 향기가 나는 스토리를 만들어 나가야 할 이유이기도 합니다. 그리고 그 스토리가 여러분에게서 멈추는 것이 아니라 여러분 부하들에게 밀알이 되고 씨앗이 되어 퍼져 나감으로써 선한 피드백으로 되돌아오도록 해야 합니다. 단장은 여러분들이 눈앞의 성공에 기뻐하는 사람보다는 조금 늦더라도 보다 미래를 보며 성장하는 사람이 되기를 바랍니다. 코로나19 시대의 뉴노멀은 우리가 만들어 가는 것입니다. 그리고 그 중심에는 올바른 인성을 갖춘 여러분들이 있을 것이라고 확신합니다.

---

48) 빅터 프랭클은 유대인으로서 아우슈비츠 수용소에서 생존했던 인물로 삶의 가치를 깨닫고 목표를 설정하도록 하는 것에 목적을 둔 실존적 심리치료 기법인 '로고테라피' 이론을 주창하였다.
49) 빅 히스토리는 역사에 대한 관점을 우주와 인류 탄생으로부터 넓게 확장하고 학문 간의 통섭의 관점에서 세상을 바라보는 노력의 하나이다.

단장의 편지는 여기서 멈추지만 여러분의 성장은 결코 멈추지 않을 것입니다. 단장은 여러분들이 성장하는 모습을 묵묵하게 지켜볼 것입니다. 또한 여러분들과의 새로운 만남을 위해 시즌2를 준비하고 있습니다. 편지가 조금은 일방적인 방법이었다면 시즌2는 보다 여러분들의 이야기를 많이 담아내도록 할 것입니다. 감사합니다.

초급간부로서 갖추어야 할 리더십의 모습

1. 여러분 스스로 나는 왜 장교가 되려고 하는가에 대한 물음에 자신 있게 답을 할 수 있어야 하며, 그 답에는 진급이나 스펙이 아닌 가치와 비전에 대한 목표의식과 방향성의 담론을 담고 있어야 한다.

2. 육군의 핵심가치와 비전에 대한 이해를 바탕으로 후보생 기간 동안 육군의 일원으로 하나씩 실천하면서 변해 가는 성장드라마를 써 나가야 한다.

3. 군에 대한 이미지는 내 스스로의 진정성과 자율과 책임이 바탕이 된 군기강을 통해 만들어가는 것이다.

4. VUCA 시대는 분명 우리에게 위기이지만, 성공은 과학적 게임이 아니기에 군 장교의 길을 가고자 하는 여러분들에게는 막연한 안 개가 아닌 기회가 될 것이다.

5. 초급간부로서 갖추어야 할 자세는 기본과 기초를 바탕으로 진정 성을 가지고 현장 중심의 행동 리더십, 발바닥 리더십을 실천하 는 것이다.

≡ 에필로그 ≡

　매주 편지를 보낸다는 것이 쉬운 일은 아니었다. 글이라는 것을 써 본 경험이 별로 없었기에 막연하게 시작했던 것처럼 어느 시점에서 그만두었어도 아쉽지는 않았을 것이다. 그럼에도 불구하고 1년이라는 시간 동안 지속할 수 있도록 나를 지탱해 준 것은 사관후보생들의 존재감 그 자체였다. 스팸 메일과 같이 매주 울리는 단장의 편지를 읽어 주는 그들이 있었기에 한 주 한 주의 이야기를 만들어 갈 수 있었다. 후보생이 없다면 단장의 존재도 무의미하다.

　우리는 미래에 대한 이야기를 하면서 AI와 4차 산업을 언급하고, 코로나19를 말하면서 언택트와 대면의 황금비율을 찾아야 한다는 강박관념에 빠지기도 한다. 그러나 과거에도 현재에도, 그리고 미래에도 변하지 않는 가치는 인간의 본성에 대한 이해, 같은 인격체라는 인식에 대한 공감이라고 생각한다. 이것이 리더십의 출발이며, 이러한 인식은 혼돈의 시대에 군과 사회에서 요구하는 리더들에게 꼭 필요한 공통 요소 중 하나이다. 편지를 통해서 전달하고자 하는 메시지도 결국은 후보생들이 이것을 피부로 느끼게 하는 것이다.

학군사관후보생이라는 과정은 장교가 되기 위한 2년이라는 장기간의 오디션이다. 처음의 어설프고 부족했던 부분이 하나씩 채워지면서 성장하고 완성되어 가는 모습을 볼 수 있는 2년간의 성장드라마다. 그래서 출발선은 모두 같지만 임관이라는 작은 목표에 도달했을 때 개인의 능력과 모습은 출발선의 그것과는 사뭇 다르다.

후보생들이 대학 생활의 자유를 뒤로하고 학군사관이라는 문을 두드렸을 때 이미 그들에게는 특별한 무엇인가가 있다. 스펀지와 같은 무한한 잠재력으로 지금처럼 잘 성장하고 있는 우리 부산외대를 비롯한 전국 122개 학군단의 학군사관 및 부사관 후보생, 그리고 장교의 길을 가고자 희망하는 모든 이들의 밝은 미래가 벌써부터 기대된다.

탈진실의 시대에 여러 가지 혼동이 많지만 복잡함 속에서도 거짓에 흔들리지 않고, 진실을 찾을 수 있는 능력은 올바른 인성에서 출발한다. 올바른 인성을 갖춘 리더와 장교를 양성하기 위해 육군학생군사학교장을 비롯한 학교 기간장병, 각 대학 학군단장과 훈육관, 예비역 교관, 획득관 등 모든 학군단 간부들은 지금 이 순간에도 최선의 노력을 다하고 있다. 그 노력이 일회성으로 그치지 않고, 헛되지 않도록 지속적으로 마음을 모아 후보생들의 성장하는데 밑거름이 되도록 할 것이다.

최근 학군사관후보생들의 지원율 하락으로 많은 우려의 목소리가 들리고 있다. 복무 기간 단축, 예산, 가산점 부여 등 정책적으로 풀어야 할 과제는 국회와 국방부 차원에서 논의가 시작되었으니 보다 전향적인 검토가 이루어지기를 기대한다. 2021년은 ROTC 창설 60주년이 되는 해이다. 보다 우수한 학생들이 학군사관후보생이 되고, 미래 우리 육군과 사회가 이러한 인성과 인격, 역량을 갖춘 젊은이들로 가득하기를 간절히 희망해 본다.

부록

1. 주차별 이야기 주제

구분	주 제	날 짜
1	꿈과 비전에 대한 끊임없는 생각과 사유	'20. 01. 05.
2	여러분 스스로 찾아야 할 가치	'20. 01. 11.
3	좋은 습관이 바꾸는 나의 운명	'20. 01. 19.
4	휴식의 의미	'20. 01. 25.
5	리더들의 문제접근 방식	'20. 02. 01.
6	육군 핵심가치의 신념화와 행동화	'20. 02. 08.
7	젊다는 것의 의미	'20. 02. 15.
8	『육군비전 2050』 소개	'20. 02. 21.
9	새로운 시작, 초심(初心)으로	'20. 02. 28.
10	주도적인 삶	'20. 03. 01.
11	위기관리 능력	'20. 03. 09.
12	틀림과 다름	'20. 03. 16.
13	보는 이 없어도 올곧게, 신독	'20. 03. 23.
14	시간, 돈을 주고도 살 수 없는 가치	'20. 03. 30.
15	자신에 대한 동기부여	'20. 04. 06.
16	내 주변과 마음의 깨진 유리창	'20. 04. 13.
17	말은 그 사람의 인격	'20. 04. 20.
18	관점이 바꾸는 긍정의 힘	'20. 04. 27.
19	내게 가장 소중한 사람	'20. 05. 04.
20	우리 주변의 우렁이 각시	'20. 05. 11.
21	자율과 책임, 그리고 명예	'20. 05. 18.
22	그 친구를 가졌는가?	'20. 05. 25.
23	VUCA시대, 클라우제비츠가 전하는 해답	'20. 06. 01.
24	지금은 막연해 보이지만… 행로효과	'20. 06. 08.
25	치유가 불필요한 병(病), 열정	'20. 06. 15.
26	장단점을 분석, 기회포착과 위협회피 전략으로	'20. 06. 22.

구분	주 제	날 짜
27	고정관념 버리기도 고정관념?	'20. 06. 29.
28	바로 내가 'π(파이)'형 인재	'20. 07. 06.
29	진정성으로 만들어 가는 나의 이미지	'20. 07. 11.
30	상하동욕자 승(上下同欲者 勝)	'20. 07. 18.
31	'겸손'의 현대적 의미	'20. 07. 25.
32	이타심에서 출발하는 존중과 배려	'20. 08. 01.
33	초급간부로서 갖추어야 할 리더십	'20. 08. 08.
34	우문현답… 발바닥 리더십	'20. 08. 15.
35	도전과 응전, 그리고 창조적 소수	'20. 08. 22.
36	작은 변화를 감지하는 통찰력	'20. 08. 31.
37	호통이 아닌 소통	'20. 09. 07.
38	창의성은 우리 주변에서부터	'20. 09. 14.
39	마음의 덫으로부터 탈출	'20. 09. 21.
40	오늘과 지금이 갖는 의미	'20. 09. 29.
41	임무형 지휘	'20. 10. 05.
42	잠자고 있는 잠재력에 생명력을	'20. 10. 12.
43	젊음이라는 무형적 가치의 유형적 배분	'20. 10. 19.
44	로완과 같은 책임감	'20. 10. 26.
45	미래를 향한 장기전략 수립	'20. 11. 02.
46	공기무비, 출기불의	'20. 11. 09.
47	조금 손해 본다는 희생정신	'20. 11. 16.
48	기본과 기초… 본립도생	'20. 11. 23.
49	주인의식을 가지고 답을 내는 조직으로	'20. 11. 30.
50	군 기강 확립이 필요한 이유	'20. 12. 07.
51	야전에서 요구하는 간부능력	'20. 12. 14.
52	행운은 준비가 기회를 만났을 때	'20. 12. 21.
53	약속… 그리고 새로운 시작	'20. 12. 28.

2. 후보생의 편지와 국방일보 기고문

♣ 박정용 후보생이 전해 준 편지

충성. 단장님, 후보생 박정용입니다. 저는 현재 학군단 생활을 함에 있어서 큰 불만이나 문제점을 느끼고 있지 않습니다. 따라서 저는 학군단에 대한 고충보다는 '박정용'이라는 개인에 대한 소개와 이번 체력측정을 통해 느낀 점, 그리고 4학년 후보생으로서의 마음가짐에 대해 말씀드리고자 합니다.

제 유년시절의 키워드는 '가난'과 '어려움'입니다. 진부한 소설이 그렇듯 저희 아버지는 IMF의 여파로 부도가 난 이후 저희 집이 안정기에 들기까지 많은 어려움이 있었습니다. 사실 가난은 저에게 있어서 '어려움'이 되지 않았습니다. 저희 부모님께서는 제가 늦게 얻은 막둥이인 만큼 빚을 내서라도 해주려고 하셨고, 경제적으로 안정기에 접어든 현재에 이르러서는 경제적인 지원을 아끼지 않기 때문입니다. 제가 말하고자 하는 어려움은 두 분의 갈등에 있었습니다. 두 분은 자기주장이 강하셨고, 다혈질적인 성격이 강했습니다. 유감스럽게도 두 분의 의견은 자주 충돌했고, 그 결과 저희집에서는 많은 다툼이 있었습니다. 이런 상황에서 제가 할 수 있는 일은 방에 들어가서 조용히 있거나 집 밖에 나가 있는 것이 전부였습니다. 그래서였을까요? 어려서부터 저는 움츠러들어 있는 경우가 많았고, '눈에 띄는 행위'를 싫어했습니다. 그래서 매사에 있어서 '최선을 다하자', '열심히 하자'라는 가치보다 '적당히 중간만 하자'라는 생각이 제 행동에 큰 영향력을 미쳤습니다. 따라서 저는 눈에 띄지 않는 어디에나 있지만, 기억에는 잘 남지 않는 그런 사람이었습니다.

이런 제가 학군단에 지원한 이유도 사실 큰 목적이나 사명을 느껴서가 아닙니다. '장교로 복무하면 금전적으로 유리한 측면이 있다'라는 이야기를 듣고, 군 생활 기간을 단순히 의무징집으로 끝내는 것이 아니라 훗날 대학원 진학을 위한 금전적 토대를 쌓고 싶었기 때문입니다. 우연인지, 다행인지는 모르겠지만 저는 1학년 때 학군단 합격 통보를 받고, 1년이 넘는 준비 기간을 가질 수 있었습니다. 그러나 학군단 생활에 대한 각오나 목표가 없던 저는 그 기간을 그저 흘려보냈습니다. 그래서인지 첫 기초군사훈련에 들어가기전 실시했던 집체교육때부터 체력적으로 많은 부족함을 느꼈습니다. 사실 기초군사훈련이 끝나고 난 이후에도 후보생으로서의 책임감이라던지 사명감을 느끼기기보다 지루한 훈련 하나가 끝났다고 좋아하기 바빴습니다. 그 결과 그해 5월경에 실시한 체력측정에서 윗몸일으키기를 불합격 받았고, 2번의 기회 끝에 겨우 합격판정을 받을 수 있었습니다.

이러한 과정에서 저는 스스로 많은 자괴감과 절망감을 느꼈습니다. 나름 열심히 한다고 했고, 이를 위해 다양한 운동을 시도해봤기 때문입니다. 그럼에도 처음 측정을 본 이래로 두번의 고배를 마시고 나니 '내가 하는 이게 맞을까?', '나는 진짜안되는건가?'라는 생각이 머리를 지배했습니다. 그럼에도 남들에게 이러한 제 고민을 티내고 싶지 않았고, 그것을 티내는 것은 곧 '눈에 띄는 행동'이라 생각했기 때문입니다. 따라서 저는 아무렇지 않은 척 무덤덤한 척 하며 지냈습니다. 그러다가 문뜩 이런 생각이 들었습니다. '나는 왜 항상 움츠러들어있지?', '난 왜 최고가 될 수 없는 거지?', '내가 최선을 다한 다는게 실은 최선을 다하는 척에 머무는게 아닐까?'라는 생각 말입니다. 이러한 생각을 갖게 되기까지 많은 경험이 있었습니다. 그리고 최근에는 단장님의 편지를 읽으며 많은 생각을 할 수 있었습니다. 항상 좋은 글과 조언을 아끼지 않는 단장님께 감사함을 느끼고 있습니다. 다른 한편으로 며칠 전 실시했던 체력 측정과 이를 반성하는 과정이 저에게 큰 영향을 주었습니다. 저는 지난 학기에 체력 등급을 불합격에서 2급까지 올리는데 성공하여 나름 기고 만장한 상태였습니다. 그 결과 '이만하면 된 거 아닌가?', '임관하는데 3급이면 된다는데'와 같이 안일한 생각 말입니다. 그러나 며칠 전 실시한 체력 측정에 있어서 저는 2급은 커녕 3급도 아슬아슬하게 걸리는 종목이 있음을 알고 무력함과 자괴감에 싸였습니다. 한편 내가 왜 이렇게 되었을까를 떠올리며 스스로 반성을 하게 되었습니다. 그리고 그 반성의 결과 저는 '노력'이 아닌 '노력하는 척'을 하고 있음을 알게 되었습니다. 그리고 그러한 행동은 어린 시절에 기인한다는 것까지 생각하게 되었습니다. 물론 제 어린시절에 대해 책임을 전가하고자 이런 말을 하려는게 아닙니다. 분명한 것은 여태까지 저는 제 과거에 책임을 전가하고 있었습니다. 그러나 이러한 문제점을 인식한 이후 저는 부끄러움과 한편으로 호승심(?) 비슷한게 맘 한켠에서 꿈틀대고 있었습니다. 내가 만약 저런 생각에서 벗어나, 더 이상 과거에 얽매여 있지 않는다면? 내가 움츠러든 마음을 열고 적극적으로 행동하게 된다면 나는 어떻게 변화할 수 있을까?, 내가 노력하는 척을 하는 것이 아니라 정말 노력한다면, 나는 올해 안에 체력 특급을 만들 수 있을까?와 같은 생각이 꼬리에 꼬리를 물었고, 이러한 과정에서 진짜 노력해본다면 만들 수 있을 것이라는 근거 없는 자신감(?)이 차올랐습니다. 이는 제가 생각하는 4학년 후보생으로서의 마음가짐으로 발전하여 무슨 일이 있어도, 올해는 체력 특급을 만들어보고, 후배들 중 저와 같은 마음 혹은 경험을 한 친구가 있다면 다가가서 도움을 줄 수 있는 선배가 되는 것이 목표입니다.

사실 다른 사람에게 제 마음을 이렇게 적어본 것이 처음이라 두서없고, 비약이 너무도 많습니다. 그러나 단장님께 이 글을 적는 이

순간에도 저는 더 이상 과거에 얽매여 움츠러들지 말고, 부끄럽더라도 저 스스로를 당당하게 마주하여 더 이상 과거와 같은 실수를 반복하고 싶지 않다는 것이 지금 제 마음입니다.

이러한 제 다짐을 잃지 않고 올 한해 아니, 평생 제가 의지할 등불로 삼아 당차고 능력 있는 사람이 되겠습니다. 끝으로 올해의 끝에 이르렀을 때 저희 학군단에서 가장 큰 변화를 이루고 높은 성취를 이룬 사람을 생각해보셨을 때 제가 떠오를 있도록 열심히 지내겠습니다. 혹시라도 제가 나태하고, 노력하지 않는 모습을 보신다면 언제든 따끔하게 질책해주시길 부탁드리겠습니다. 저는 그것을 통해 스스로 반성하고 더욱 성장하겠습니다. 긴 글 읽어주셔서 감사합니다.

박정웅 후보생 올림

♣ 정한별 후보생의 국방일보 기고문('20. 9. 1.)

나의 첫 공수훈련

문무와 인성을 겸비한 대한민국의 자랑스러운 장교가 되기 위해 노력하고 있는 학군사관 후보생인 내게 소중한 기회가 찾아왔다. 학군사관 후보생 최초로 공수기본 841기로 입소하게 된 것이다. 훈련 입소를 위해 학군단장님의 조언을 받아 교내교육 시 실시하던 체력단련 프로그램보다 강도를 높여 준비하였고, 마침내 처음이라는 두려움과 새로운 도전이라는 기대감으로 특수전학교에 입소하였다. 그곳에서 일선 군종장교분들을 비롯해 학사 장교, 육사 생도, 특전 용사, 그리고 학군사관 후보생이라는 다양한 신분의 이름으로 모였지만 공수기본 841기라는 이름으로 하나가 되어 훈련에 돌입했다. 훈련 중 기상이 좋지 않아 교관님들과 교육생들의 피로는 하루가 다르게 쌓였고 공수훈련의 어려움을 피부로 느꼈다. 그럼에도 우리를 지도해주신 교관님들과 함께 땀 흘리며 절차탁마한 교육 동기들이 있어서 계획된 훈련 프로그램을 하나씩 이수해 나갈 수 있었다.

첫 번째 강하를 하던 날, 300m 높이가 두렵지 않았다면 거짓이겠지만 올라가는 동안 "최고의 순간은 두려움 뒤에 존재한다"라는 영상을 봤던 기억을 되뇌며, 잠깐의 두려움 뒤에 있을 최고의 순간을 생각하며 뛰어내렸다. 2주 동안 지상에서 열심히 뛰고 구르며 몸에 익혔기에 모든 것을 주저 없이 자신 있게 할 수 있었다. 바로 그 순간 내 머리 위로는 캐노피 하나가 가슴 벅차게 펄럭이며 펼쳐져 있었다. 그렇게 4번의 강하를 마치고 어느새 수료식을 위해 백마대 체육관에 서있는 나를 발견할 수 있었다.

훈련을 마친 지금 나는 그 짧은 순간의 두려움을 이겨낸 것처럼 또 다른 어떠한 일이 내게 닥치더라도 과감히 도전할 수 있다는 자신감을 얻게 되었다. 그뿐만 아니라 혼자였으면 하지 못했을 공수훈련을 함께 땀 흘리며 훈련함으로써 끈끈한 동기애의 중요성도 알게 되었고, 함께 흘린 땀을 통해 땀은 결코 배신하지 않는다는 것도 새삼 인식할 수 있었다. 어떤 일이든 고통은 쓴맛이 나지만 그 고통을 이겨낸 후에 느낄 수 있는 성취감과 자신감은 훨씬 달다는 것을 다시 한 번 깨닫게 된 것이다. 교관님이 해주셨던 "힘들고 고통스러운 시간은 길게 느껴지지만 지나고 보면 가장 짧은 시간이다. 기억하고 추억하길 바란다"는 말이 기억나는데 무척 길다고 생각되었던 3주간의 훈련을 막상 끝내고 보니 정말로 고통은 찰나였고, 성취감은 그 이상으로 배가되었다.

아놀드 토인비가 도전과 응전을 통해 역사는 발전해 왔고, 그 가운데 창조적 소수가 있었음을 강조한 것처럼 비록 작은 공수마크이지만 새로운 도전을 통해 한 단계 성장한 만큼 훌륭한 장교가 되어 창조적 리더가 되도록 노력해야겠다는 다짐을 해본다.

내가 찾은 코로나19 시대를 이겨내는 법

고요한 물에 돌을 던지면 파동이 일어난다. 작년 12월, 잔잔하던 세상에 코로나19라는 파동이 출렁이기 시작했다. 처음엔 코로나19가 하늘에 떠가는 구름처럼 날아가는 새처럼 그냥 그렇게 지나갈 줄 알았다. 그러나 그 파동은 우리에게 '자유'라는 단어를 빼앗아가고 있다. 한편으로는 의도치 않게 '개인'의 시간을 가지게 됐다. 밖으로 나가는 대신 방에서 책을 읽고, 홈 트레이닝을 하는 등 자신에게 집중할 수 있게 된 것이다. 삶의 일부가 돼 버린 코로나19는 아이러니하게도 개인을 윤택하게 하고 발전하게 하는 매개체 역할도 하는 것이다.

그렇다고 이런 상황이 마냥 좋은 것만은 아니다. 코로나19는 나의 학군단 생활에도 크게 영향을 끼쳤다. 단체 체력단련은 제한적일 수밖에 없었고, 심하면 2인 이상 모이는 것조차 부담스러웠다. 작년과는 다른 형태의 어려움을 겪다 보니 스스로 나태해졌고, 어떻게 나아가야 할지에 대한 방향성도 잃어버렸다. 이런 와중에 학군단은 현재 상황을 정확하게 인식하고 나아갈 방향을 제시해 주었다. 위협하고 어렵다는 이유로 소극적인 자세를 가져서는 안 되며, 오히려 적극적이고 진취적으로 생각하고 넓은 시야와 창의성을 가지고 미래를 향해 나아가는 것이 장교 후보생에게 걸맞은 행동이라는 것을 깨닫게 해줬다. 진취적 행동의 일환으로 나는 학군단장님과 동기, 후배들과 언택트 부산 바다 마라톤에 참가하기로 했다.

선선한 바람이 부는 기분 좋은 오후에 개인이 희망하는 장소에서 펼쳐진 마라톤에서 우리 모두는 값진 땀을 흘리며 열심히 달렸다. 단풍으로 옷을 갈아입은 산은 내가 눈을 깜빡일 때마다 변화의 즐거움을 주었고, 같이 뛰는 동기들과 후배들은 흐르는 강물처럼 여유를 선물해 주었다. 반환점을 돌면서 마주치는 동료들이 반가웠고, 지나가며 응원을 해주시는 분들의 목소리에 힘을 얻었다. 마라톤이라는 무대 위 주인공이 된 나는 먼지 모를 자신감에 피곤함도 잊을 수 있었다.

나태함의 늪에 빠져 살았던 내게 이 마라톤은 해야 할 일을 미루는 내 마음을 세수하듯 씻어내기 위한 과정이라고 생각됐다. 그리고 마침내 목표를 완주했을 때 느낀 그 쾌감은 형언할 수 없이 컸고 나 자신이 대견스러웠다. 육체적으로 정신적으로 성장했다는 것을 마라톤을 통해서 깨달을 수 있었다.

누군가가 "우리의 남은 날 중 오늘이 가장 젊다"라고 했다. 우리의 삶은 한정적이지만 오늘 할 수 있는 것들은 무궁무진하다. 개인이 어떻게 만들어가느냐에 따라 하루의 가치는 달라진다. 지금이 가장 멋진 나는, 오늘의 일기 제목을 '내가 찾은 코로나19 시대를 이겨내는 법'이라고 적었다.

3. 김영옥 평화센터 독후감 공모 당선작(이용호)

김영옥 선배가 하늘에서 전하는 편지

제가 세상을 떠나온 지도 어느새 15년이나 흘렀습니다. 그 사이 대한민국은 더 많이 발전했다고 들었습니다. 제가 입었던 전투복을 입고 있는 여러분들이, 그리고 전투복을 입을 여러분들이 자랑스럽고 대견스럽습니다. 사회는 많이 발전했지만 젊은 여러분들의 고민은 더 깊어졌다고 알고 있습니다. 부모님 세대는 먹을 것이 부족했고, 배움이 부족했기에 생존하는 것이 우선이었지만 여러분들의 지금 어려움은 그것과는 다른, 그러나 저나 부모님 세대가 겪었던 어려움의 강도와 다르지 않다고 생각합니다. 그래서 인생의 선배로서 미래의 리더가 될 여러분들에게 몇 가지를 당부하고자 편지를 전합니다.

꿈과 비전에 대한 생각과 사유, 그리고 행동

저도 여러분 나이대에 명확하게 인생의 목표를 정하지 못했습니다. 그래서 고등학교 졸업 후 LA시립대학에 다니기는 했지만 중퇴하였고, 우연한 기회에 입대를 하고 장교가 되었습니다. 막연한 기대감과 때로는 안일함으로 소중했던 젊은 시절을 무의미하게 보냈던 기억을 반성하게 됩니다. 당시에는 인생의 목표가 무엇인지도 몰랐습니다. 그러나 기대하지 않았던 군인의 길을 걷고, 전역 후 사업도 했으며, 다시 재입대하여 6.25전쟁에 참가하고, 한국군 군사고문단으로, 다시 전역 후에는 사회 봉사활동을 하게 되었습니다. 제가 생을 마감할 때까지 이런 삶을 살게 될 것이라고는 예상하지 못했던 것이 사실입니다. 행로효과란 처음 출발점에서는 보이지 않았던 길들이 목표지점에 다가갈수록 보이는 것을 말합니다. 지금 당장 여러분들의 미래가 보이지 않고, 여러분들이 가는 길이 올바른 것인지에 대한 확신이 없기에 목표가 멀게만 느껴지고 때로는 지치기도 할 것입니다. 그러나 그 길은 오롯이 올바른 길이기에 두려움을 가질 필요가 없습니다. 또한 제가 그랬듯 처음부터 모든 것을 다 알고 갈 필요도 없습니다. 막연한 불안감으로 시도조차 하지 않는 것보다 구체화는 되어 있지 않더라도 큰 그림 속에서 일단 출발해야 합니다. 그리고 묵묵하게 여러분들이 그 길을 가게 되면 지금 여기에서는 보이지 않았던 길이 보이고, 새로운 길도 여럿 보이게 됩니다. 그 길은 여러분이 생각하지 못했던 전혀 새로운 길이 될 수도 있고, 여러분이 목표로 했던 길의 지름길이 될 수도 있습니다. 중요한 것은 그 길이 잘 보이지 않는다고 하여, 그 길에 대한 두려움으로 출발을 미루고, 지금의 위치에서 방황해서는 안된다는 것입니다. 한 번도 실패하지 않았다는 것은 한 번도 시도하지 않았다는 것을 의미합니다. 여러분들이 하고 싶은 꿈과 비전에 대한 고민을 지금부터 좀 더 진지하게 해야 할 시기입니다. 이러한 고민을 통해 보다 빠른 시간 내에 방향성을 잡는다면 불필요한 노력의 낭비를 줄일 수 있습니다. 그리고 그 방향성대로 지금처럼 노력해간다면 조금의 시행착오는 있을지라도 여러분들의 꿈은 반드시 현실이 될 거라고 생각합니다. 지금 여러분들의 모습은 과거 여러분들이 했던 생각과 사유, 그리고 행동의 결과입니다. 따라서 지금 어떤 생각을 하고 어떤 그림을 그리느냐에 따라 여러분들의 미래 모습은 분명 달라질 것입니다. 하루하루 주어진 일과에만 목적의식 없이 받아들이고 그냥 그렇게 흘려보낸다면 물을 쥐었다가 편 것처럼 여러분들 손에는 아무것도 남아 있지 않게 될 것입니다. 보다 크고 넓게 세상을 바라보고 의미를 부여할 가치들을 찾아서 고민해보기 바랍니다. 행복의 기준은 사람마다 모두 다르지만 내가 '하고 싶은 일'과 '해야 할 일'과 그리고 '하고 있는 일'이 모두 일치한다면 그 사람은 분명 행복한 사람일 것입니다. 저는 여러분들 모두 행복한 사람이 되기를 기원합니다.

같은 인간이라는 공감과 인식이 리더십의 출발

저는 여러분들이 잘 알다시피 일제 강점기에 미국으로 건너 가신 부모님 슬하에서 태어나 인종차별을 겪으며 생활을 했습니다. 우연한 기회에 군인의 길을 걸어가게 되었지만 2차 세계대전시 100대대에 배치된 것이나, 6.25전쟁시 재입대 했을 경우에도 이방 인이 미군으로 생활한다는 것이 쉽지는 않았습니다. 그러나 그러한 차별을 극복할 수 있었던 것은 같은 인간이라는 인식을 항상 하고 있었고, 이를 통해 그들과 신뢰를 쌓을 수 있었기 때문입니다. 이러 한 공감과 인식이 리더십의 출발이라고 생각합니다. 특히 아비규 환의 전쟁터에서 피부나 머리카락 색깔에 따른 인간의 우열은 없 다는 인식은 제게 같은 인격체라는 생각이 뿌리박히도록 만들어 주 었습니다. 이제 여러분들에게 군과 리더로서 갖추어야 할 자세에 대해 몇 가지를 말씀드리려 합니다.

리더, Nature or nurture?

군인으로서 저에게는 뭔지 모를 특별함이 있었다고 생각합니다. 특히 지도를 보는 독도법이나 작전계획을 수립하는 등에 있어서는 극 한 상황이 되면 저도 모르게 잠재되어 있는 능력이 발현되기도 하 였습니다. 그래서 빨베데레 전투에서는 3개 중대로 동시에 공격하기 도 하였고, 사세타 전투에서는 포병을 적극적으로 활용하기도 하였습 니다. 때로는 교범에 얽매이지 않는 유연함을 발휘하기도 했습니다. 이러한 것이 타고난 능력이라면 능력이겠지만 저는 그렇게 생각하 지 않습니다. 여러분들은 천재는 99%의 노력과 1%의 영감으로 이루 어진다는 말을 많이 들어보았을 것입니다. 이는 천재는 타고나는 것 이라는 것을 의미합니다. 왜냐하면 아무리 노력해도 100%의 천재 가 되지는 못하기 때문입니다. 그러나 다른 한편에서 생각해보면 내가 천재는 아니더라도 노력 여하에 따라서 천재의 99% 수준까지는 갈 수 있다는 의미가 되기도 합니다. 여러분들은 천재의 원석일 수도 있고, 노력형의 원석일 수도 있습니다. 그래서 지금 다른 사람보다 능력이 조금 뒤처진다고 지레 겁을 먹고 포기할 이유는 없습니다. 조금 늦게 이해할 뿐이며, 조금 늦게 목표에 도달하는 것 뿐입니다. 다이아몬드와 석탄은 같은 원소인 탄소로 되어 있습니다. 각각의 가치를 상대 평가할 수는 없지만 열과 압력의 차이에 따라 다이아몬드가 되기도 하고, 석탄이 되기도 합니다. 열과 압력을 우리가 인생을 살아가는데 있어서의 스트레스, 고민, 실패, 시련이라고 정의한다면 긍정, 열정, 인내, 끈기, 성실은 그것을 극복하는 답이 될 수 있습니다.

진정성으로 만들어가는 나만의 이미지

여러분은 장교나 부사관, 용사, 그리고 군에 대한 이미지를 어떻게 그려나가고 있습니까? 긍정과 부정의 이미지가 공존하고 있을 것입니다. 중요한 것은 여러분만의 장교, 부사관, 용사, 그리고 군에 대한 이미지를 그려나가야 한다는 것입니다. 다만 여러분이 어떠한 모습을 그려나가더라도 잊어서는 안되는 요소가 한가지 있습니다. 그것은 바로 진정성입니다. 여러분이 그려나가는 이미지와 행동은 눈에 보이지 않는 것 같지만 분명히 보이고 있습니다. 여러분 부모님의 눈에, 여러분 상급자나 동료들, 후배들의 눈에, 그리고 여러분 스스로의 눈에 뚜렷하게 보입니다. 가식적인 태도, 순간을 모면하려는 거짓말은 당장은 눈에 보이지 않는 것 같지만 결국은 드러나게 되어 있습니다. 그래서 모든 사람들이 알게 됩니다. 그리고 그것은 곧 여러분들의 이미지가 됩니다. 과거 6.25전쟁시 메이슨 중령은 전투가 벌어지는 현장을 벗어나 6시간이나 자리를 비웠으나 질책이 두려워 거짓을 말하기도 하였습니다. 그러나 사실은 곧 수면위로 드러났습니다. 제가 메이슨 중령에 대한 이미지를 좋게 가질 수 없는 것은 그의 전투에 대한, 부하들에 대한 내면의 진정성을 느낄 수 없었기 때문입니다. 반대로 저의 연대장이었던 맥커프리 당시 중령이 저를 신뢰하였던 것은 바로 저의 진정성을 피부로 느꼈기 때문이라고 생각합니다. 이렇듯 여러분들은 여러분들의 이미지를 위해서 겉으로 보이는 이미지뿐만 아니라 올곧은 내면의 이미지를 만들어가도록 내공을 쌓아가야 합니다. 내면의 이미지를 통해 겉으로 보이는 이미지가 드러나기 때문입니다. 한글도 제대로 잘 모르는 저는 읽어보지는 않았지만 손자병법에 '병자(兵者)는 궤도야(詭道也)'라는 말이 있습니다. 여기서 궤(詭)는 '속이다'라는 의미로 '전쟁은 속이는 것이다'라는 뜻입니다. 전쟁을 할 때에는 나의 의도를 감추고, 나의 능력도 감추고 적을 속이는 전략과 전술로서 승리를 달성해야 한다는 의미입니다. 저도 이 의미는 몰랐지만 수 많은 전투에서 이와 같은 자세로 임했던 것 같습니다. 그러나 우리 인생과 군 복무 자세로는 바람직한 자세가 아니라고 생각합니다. 내 성공을 위해 나를 속이고 상대방을 속여서는 안되며, 진솔하게 인생을 살아가고 군 복무를 하는 자세가 필요합니다. 그래서 단장은 여러분 모두가 스스로의 미래를 '인생(人生)은 궤도야(詭道也)'로 만들지 않기를 바랍니다. 인생은 나와 남을 속이는 대상이 아니기 때문입니다.

내 마음의 덫으로부터 탈출

우리가 달리기를 할 때 누군가 나의 발목을 잡고 있다면 어떻게 되겠습니까? 당연히 여러분들이 가지고 있는 능력의 10%도 발휘하지 못할 것입니다. 그러나 더욱 큰 문제는 다른 사람이 나의 발목을 잡는 것이 아니라 내 스스로가 나의 발목을 잡는 경우가 그것입니다. 여러분은 여러분의 인생을 성공적으로 개척해나가기 위해 나름대로 최선의 노력을 다하고 있습니다. 그러나 그 노력이 빛을 발하기도 전에 여러분 스스로 덫에 갇혀 있다면 여러분이 원하는 방향대로 인생을 그려나가기 어려울 것입니다. 우리 자신을 한 번 돌아봅시다. 여러분들이 스스로 느끼고 있는 잘못된 경로는 무엇이라고 생각합니까? 저도 한때 부정적인 인식과 안일함이라는 경로에 의존했던 경험이 있습니다. '나는 유색인종이니까 안돼', '내가 어떻게 미군 장교가 되겠어?'와 같은 인식에 사로잡혔습니다. 이러한 인식은 알게 모르게 저 스스로를 소극적으로 만들었고, 매너리즘에 빠져들게 하였습니다. 그래서 변화보다는 현실에 안주하게 되었고, 안일한 하루하루를 보내게 되었습니다. 결국 나는 그 자리에 그대로 있었지만 내가 매너리즘과 안일함에 빠져 있는 사이 내 주변의 다른 이들은 저만큼 앞서가는 것을 바라보게 되었습니다. 그러나 더욱 큰 문제는 이미 이러한 경로의존성에 빠져 있었던 저는 알면서도 그곳에서 한참을 헤어나오지 못했다는 것입니다. 마치 에스키모인들이 피를 바른 칼에 자신의 혀를 베여 결국은 과다 출혈로 쓰러지고마는 늑대와도 같이 내 스스로의 덫에 갇혀 있었기 때문입니다. 만약 여러분들도 매너리즘이라는 마음의 덫에 사로잡혀 있다면, 그래서 그 경로의존성에서 벗어나지 못하게 된다면 여러분들이 원하는 대로의 삶을 살지 못하게 될 가능성이 높습니다. 하루하루 지날수록 그리고 뒤돌아보며 후회의 골만 깊어질 것입니다. 여러분이 마음의 덫에 빠져 있다고 인식하고 있다면, 스스로 그 마음의 덫으로부터 탈출하려고 노력해야 합니다. 여러분 스스로 내일을 위해서 오늘을 포기하지 말고, 어제에 사로잡혀 오늘과 내일을 걱정하지 않기를 바랍니다. 오늘과 지금에 최선을 다하면서 의미를 찾고, 가치 있게 즐길 줄 아는 젊은이가 되어주기를 당부합니다. 젊음은 눈에 보이지 않는 무형적 가치라고 할 수 있습니다. 젊음을 어떻게 활용하고 배분하느냐에 따라 무형적 가치가 유형적 가치로 그 모습을 드러냅니다. 그래서 저는 젊음을 '무형적 가치의 유형적 배분'이라고 재정의하고자 합니다. 젊음은 개인의 기준에 따라 다양하게 정의할 수 있지만 젊음이 무형적 가치라는 것에는 나이에 상관없이 동의할 것입니다. 눈에 보이지 않는 무형적 가치를 손에 잡히도록 하는 것은 전적으로 내가 젊음의 가치와 시간을 어떻게 활용하느냐에 달려 있습니다. 그래서 눈에 보이는 유형적 가치로 결과가 나올 수 있도록 효율적으로 배분해야 합니다. 젊음이 무형적이라고 하여 무형적으로 배분한다면 정치에서 사회적 가치가 권위적으로 배분되지 않았을 때 나타나는 갈등처럼 내 손에는 아무것도 남아있지 않게 됩니다. 제가 말하는 젊음의 무형적 배분이란 하루하루를 계획성 없이 무의미하게 보내는 것을 의미합니다. 젊음이라는 시간은 돈을 주고도 살 수 없는 소중한 가치입니다. 아마도 여러분들도 단기 성과를 위해 자격증도 취득하고 군사교육을 받고, 체력단련도 해야 합니다. 이것을 무시하라는 것은 아니지만 여러분들의 무게중심은 보다 먼 미래의 가치를 향하고 있어야 합니다. 여러분만의 핵심가치와 비전을 설정하고 실천해 나간다면 언제가 될지는 개인마다 다르겠지만 저마다 반드시 찾아오는 인생의 전략적 변곡점(Strategic Inflection Point, SIP)에서 도태되거나 정체되지 않고 전진할 수 있습니다. 따라서 당장의 결과에 일희일비하지 말고 보다 먼 미래를 바라보는 안목을 가지고 접근해나가는 자세가 필요합니다.

임무형 지휘

임무형 전술(Auftragstaktik)은 독일군들이 가장 자랑스러워하는 전통 중 하나입니다. 임무형 전술이라는 용어는 임무(Auftrag)와 전술(Taktik)을 합성한 단어로 풀어쓰면 임무로의 지휘(Führen mit Auftrag), 또는 임무를 통한 지휘(Führen durch Auftrag)로 사용하기도 합니다. 제가 참전했던 피사해방전이나 발지전투 등에서 비록 배우지는 않았지만 임무형 지휘를 했다고 생각합니다. 그리고 6.25전쟁 당시에도 소양강 전투나 탑골전투, 청병산 전투 등에서 교범이 아닌 당시 현장에 맞는 지휘를 하려고 노력했습니다. 우리 육군에서도 임무형 지휘를 지휘개념으로 사용하고 있는 것으로 알고 있습니다. 임무형 지휘가 성공하기 위해서는 몇 가지 조건이 있습니다. 첫째, 공통된 전술관입니다. 우리가 군사용어를 배우고 교범을 통해 토의를 하는 것은 공통된 전술관을 갖기 위한 기초를 다지는 것입니다. 공식이 없는 전장상황에서 상하 구성원간에 종·횡적으로 공통된 가치관과 사고의 인식을 가져야 임무형 지휘는 성공할 수 있습니다. 하급자의 입장에서 지휘의 재량권을 가지려면 상급자의 의도를 정확하게 파악하고 있어야 하기 때문입니다. 둘째, 상호 신뢰입니다. 상급자와 하급자 간에는 상명하복이라는 지휘체계가 생명이지만 상호 대등하고 보완하는 관계입니다. 상급자는 부하가 자신의 의도에 맞게 행동할 것이라고 믿어야 하고, 부하는 상황이 급변하거나 상급자와 연락이 두절된 상황에서도 상급자의 의도대로 행동한다는 상호 신뢰가 있어야 합니다. 상호 신뢰는 평소의 원활한 의사소통을 통해서 쌓을 수 있습니다. 셋째는 하급자의 능력입니다. 상급자의 입장에서는 하급자가 지휘의도를 정확하게 인식하지 못하고 있다고 생각하여 명령형 지시를 주로 하는 경우가 있습니다. 이러한 오해와 인식을 불식시키기 위해서는 하급자가 충분한 능력을 갖추고 있어야 합니다. 그래서 그러한 능력을 갖춘 부하들에게는 임무형 지휘의 비중을 높이고, 능력이 부족한 부하들에게는 능력을 갖출 때까지 명령형 지휘의 비중을 높이는 리더십을 발휘해야 합니다.

VUCA시대를 살아가는 법

요즈음은 VUCA시대라고 합니다. 그만큼 불확실한 것이 현실입니다. 전장상황도 마찬가지입니다. 제가 겪었던 수 많은 전투에서는 우군 간의 오인사격으로 피해를 보거나 잘못된 목표에 대한 공격으로 불필요한 인명피해가 발생하는 등 말로는 표현하지 못한 어려움이 많았습니다. 여러분들이 군인으로서 그 이름에 익숙해져야 할 클라우제비츠는 '전쟁론'에서 전쟁의 본질을 ① 원초적 폭력 ② 우연성, 불확실성 ③ 합리성, 이성 등 소위 삼위일체론으로 해석을 하였습니다. 이 세 가지 요소 중 전장의 불확실성과 우연성을 '안개(fog of war)'라고 표현을 하였고, 전쟁이 주는 고통과 혼란, 공포와 피로 등을 포함하여 '마찰'(friction)로 보았습니다. 여기서 대부분의 사람들이 불확실성과 우연성을 제거하거나 마찰을 완화시키려는 방법을 수동적으로 접근한 반면 클라우제비츠는 오히려 주도권 장악이나 승리를 위한 '기회'로 생각하였습니다. 많은 사람들이 불확실성의 원인을 지형이나 기후, 병력, 무기 등 외부환경에서 찾은 반면 클라우제비츠는 인간의 심리나 정신력 등 내부적 환경에서 그 원인을 찾은 것입니다. 우리가 VUCA시대를 맞이하여 대비하는 자세 또한 클라우제비츠가 전쟁을 바라보았던 시각과 다르지 않다고 생각합니다. 변동적이고, 불확실하고, 복잡하고, 모호한 우리 현실은 전쟁과 그 모습이 같습니다. 이러한 현실 속에서 보다 확실하고 단순하게 승리하는 방법은 무엇일까요? 시험점수, 스펙, 대기업 취업, 돈 등 외부환경에서 그 답을 찾기보다는 우리들의 지적·정신적 역량, 자신감, 열정, 충성심, 용기, 열정 등과 같은 인간의 본성에서 그 답을 찾아야 한다고 생각합니다. 여러분들에게는 고전적인 의미의 성공이 아닌 다양한 의미의 성공 기회가 주어져 있습니다. 각자의 개성이 인정되는 다양한 방법을 찾을 수 있습니다. 승자는 게임의 규칙을 아는 사람이 아니라 창의성을 발휘하여 게임의 규칙을 만들어내는 사람이듯 그 성공의 모습도 다양할 것입니다. 변화를 두려워하지 말고, 현실에 안주하려 하지 말고 과감하게 떨치고 일어서야 합니다. VUCA시대 성공의 방정식은 눈에 보이지 않으며 불확실합니다. 이를 시각화하여 확실하게 하는 것은 결국 여러분들의 의지와 능력입니다. 불확실하다는 이유로 현실에 안주하거나 포기해버린다면 여러분은 끝까지 안개 속에서 길을 잃고 방황하게 될 것입니다. 인생의 성공이 법칙이나 규칙, 레시피로 결정이 되는 과학적 게임이라면 얼마나 재미없고 무기력하겠습니까? 그러나 VUCA 시대 인생의 성공은 우리의 노력과 의지 여하에 따라서 다양한 방정식의 모습으로 나타날 것입니다. 그리고 문제를 해결하는 방법은 모호함 만큼이나 다양하게 열려 있습니다. 능력의 개인차이는 많아도 5배가 나지 않지만 의식의 개인차는 100배 이상이 된다고 합니다. 적어도 여러분들이 장교가 되고, 미래의 리더(Künftig Führer)가 되고자 한다면, 여러분의 생활태도가 게으름이나 무력감, 안일함으로 빠지지 않도록 해야 합니다. 그래서 여러분들의 인생이 과학적 게임으로 귀결되지 않도록 해야 할 것입니다. 이것이 클라우제비츠가 시대를 거슬러 우리에게 전해주는 해답입니다. VUCA시대의 안개는 우리에게 위기이자 곧 기회입니다.

저도 어려운 시기를 겪었지만 여러분들도 분명 어려움을 겪고 있습니다. 제가 그 어려움을 극복했듯 여러분들도 이겨낼 것이라고 믿습니다. 미래는 여러분들의 몫입니다. 그리고 어렵고 힘든 군인의 길을 걸어가고 있는 여러분들이 자랑스럽습니다. 이곳에서 저는 자랑스러운 대한민국과 여러분들이 성장하는 모습을 잘 지켜보겠습니다. 감사합니다.

4. 학군단장이 미래에 전하는 편지

2060년에 보내는 단장의 편지

여러분들의 임관 40주년 행사를 통해 다시 만날 수 있어 너무나 반가웠고 행복했습니다. 오늘 생방송 뉴스 진행으로 참석하지 못한 OOO, 해외에서 봉사활동을 하고 있어 화상으로 통화한 OOO, 역시 해외출장으로 참석하지 못한 OOO참모총장, OO그룹과 OO그룹의 대표 이사, 그리고 행사를 주관해준 OOO 부산외대 총장, 내년에는 북부지원 사령관인 OOO이 선후배 학군단장들을 평양으로 초청한다고 하네요. 여러모로 바쁠텐데도 잊지 않고 초대를 해주어 고맙게 생각합니다.

대한민국은 참으로 많이 변했습니다. 통일을 한지도 벌써 10년이 지났네요. 초기의 시행착오를 극복하고 우리 군도 많은 변화를 했습니다. 그 변화의 중심에 여러분들이 있어 마음든든하게 생각합니다. 돌이켜보니 작은 씨앗이라고 생각을 했는데 각자 군과 사회에서 제 역할을 해주고 각 분야의 리더로서 살아가고 있는 모습에 감사함을 느낍니다. 이미 여러분들도 후배들을 위한 작은 씨앗을 뿌려 왔고, 열매를 맺고 있습니다.

지난 40년 전 학군단 강의실에서, 운동장에서 여러분들과 함께 땀흘렸던 기억이 새롭게 기억납니다. 오늘 행사에 참석하기 전 다시 한 번 운동장을 찾아 보았습니다. 여러분들의 땀냄새가 고이 배어 있는 듯 했습니다. 여러분들은 그 누구보다 땀의 가치를 의미 있게 써왔고, 행동으로 실천하였습니다. 수고들 많았습니다. 땀의 가치를 우리 후배들이 배울 수 있도록 끊임없이 노력을 더합시다. 즐겁고 반가웠습니다.

5. 학군단 홍보활동

☆ 홍보 서신

학생군사교육단(ROTC) 후보생, 미래를 향한 젊은 도전입니다!

안녕하십니까? 저는 부산외국어대학교 학군단장 이용호 중령이라고 합니다. 학생들의 입시를 지도하고 계시는 선생님의 노고에 감사드립니다.

오늘 제가 이렇게 서신으로 인사를 올리게 된 것은 부산외국어대학교에 설치되어 있는 학군단(ROTC)을 소개하기 위함입니다. 아시는바와 같이 학군단은 대학 I, 2학년을 대상으로 소정의 선발시험을 거쳐 후보생을 선발하고, 3학년이 되면 학군단에 입단을 하며 남은 2년의 대학생활과 군사교육을 병행하며 졸업과 동시에 장교로 임관하는 제도입니다.

요즈음은 VUCA 시대라고 합니다. 이러한 불확실성과 모호함은 학생들에게 미래에 대한 불안감을 주게 되고 당면한 취업의 문제를 고민하게 만들고 있습니다. 아마도 선생님께서 학생들을 지도할 때도 현실적인 어려움이 있으시리라 생각합니다. 그러나 오히려 이러한 위기는 곧 기회입니다. 그리고 이 어려움을 극복하고 미래에 대한 젊은 도전을 할 수 있는 기회가 바로 학생군사교육단을 통한 장교의 길을 가는 것이라고 저는 확신합니다. 아무리 4차산업과 인공지능(AI)이 발전한다고 해도 인간 본성에 대한 이해는 미래 리더로서 갖추어야 할 필수 덕목이라고 생각합니다. 우리 학생들이 군의 리더로, 미래 대한민국의 리더가 될 수 있는 장교로 과감하게 도전해보기를 간곡히 권합니다. 특히 여군 인력은 2022년까지 단계적으로 확대가 될 예정으로 여군 장교의 비중이 점차 높아지고 있는데 여학생들에게는 정말 소중한 기회가 될 것입니다. 또한 수많은 ROTC선배들은 탁월한 리더십 함양을 통해 군에서는 물론 전역 후에도 사회 각 분야 곳곳에서 우리 사회의 리더로서 큰 활약을 하고 있는데, 이는 곧 취업시에도 유리한 조건을 갖추게 됨을 의미합니다. 보다 능동적이고 의미있는 대학생활을 위해 미래에 대해 고민하고 있는 학생들에게 장교를 목표로 학군단 설치 대학으로 도전해 보도록 지도와 권고를 해주실 것을 부탁드립니다.

부산 지역에 학군단이 설치된 대학교는 우리 부산외대를 포함하여 모두 7개 대학이며, 경남 지역까지 확대하면 총 12개 대학입니다. 동아대 동의대 경성대 동명대 부경대 부산대 부산외대 경남대 경남과기대 경상대 인제대 창원대가 그 대상입니다.

한정된 서면으로 말씀드리다보니 기본적인 사항만 안내해드렸습니다. 첨부하는 자료의 지원방법과 특전사항 등을 참고해 주시고, 학군사관후보생으로 도전해보고 싶은 학생들은 위에서 언급한 대학교 홈페이지나 육군학생군사학교 홈페이지 카카오톡 채널을 방문하면 다양한 정보를 얻을 수 있으니 번거로우시더라도 안내해 주시면 감사하겠습니다.

다시 한 번 학생들을 지도해주고 계신 선생님께 감사의 말씀을 드리며, 코로나19로 인해 많은 것이 달라졌지만 건강관리에 유념하시고 늘 행복하시기를 기원드립니다. 감사합니다.

부산외국어대학교 학군단장 중령 이용호 올림

입학은 부산외대 학생으로! 졸업은 육군·해병대 장교로!

♣ 내 인생의 그릇에 무엇을 담고 싶으신가요?

♣ 가슴 뛰는 대학생활을 하고 싶으신가요?

♣ 지금 바로 도전하세요!

미래 대한민국 리더로의 젊은 도전!! 학군사관 ROTC!!

학군사관 후보생이 되려면	학군사관 후보생이 되면	장교로 임관하면
1. 부산, 경남지역 학군단 설치대학에 입학 ＊경성대, 동명대, 동아대, 동의대, 부경대, 부산대, 부산외대 ＊경남대, 경남과기대, 경상대, 인제대, 창원대 ※ 전국에 110개 학군단 있음 2. 1, 2학년 재학 중 지원 ＊매년 3~6월 지원서 접수 (당해년도 일정 확인) 3. 소정의 선발절차에서 합격 ＊필기, 면접, 체력 등	1. 교내교육 ＊주 4시간(화, 목요일) ＊군사지식, 인성 함양 2. 입영훈련(3회 12주) ＊2학년 동계(4주) ＊3, 4학년 하계(4주, 2회) ※ 수료시 3학점 인정 3. 특전 ＊입단시 장학금(300만원) ＊대학 장학금(매 학기말) ＊동문회 장학금(연 4명) ＊장기복무희망자 선발시 4년 전액 장학금 지급 ＊해외전사적지 탐방 (전액 학교지원) ＊해외연수(연 1회, 선발)	1. 육군(해병대) 소위로 임관 ＊7급 공무원 수준 급여 ＊장교과정 중 최단기간 (28개월) 복무 2. 임관시 혜택 ＊장기복무시 국내외 군 및 민간대학원 국비위탁 가능 ＊숙소, 병원, 휴양시설 등 이용 ＊연봉 약 2,400만원 수준 (전역시 약 5천만원 목돈마련 가능) 3. 각계각층 ROTC선후배들과 인적 네트워크 형성

문의처 : 학군단 행정실 051)509-6722~3, 훈육관실 051)509-6729, 학군단장실 051)509-6721

학군단 홈페이지 : https://rotc.bufs.ac.kr/rotc/   학군단 카카오톡 채널 :

☆ 유튜브 붑스티비 홍보   ☆ 가두 홍보

☆ 자체 홍보영상 제작 장면   ☆ 고교 홍보(금정여고)

☆ 홈페이지 팝업창   ☆ 홍보 물품 제작

6. 육군학생군사학교 발전기금 소개

♣ 설립 목적
· 학군사관후보생 등 10개 과정 교육과 학교교육 발전에 기여

♣ 연혁
· 2010년 10월 재단법인 학군교 발전기금 설립 제안
· 2015년 12월 재단법인 설립 국방부 승인
· 2017년 9월 지정 기부단체 지정(기재부)
  ※ 현 이사장(박진서): 2019년 7월 19일~

♣ 발전기금 용도
· 학생군사학교 홍보: 대외홍보, 학교 위상증진 기여
· 우수인력 획득
· 후보생 교육훈련 증진 / 해외 견문 확대
· 학교 전통 계승

♣ 출연 안내
· 출연 형태: 현금, 주식, 유가증권, 기타자산(부동산) 등
· 출연 방법: 일시불 출연, 일정 기간 일정액 약정 또는 자동이체 등
· 발전기금 계좌(예금주: 재단법인 육군학생군사학교 발전기금)
  ① KB국민은행: 406601-04-376452
  ② 신한은행: 100-031-371135
· 사무총장: 010-6306-6210, lcw7ka@hanmail.net

≡ 참고자료 ≡

1. 김광수.『손자병법』(책세상, 2005).
2. 김경호.『인문학과 함께하는 군 인권과 안전의 새로운 만남』(좋은 땅, 2020).
3. 김경희.『틀 밖에서 놀게 하라』(포르체, 2019).
4. 김난도 등.『트렌드 코리아 2021』(미래의 창, 2020).
5. 김종대.『이순신, 신은 이미 준비를 마치었나이다』(시루, 2017).
6. 김주희.『할 수 있다, 믿는다, 괜찮다』(다산북스, 2011).
7. 김진항.『전략적 사고』(좋은땅, 2020).
8. 노병천.『인생을 위대하게 바꾸는 꿈의 법칙 ASK』(세종서적, 2012).
9. 노석조.『강한 이스라엘 군대의 비밀』(메디치미디어, 2018).
10. 노양규.『작전술』(충남대학교 출판문화원, 2016).
11. 이기주.『언어의 온도』(말글터, 2016).
12. 이지훈.『혼창통』(쌤앤파커스, 2010).
13. 전옥표.『이기는 습관』(쌤앤파커스, 2007).
14. 정항래.『333 산업혁명/한국군/Z세대』(신정, 2020).
15. 제갈현열·김도윤.『최후의 몰입』(쌤앤파커스, 2018).
16. 최진석.『탁월한 사유의 시선』(21세기북스, 2017).
17. 한우성.『아름다운 영웅 김영옥』(북스토리, 2014).
18. 허남성.『전쟁과 문명』(플래닛 미디어, 2015).
19. 공자.『논어』(휴머니스트, 2019).
20. 데니스 케리 등.『롱텀 씽킹』(KMAC, 2020).
21. 데이비드 크리스천.『빅 히스토리』(해나무, 2015).
22. 로라 밴터캠.『시간전쟁』(더퀘스트, 2020).
23. 리드 헤이스팅스·에린 마이어.『규칙 없음』(알에이치코리아, 2020).
24. 마이클 레빈.『깨진 유리창의 법칙』(흐름출판, 2006).
25. 브레네 브라운.『리더의 용기』(갤리온, 2019).
26. 브라이스 호프먼.『레드 팀을 만들어라』(토네이도, 2018).

27. 사이먼 사이넥. 『나는 왜 이 일을 하는가?』(타임비즈, 2013).

28. 스티븐 코비. 『성공하는 사람들의 7가지 습관』(김영사, 2004).

29. 아놀드 토인비. 『역사의 연구』(동서문화사, 2016).

30. 에모토 마사루. 『물은 답을 알고 있다』(더난, 2008).

31. 엘렌 스테닌 주니어·존 스턴펠드. 『승리하는 습관: 승률을 높이는 15가지 도구들』(갤리온, 2020).

32. 엘베트 허버드. 『가르시아 장군에게 보내는 편지』(새로운제안, 2009).

33. 앤젤라 더크워스. 『그릿』(비즈니스북스, 2019).

34. 유발 하라리. 『사피엔스』(김영사, 2015).

35. 조 볼러. 『Unlock』(다산북스, 2020).

36. 짐 콜린스. 『짐 콜린스의 경영철학』(위즈덤하우스, 2004).

37. 톨스토이. 『살아갈 날들을 위한 공부』(위즈덤하우스, 2007).

38. 육군비전 2050(육군본부, 2019).

39. 육군 핵심가치(육군본부, 2019).

40. 초급간부 자기개발서 리더십(육군본부, 2018).

41. 유태승. "개망초가 지천으로 필 때에"(도훈, 2020).

42. 이재무. "몸에 피는 꽃"(창작과 비평사, 2003).

43. 사무엘 울만. "청춘."

44. 김미리 기자. '英 프리미어서 한국 2부 리그로… 조원희 "제 도전은 무한리필"', 조선일보(2020. 10. 24.).

45. 김백상 기자. '故 이태석 신부의 힘, 남수단 제자 47명 의사·대학생', 부산일보(2020. 7. 1.).

46. 박종하. '25+25%=3%'(국방일보, 2020. 5. 19.)

47. 양지혜 기자. '서울대 야구부에 잘 지는 법 가르쳤다.', 조선일보(2020. 2. 24.).

48. 유용린. 'VUCA 시대와 X-ability'(경기신문, 2020. 4. 9.).

49. SERICEO. "쌀문화 vs 밀문화"(2020. 2. 6.).

50. SERICEO. "오늘을 잡아라"(2020. 6. 30.).

51. SERICEO. "원대한 목표는 죄가 없다"(2016. 4. 3.).

입학은
학생으로*!*
졸업은
장교로*!*

초판인쇄 2021년 2월 5일
초판발행 2021년 2월 5일

지은이 이용호
펴낸이 채종준
펴낸곳 한국학술정보㈜
주소 경기도 파주시 회동길 230(문발동)
전화 031) 908-3181(대표)
팩스 031) 908-3189
홈페이지 http://ebook.kstudy.com
전자우편 출판사업부 publish@kstudy.com
등록 제일산-115호(2000. 6. 19)

ISBN 979-11-6603-307-0 03810

이 책은 한국학술정보㈜와 저작자의 지적 재산으로서 무단 전재와 복제를 금합니다.
책에 대한 더 나은 생각, 끊임없는 고민, 독자를 생각하는 마음으로 보다 좋은 책을 만들어갑니다.